中国作家协会网络文学研究院（杭州）重点学术扶持项目

中国网络文学研究名家论丛 | 夏 烈 主编

网络文学的两个世界

男频和女频名家名作研究

▷ 肖惊鸿 著

"中国网络文学研究名家论丛"组委会

顾　问　陈崎嵘　臧　军　曹启文　应雪林
主　任　沈旭微
副主任　唐龙尧　夏　烈　袁志坚　尚佐文
委　员　肖惊鸿　叶　凯　何晓原　马　季　陈曼冬

主　编　夏　烈
编　委　徐　飞　陈金霞　钱登科　周　敏　韩　佳

序 一

且为网文鼓与呼

陈崎嵘

历经二十余年的蓬勃生长与大浪淘沙,中国网络文学为普罗大众所接纳、熟知和欢迎,成为一种谁也无法忽视的世界级文化现象。

网文忆,最忆是杭州。这里有三秋桂子、十里荷花,更有百名大神、数个首创。在社会各界大力支持下,中国作家协会网络文学研究院、中国网络作家村、中国网络文学周,先后落户杭州白马湖畔。一时云蒸霞蔚,风生水起。

自然不能说这三块金字招牌发挥了多么巨大的作用。在笔者看来,它们的主要意义在于首创,在于拓展人们对于网络文学认知的阈值。

当然,作用还是有一些的。譬如,中国作家协会网络文学研究院聘请了一批专家学者,坚持不懈地开展网络文学研究,并取得了一系列成果。"中国网络文学研究名家论丛"的推出,即佐证。

收入此辑的9种研究专著,撰写者都是国内多年坚持网络文学研究,并为业界所广泛认可的专家学者。长期以来,他们跟踪中国网络文学的发展流变,直面网络文学现场,将自己的目光聚焦于网络文学和网络作家,从而清晰地勾勒出中国网络文学发展的历史与态势;他们将中国网络文学放到新世界、新世纪、新时代、新文坛、新媒体、新技术的大格局中,加以观察、比较、互鉴,得出关于中国网络文学性质、特质、价值、意义、成因的判断,认定中国网络文学是新型的人民文学,或许可使中国网络文学扬名立万;他们剖析千百部网络文学作品和千百名网络作家,从历史文化传统、神话知识谱系、外国魔幻奇幻因素影响、当下中国读者阅读审美习惯诸方面,梳理出中国网络文学的类型化,男频女频世界,超长文本,金手指和异能,网络文学共同体等的合理性、可持续性,为业界注入信心与动能。

需要说明的是,上述研究专著,并不是中国作家协会网络文学研究院研究成果的全部,还有几位被聘专家的专著,因各种原因而未被列入;它们更不是全国网络文学研究成果的集大成,而只是网络文学理论评论大海中几朵绚丽的浪花,是网络文学理论评论森林里几束翠绿的枝叶。但笔者依然认为,这些成果对于中国作家协会网络文学研究院乃至中国网络文学界,仍是一个可喜的收获,对于当前网络文学创作与研究亦有所裨益。

笔者并不认为我国网络文学的研究状况已令人满意。恰恰相反,笔者曾在多个场合反复阐述网络文学理论评论滞后于网络文学创作实践的观点,竭力呼吁加强网络文学研究队伍建设,强化网络文学研究工作,继续充分发挥中国作家协会网络文学研究院及其他研究基地、研究中心的作用。尤其要探索网络文学的网上评论,开辟"网来网去"的路径。研究者要"下海冲浪",在创作现场与作者、网民互动,积极扮演"战地记者",尝试进行"现场直播"。也许,那样的网络文学评论与研究,更接"地气""人气""网气",更有可能受到网络作家和网民读者的欢迎。

我们有理由期待,并祝贺"中国网络文学研究名家论丛"的编辑出版。

2022 年 5 月

(本文作者为中国作家协会网络文学委员会主任,中国作家协会网络文学研究院院务委员会主任,中国作家协会书记处原书记、副主席。)

序 二

集结与开放
序"中国网络文学研究名家论丛"

夏 烈

"中国网络文学研究名家论丛"是位于杭州的中国作家协会网络文学研究院立项扶持的重点学术项目。2020年启动，历时两年，第一批成果9种即将付梓。作为丛书主编，照例要写几句。

首先，是关于这一丛书的起心动念。作为中国网络文学二十余年场域内的一分子，除了与广大的网络作家、产业平台乃至粉丝受众时相交流、共同成长以外，我更多的时间是在与网络文学研究、评论界的同道们聚首、开会、评审、撰稿。可以说，面对网络文学这个"一时代之文学"的大势新潮，高校文科、作协、文联以及相关文化单位的文学研究者、批评家逐渐从三三两两到小股的轻骑兵，再到今时今日蔚然生动的集团军——中南大学欧阳友权教授领衔的湘派，北京大学邵燕君教授领衔的京派，山东大学黄发有教授领衔的鲁派，安徽大学周志雄教授领衔的徽派，南京师范大学何平教授或者苏州大学汤哲声教授领衔的苏派，自然还有杭州师范大学的我和单小曦教授领衔的浙派。其余如厦门大学黄鸣奋教授，中国社会科学院陈定家教授，中国作家协会网络文学中心何弘主任、肖惊鸿研究员，鲁迅文学院王祥研究员，中国作家协会网络文学研究院马季研究员，首都师范大学许苗苗教授，等等。在时代的波澜涌起和文科知识分子的勇毅开拓中，网络文学的研究评论渐成声势，结成一片绚烂的花果园，此既可谓顺势而为、终有小成，亦可谓念念不忘、必有回响。而如果按照我所提出的中国网络文学"场域理论"讲，文科知识分子由此也基本构成了一种力量，在网络文学的发展矩阵中多少占有一股博弈与合作的话语权，他们从理解、参与入手，贯注着所主张的人文价值和审美价值，提倡网络文学的精品化和经典化。对于这些因时而起，富有学术敏感力和打破舒适区、主动迎接挑战的奠基者，我一直就想策划那么一人一册的一套丛书。

是宁波出版社的总编辑袁志坚兄主动找了我。在他之前，也有一些意向合作方，但或因我的怠懒，或因合作条件过于亏欠作者而作罢。袁兄以现当代文学专业的当行本色来劝服我合作一把，我才觉得应鼓足勇气落实实施。之后申报给中国作家协会网络文学研究院，获批了重点项目。这些成了我邀请各位师友的背景、靠山。所以，感谢这些合作方的领导，更感谢第一辑送来书稿的作者，以及那些当下虽无成稿却答应俟之将来的作者们。我深深觉得，网络文学研究评论在学界文坛走来不易，同行者之间的互相鼓励支撑是最可宝贵的财富，这一时代赋予的新的学术共同体还有待我们之间的大力合作、建设、砥砺、珍惜。

其次，是想说说"研究名家"的命名。这对于网络文学研究评论来讲还算新鲜。除了上述讲到的二十余年来渐成声势的一批代表人物,这个"研究名家"的命名,还跟当下网络文学研究评论界已然涌现的"三代"学人群体有关。也就是说,在网络文学研究评论现场,大致形成了具有传帮带传统的三个年龄代际学人的在场,他们共同构建起研究队伍的金字塔结构,从客观上、体制上完成着长幼有序、渐成学统规模的"名家"体系。比如黄鸣奋、欧阳友权从文艺理论学科介入,白烨从现当代文学史、文学评论介入,汤哲声延续前辈范伯群先生从通俗文学介入,等等,他们都是"50后"学人,构成了第一代网络文学研究队伍;陈定家、邵燕君、马季、王祥、黄发有、肖惊鸿、何平等是"60后",夏烈、周志雄、许苗苗、庄庸、单小曦、禹建湘、杪椤、房伟、张永禄、黎杨全、乔焕江等是"70后",黄平、丛治辰、李玮等是"80后"(80初),他们基本构成了第二代网络文学研究队伍;吉云飞、肖映萱、李强、王玉玊、高寒凝等是"90后",是正在迅速崛起的第三代网络文学研究队伍——正是这样的"三代"学人的构成与建设,为我们及时、必要地推动中国网络文学研究名家论丛做了时间上、思想上、结构上的准备。也是在这个意义上,我们希望这套丛书是开放性的,逐渐加入和整合"三代"甚至未来的网络文学学人队伍,包括海外网络文学研究(汉学界)以及网生网络文学评论家的名家之作。

目前第一辑的9种,分别是白烨的《新世纪文坛与新媒体文学》、黄鸣奋的《人工智能与网络文艺》、王祥的《人类神话:网络文学神话学研究》、周志雄的《直面网络文学现场》、夏烈的《故事与场域:以网络文艺为中心》、陈定家的《有无之间:网络文学与超文本研究》、马季的《中国网络文学简史》、肖惊鸿的《网络文学的两个世界:男频和女频名家名作研究》、庄庸的《网络文学青创爆款方法论》。他们运用了各种理论武器,并将视野扩及网络文学的内部研究和外部研究乃至更广泛的网络文艺、人类文学艺术的生态研究——只有这样，才能更好地认识、理解和发展、建构不断变化中的"一时代之文学"，但他们的共同点也是明确的：扎根网络文学场域，从网络文学的文本、现象、特点出发讲话，将网络文学放诸传统——当下——未来的三维、四维、多维结构中交流构想，力求不空论、不强制、不固陋，展卷阅读之中能够感受到研究者、评论家们丰富的学术兴奋点和饱满的思想乐趣。此外，这也可以看作是一次当下学院派（含协会派）网络文学研究代表人物的集结。

中国网络文学是有文化根的当代创作，也是充满民间性、未来性和国际性的文化厚壤。二十余年的创作长廊至今依然拥有巨大的创作活力、市场活力、传播活力和阐释活力，容得下更多的研究者、评论家如蜂子般勤奋采集与酿蜜，这是时代文学气象赐予时代学人的崭新乐土，可圈可点、可赞可弹、可庄可谐，更可以出名家而卓然为峰——"海到尽头天是岸，山至高处人为峰"。习近平总书记对哲学社会科学界讲，要"真正把做人、做事、做学问统一起来"[1]，坚持做好一个时代的文学工作，相信也能实现山高人为峰的理想境界。此与同行共勉！

是为序。

2022 年 6 月

（本文作者为中国作家协会网络文学研究院副院长，杭州师范大学文化创意与传媒学院教授、博士生导师。）

---

[1]《习近平在哲学社会科学工作座谈会上的讲话》，《中国教育报》2016 年 5 月 19 日，第 1 版。

目 录

导 言	001
第一章　成长平行线	005
男频——巨大的想象力成就了幻想类创作	007
女频——传统伦理中的女性悲剧力量与现代意识	009
唐家三少	011
辰　东	028
希　行	039
关心则乱	052
第二章　内外世界观	057
男频独特的故事设定与宏大叙事	059
封建女性的禁锢与现代性蜕变	061
瑰丽神奇的《斗罗大陆》	063
《遮天》的世界设定与金手指	073
在宅斗的世界里生存	098
"现代性"在历史中重生	116

第三章 从人物到故事 ………………………………… 129
人物设定的"外化"与"内省" ……………………… 131
故事走向的"未来性"与"生活化" …………………… 133
《斗罗大陆》的"角色团"与情节设计 ………………… 135
《遮天》的一个与 n 个、现实与想象 ………………… 163
希行的传统与现代 …………………………………… 186
关心则乱的"理性"与"完美" ………………………… 198

第四章 时代与艺术 ………………………………… 227
网络文学被时代塑造 ………………………………… 229
网络文学具有文学性 ………………………………… 230
网络时代的艺术风格 ………………………………… 232
从《遮天》回到文学 …………………………………… 236
在密集知识中探索爽文爽感 ………………………… 264
生活比戏剧更精彩 …………………………………… 273

第五章 IP 多元化与"爆款 IP"背后 ……………… 285
IP 多元化的文化意义 ………………………………… 287
"爆款 IP"的文化反思 ………………………………… 288
《斗罗大陆》的 IP 多元化 …………………………… 289
"小红楼""爆款 IP"背后 ……………………………… 295

第六章 "人的解放"与女性解放 …………………… 305
女性解放是"人的解放"的前提 ……………………… 307
渐已消弭的"性别凝视" ……………………………… 309

《知否》的爱情观是否完美 …………………………………… 310
《诛砂》的思想探索 …………………………………………… 313

后　记 …………………………………………………… 322

导　言

　　网络文学的两个世界？是的。男频文与女频文，我们可以将其看作是网络文学的两个世界。我使用这样的标题，旨在说明在网络文学创作中，男性书写与女性书写的不同。

　　让我们来追溯网络文学的起源。受到中华优秀传统文化经典及西方奇幻文学的启迪和影响，在通俗文化兴盛的20世纪90年代末期，网络文学开创了一个新的互联网文学时代。玄幻、奇幻、仙侠、武侠、修真、历史、灵异、言情等类型书写和同人创作陆续发展成为主要的创作类别，与此同时，男频文与女频文的划分也成为网络文学两大分类的约定俗成。

　　从网络文学发轫时期起，我们就看到，与创作类别发展相关的男作者群落和女作者群落的分野，从性别本体功能属性的不同，延展到文化心理以及个体成长的差异，最终反映在男频文与女频文的内在与外在的差异性。这在传统文学界，更多体现在与女性崛起的时代文化相伴而生的女性文学研究。自然这是另一种话语体系，在此不赘述。

　　随着网络文学发生发展，三十年来，男频创作与女频创作出现了越发分明的界线。大体上讲，玄幻、奇幻、仙侠、武侠、修真、历史等创作以男频文居多，言情包括都市言情和古代言情多是女频文的专利。类别划分在一定程度上体现了男女创作的独特属性。

然而，网络文学的两个世界，用男频文和女频文来指代，却不仅仅指上述所讲男性作者和女性作者的创作，还意味着读者群体的划分。尽管在网络文学创作领域，确也存在少数男作者创作女频文以及少数女作者创作男频文的现象。在通常意义上，男频文指由男性作者创作、阅读群体多为男性读者的网络文学作品。那么同理，女频文通常指由女性作者创作、阅读群体多为女性读者的网络文学作品。

有一种观点认为，女性文学的提法更为贴切。因为女频文的说法，会产生一种性别刻板印象，男读者该看什么女读者该看什么，是以性别为中心去划分。而女性文学是以文学所表达的思想为核心的，只要一个读者关心这个主题，这与读者自身的性别无关。

笔者认为，本书立意从比较学视角进行研究，那么一个相比照的创作领域是被需要的。与女频文相对的是男频文的客观存在。事实上，女频文抑或称之为女性向网络文学，不仅是创作主体的性别规定性，而且包含接受客体——女性读者的性别群落，同时，更要包含作品人物——以女性形象为主体的"三位一体"的文学书写，与相应的男频文共同构成网络文学的大世界。通常而言，这是网络文学起源与发展进程中的结果呈现，是自然而然的简单划分，但并不绝对如此。事实上，存在少数男作者创作女频文，少数女作者创作男频文；也存在女频文有男性读者，男频文有女性读者。但女频文"三位一体"的核心要素是，作品的故事发展和推进是以女性角色为主导，这样构成了女频文的定义。反之，男频文亦然。女频文与男频文共同构成了网络文学的整体景观。

那么，怎么研究？选取什么样的作品作为样本？

导 言

　　网络文学发展到今天,日益走向主流化、精品化。本书从文本出发,聚焦网络文学名家名作,以大流量、高质量为本,并且能够代表网络文学原创主要类型风貌及IP改编成就影响的优秀作家作品进行比较研究。在浩如烟海的作品中,笔者撷取了两位男频作家作品:唐家三少与《斗罗大陆》、辰东与《遮天》,两位女频作家作品:希行与《诛砂》、关心则乱与《知否?知否?应是绿肥红瘦》。笔者认为,这四部作品,比较集中地代表了网络文学发展进程中男频和女频创作的主要特征。本书通过对作品本体特征的对比分析以及作家成长创作路径的比照,以田野调查般的姿态,从而发现在不同的社会文化心理影响和创作动机驱动下,男频文与女频文的不同特征,进而呈现男频文与女频文构建的两个世界,并为在比较学意义上进一步探讨男频文与女频文的异同,而构建起网络文学创作与接受研究的一个有意义的视角体系,做出最初的探索和努力。

第 一 章

成长平行线

男 频

—— 巨大的想象力成就了幻想类创作

本书选取唐家三少、辰东、希行、关心则乱四位网络作家,分析了他们的代表作品。他们有一个共同之处,都是较早走上网络文学创作这条道路。其中,从事男频创作的唐家三少和辰东从"小白文"起步,一路成就并见证了"小白文"的成长壮大,成为网络文学的一大主要创作类别。希行与关心则乱成为女频网络小说的代表,则是因为她们从事古代言情创作由来已久,见证了女频网络文学重要类型言情文的发展成熟并贡献了她们自己的智慧。

对于男频作家来说,唐家三少与辰东异同鲜明。他们与一般网络作家一样,在决定写作之前,走过了艰难曲折的一段道路。然而从他们进入网络文学创作之始,巨大的爆发力裹挟着无穷的动力,将想象释放到极致,创作出极具吸引力的故事,如滚滚洪流奔腾向前。语言时常是跟不上思绪的,文字也不总是那么的精准。直到今天,我们仍能找到他们作品中的诸多细节问题。某个字打错了,某个词语用得不确切,某句话说得有点不知所云,某个情节过于啰唆,某个人物写着写着不见了,某个情节写着写着不着边际了……然而读者认。读者在不停地吐槽之后依然割舍不掉这份"心头好"。

谁说故事一定要完美无瑕呢？面对大量的文字创作，读者适时地选择了理解，进而给予了极大的爱护。

唐家三少从最先的创作套路中得到了启发和信心。2008年，唐家三少创作出的至今最重要的一部代表作《斗罗大陆》，成为其创作生涯的一座丰碑。从"魔法""斗气"并存的力量体系，到自主设定的"武魂"体系，象征着他创作的成熟和对过去的告别，从而构建起自己完整的小说世界观，继而进入小说的IP开发运营，引领了三次IP浪潮：第一次是漫画，第二次是小说实体出版，第三次是游戏。或者说，唐家三少在某种程度上引领了当下年轻人最火热的娱乐消费潮流。

而辰东，以其学养和对世态人生的敏锐把握，以及敏感的创作天赋，在作品中一直负重前行。如同所有的男频幻想类作家，他们在世界观的设定中见出高低比拼。辰东的小说世界观，最为突出的是精神调性。热血中暗含人性的挣扎、世态的悲凉，喜中有忧。这种沉淀的思想基因，折射出作为"80后"的一代知识分子对人生、对社会的思考。

对网络文学的创作与阅读而言，读者的鲜明分层决定了创作的风格差异。没有哪一种作品能够满足所有的读者。尽管今天的粉丝文化对读者圈层的影响加深，然而，理性看待不同圈层的创作与阅读接受是网络文学多元化多样化发展的必然。对男频"小白文"而言，圈层之外的作者与读者粉丝群体甚至研究者也对其读者群体庞大而呈现大受欢迎之态势多有不同看法。我深信，以唐家三少和辰东为代表的"小白文"作者，在创作那一刻是真实且真诚的。他们的创作高度契合他们的读者的生活、境遇、层次、认知、审美与格调。哪怕"小白文"不可避免地存在写法、创意、风格等方面的不足，但事实上它能够也已经以正能量的内容和情感感染它的读者,何况是唐家三少和辰东这样的作者创作的具备巨大想象力、书写少年的成长与冒险、倾注人文关怀的"小白文"。男频创作如此,在网络文学发展史上必定会留下独特的光彩。

女　频
——传统伦理中的女性悲剧力量与现代意识

相对于男频作家和作品,女频作家和作品展现了截然不同的风貌和景观。网络文学兴起这三十年来,读者的阅读体验、文体的生发演变、IP传播的生态构建都在不断地发展。但研究女频文,尤其是以古代言情为代表的女频文,发现至今未有太多变化的是小说所塑造的人物形象特点,或是离不开作者自身的经历映照,或是从中外名家名著中获取参考。与男频文巨大的幻想力对比,女频文呈现出极强的写实性。尽管与男频文一样,超长的体量与不定时的更新,让女频文在一般意义上"复刻"了男频文的某些遗憾,但女频文鲜明、突出的选材特征和思想立意,与男频文形成巨大而明显的差异。

女频古言文的作者试图传递的观点很明显。那些封建社会里的人和物,对女人而言,从历史大趋势来看,那些个命运总是具有悲剧性的本质。在这样一个人压迫人的社会里,一个不平等的社会里,一个封建的社会里,女性能够争取到的利益,只能靠父权、夫权的恩赐,而其所求的利益又是如此的微小。不管是深宫大院,还是草根民间,嫁得好总归是女性看得见的人生目标。

如关心则乱在《知否？知否？应是绿肥红瘦》（以下简称《知否》）中刻画的女性，几乎是封建社会全景式的人物集成。盛家的女儿们，各有各的命运，但作品传达出的悲剧性就在于，所有女人的命运都不能自己做主，甚至连主角也是如此。小说在一定程度上美化了封建朝代贵族妇人的生活，并在一定的范畴内给予了女性改变命运的可能，但这仍然体现了男性文化立场的传统伦理对女性的压迫和禁锢，女性的无力和命运的无常展现出无处不在的强大的悲剧力量。

希行的《诛砂》，在颠覆古今的重生之中，"医学"这一不衰的技能，成为那根定海神针，同时也为主人公的诸多现代意识找到了依据：

> 身份地位对她来说不算什么，靠着打杂谋生对她来说也不算什么，作为一个已经习惯顶起半边天并同男子一样在社会上打拼的女子来说，劳作不是低贱的，而是快乐的。还有什么比流自己的汗吃自己的饭更让人心安的事呢，不需要看人眼色，不需要担心会被谁夺走拥有的一切，因为所有的一切都掌握在她自己的手中。

如前所说，对网络文学的创作与阅读而言，读者的鲜明分层决定了男女频创作的风格差异。没有哪一种作品能够满足所有的读者。指出男女雌雄同体创作的异同，分析其与阅读接受之间的关系，是网络文学多元化、多样化发展的必然要求。对最能代表女频创作风格和特点的古言文而言，创作者对自身的成长和对性别意识与价值的高度认同，不仅随着社会发展而发展变化，也终将这种变化融入创作之中，折射那个远去的时代和社会，并以高度的文化自觉，寻求历史的辩证的解决方式，与读者的生活、境遇、层次、认知、审美与格调保持一致。尽管就是在女频古言文的创作中,也不可避免地存在写法、创意、风格等艺术手法的不足,还有更深层的基于性别差异的现代意识。然而,基于男女性别差异之外的人的意义上的进步,正在推动着女频创作的多元性和包容性。我们将更多地看到,书写超越性别之上的人的成长、倾注更多人文关怀的女频古言文。

唐家三少

一、如何成为网文大神

网络文学,从诞生至今,已有近三十年历程。回顾过去,网络文学的本质吸引力来源于网络写作发表的零门槛,如是吸引一批又一批想象力巨大、表达欲旺盛的青年一代,投身于网络文学的创作与传播之中。在方兴未艾的互联网文学时代,在日新月异的发展历程中,唐家三少,以及他独特的创作成就,无疑是网络文学史上绕不开的一道标杆。

唐家三少,阅文集团白金作家,中国作协主席团委员,北京青联委员,网络文学代表人物之一。至今创作字数累计达4530万,作品粉丝2645万。是的,这名头与荣誉,对一名网络作家而言,似已足够。网络文学的传播,非常依赖粉丝黏性,在这种传播生态中,粉丝读者的重要性不可忽视。在长期创作过程中,能够积攒起如此庞大的粉丝数量,也足以佐证唐家三少的成功。

然而,"大神"并非一天练成。在成为网文大神之前,唐家三少也曾有过"黯然时刻"。

或许鲜有人知道,唐家三少的本名跟"唐"字毫无关联。唐家三少本名张威,是一个地地道道的北京人。1981年出生的他,与所有的"80后"一样,成长于改革开放时期,从小就接受了改革开放思想浪潮的洗涤。1998年,唐家三少毕业于河北大学政法学院。毕业之后,他并没有从事与专业相关的工作。青春帅气的他,进了中央电视台,从事央视国际网站相关建设工作。那时候,中国互联网刚刚起步,网站建设自然也处在初始阶段,对一个刚毕业的小青年来说,这份工作经济效益不高,薪水也不理想。于是,两年之后,唐家三少跳槽到一家IT公司。只可惜,2003年,IT行业遭遇了一波经济危机,行业的低潮期到来。当年23岁的唐家三少,自然而然地被裁掉了。

从此,他变成待业青年。之后,他尝试过各种各样的工作,开过餐馆、搞过零售、卖过汽车装饰,因为身高和相貌优势,还做过模特。当然,这些工作,对唐家三少而言,都不尽如人意。即便如此,在此之前,他从未想过可以靠写作谋生。但是淡定如他,在生活的波涛翻涌下并未惶恐。过完23岁生日的那一天,他毅然决定专职写作。尽管,唐家三少在后来的多次采访中表示,自己当时尚未预料过人生会有多大改变,也从未想过写作能给自己带来奇迹。

2004年,他决定写一些文字。刚开始写作时的一些细节,总是耐人寻味,能让人感觉到,至今十几年的时光里,他不断显现出的创作特点,在当初已现出端倪。

2004年2月,唐家三少在读写网开始连载《光之子》。这部处女作反响好得出乎意料,点击量很高。当时VIP付费制度刚刚创立,稿费结算有了保障。初尝成功滋味,这种动力推动着他,很快他就将《光之子》写到78万字。《光之子》完本后,唐家三少加入幻剑书盟,发布了起初不太被人看好、但后续却非常火爆的《狂神》。随后,2005年,他转战起点中文网,发布《善良的死神》。

是的,唐家三少写得太快了。他离开读写网,是因为读写网经营不善而关停。而他离开幻剑书盟的原因,则是写得太快。以千字30元的价格,网站已支付不起唐家三少雷打不动的快手写作。随后,是众所皆知的起点 VIP 分成制度,从此全面开启市场化网络写作的好时代。而唐家三少,作为网络文学兴起和发展的见证人,连同见证了职业机制的从无到有。崛起于这个时代的他,通过一部又一部的小说创作,牢固奠定了自己的大神地位。从此,他成为"著名的网络写手""起点白金作者""北京市作家协会副主席""浙江省网络作家协会名誉主席",直至"中国作家协会主席团委员""全国政协委员"等不一而足。

二、个人特色与时代风貌

截至 2023 年 3 月,唐家三少发表作品共计已有 21 部,正在连载的作品是《神印王座》的第二部《皓月当空》。而在百度百科上显示,他的线上线下作品总数量已经达到 54 部。除了动辄几百万字的网文,也有数部优秀短篇情感小说。站在当下往回看,纵观唐家三少的创作生涯,有那么几部作品成为关键节点。这些作品,集中体现了他浓厚的个人特色与时代风貌,而他的创作生涯也随着这几个节点层层递进,发展至今。

众所周知,唐家三少的处女作是《光之子》。《光之子》是取材于他的生活经历片段,然后延伸幻想出来的奇幻故事。就连《光之子》的男主角长弓·威的名字,都是他本名张威的转化。这也正说明,唐家三少与任何一位文学爱好者起步时具有的平常无异,从自己的生活中提取素材。于他而言,《光之子》或许只能称得上是试水之作。第一次创作网络小说的他,就已经能够完成70万字长度的作品。《光之子》完本后,唐家三少立刻快马加鞭创作《狂神》。

作为唐家三少的第二部小说,《狂神》不仅让他初露锋芒,也可以说是他的创作讲究技法的开始。当年,《狂神》发布在幻剑书盟网站。一开始这部书并不被看好。彼时,客观地说,"小白文"与大众读者的审美品位尚有一定的距离。幻剑书盟曾经的写手兼论坛版主"法克大人",曾在知乎上颇有感慨地提起这部书:"别看现在起点是龙头,但在从前,幻剑书盟是绝对的业内老大。不因为别的,只因为《紫川》《诛仙》《新宋》《少林八绝》等作品都在那里首发。其中有本书,名曰《狂神》。那时候包括我,所有的驻站人都不看好这本书……他(唐家三少)那时候,跟老猪、萧鼎是没法比的。"

回到作品。与《光之子》相比,《狂神》注入了唐家三少汪洋恣肆的想象力。《狂神》讲述的是一个混血儿的成长史,而这个成长史的故事套路,从主角雷翔少不更事写起,直至日渐成熟,最终拯救世界。在这一技法过程中,通过各种情节和事件来磨炼主角身心,对主角进行武力的提拔与心灵的锤炼,最终其成为叱咤风云的英雄人物。这一故事模板至今仍然具有的成功性,早在彼时,于《狂神》之中,就得到实践与证明。而《狂神》这部在众多小说作者眼中并不稀奇的作品,却偏偏得到了大量读者的支持,帮助唐家三少赢得了最初的名誉。这仿佛是一只无形之手,推动了唐家三少坚持至今的十多年的创作人生。

《狂神》的创作套路得到市场认可之后,唐家三少秉持成功经验,笔耕不辍,勇往直前。《冰火魔厨》《生肖守护神》《琴帝》等,在网文读者看来,都是耳熟能详的上好之作。直到2008年,唐家三少创作出至今最重要的一部代表作《斗罗大陆》。

毋庸置疑,《斗罗大陆》是唐家三少创作生涯的分水岭和里程碑。如果说,《斗罗大陆》之前的作品只是在不断重复成功经验,那么《斗罗大陆》则可说是唐家三少作为创作主体的欲望体现。一方面,从小说故事性上看,唐家三少之前创作的《冰火魔厨》也好,《琴帝》也罢,都没有脱离当时网文创作中惯有的异界大陆"魔法""斗气"并存的力量体系。而《斗罗大陆》的创作,则是从他独特的想象力出发,勇敢创造出一个"武魂"的全新设定,彻底抛弃了原先的故事套路。另一方面,《斗罗大陆》是他真实世界中写作生涯的重大改变。

在《斗罗大陆》中,主角唐三是一个武侠帮派"唐门"的弟子。在现实生活中,唐家三少也是借助这部作品中主角的身份,正式成立了他的个人品牌书友团体——"唐门"。作者、作品主角、书友团体,原本是三个不同的真实与虚拟空间的群体,在这里,通过《斗罗大陆》被唐家三少勾连起来。他们不再是过去的简单的作者—作品—读者的创作接受流程,而是变成了一个闭环。从当下的眼光看,书友团的成立,就是建立并逐步巩固足够坚定的粉丝群体,也就是把握粉丝经济的第一步。作为在网络上生成、发表并传播的文学样式,作者与读者的良性互动是网络文学取得巨大成功的主要因素,可以说,粉丝是推动网络文学发展的重要力量。在这样的互动中,读者与作者相互成就。就此,唐家三少成为最受欢迎的玄幻小说作家,并持续在各种榜单中屡居榜首。

此后,唐家三少还创作了两部言情小说,其中《拥抱谎言拥抱你》在一定程度上可看作是他对身边朋友经历的创作联想,而《为了你,我愿意热爱整个世界》,则是他呕心沥血、付出真情实感之作。

《为了你，我愿意热爱整个世界》是一部半自传性质的小说，以他和妻子李默的真实故事为蓝本。全篇不过二十多万字，却倾注了他的深情与热爱。小说既叙述了两人之间十七年相知相爱的情感磨炼，也讲述了一个网络作家之"王"，是怎样度过艰难困苦，从而获得巨大成功的坎坷历程。流畅通俗的文笔、磅礴深邃的情感，以及自强拼搏的情怀流淌在字里行间。这部作品的意义，除了表达唐家三少的感情外，也借此告诉许多向往网络文学的人，一个人的成功往往不仅仅是幸运的降临，更需要足够的坚持和强大的自制能力，以及面对命运打击时所具备的强大抗压能力。

如今，历尽艰辛的唐家三少凭借出色的创作成绩和商业表现稳居业界之首，成为网络文学创作的主要领军人物。

三、从网文创作到 IP 开发运营

2001 年前后，国内越来越多的网络文学创作者和读者聚集起来。偶然之间打通的港台实体出版，让一些创作者有幸赢得第一笔收入，这让网络文学的先行者看到了前景和希望。2003 年，起点中文网 VIP 收费制度创建，标志着网络文学商业模式确立，自此，中国网络文学得以飞跃式发展。2010 年之后，中国网络文学行业就已经有计划地开始了海外传播之路，从东南亚扩展到包括日本、韩国在内的整个亚洲文化圈，之后挺进欧美等英语国家，直至在全球各地扎根开花结果。正如唐家三少经常讲的那样，中国网络文学和美国好莱坞电影、日本动漫、韩国电视剧并称为"世界四大文化奇观"，走在中国文化国际传播的前列。

而网络文学的海外传播有一个鲜明的特点，就是网络小说与它

的 IP 改编"互粉"现象。一部网络小说在海外火了,带动了它的影视版权输出;一部影视剧在海外火了,带动了网络小说走出去。的确,IP 与影视化紧密相关。《斗罗大陆》《花千骨》《甄嬛传》《琅琊榜》《寻龙诀》《何以笙箫默》《庆余年》等成绩斐然,在海内外获得了超乎想象的成功。

唐家三少曾讲:"先知先觉者经营,后知后觉者跟随,不知不觉者消费。"这句话表达了他对 IP 化的想法。在网络文学第一个黄金十年(2000 年至 2010 年)之后,2016 年 4 月,唐家三少创立了炫世唐门文化传媒有限公司,并担任董事长,开始走精品 IP 运营路线。不仅就唐家三少个人作品,也对其他优质作者的作品进行深度运作。"炫世唐门"可能是目前他旗下最知名的一家公司。除了炫世唐门文化传媒有限公司,他还拥有若干家公司,业务分别涉及 IP 运营、剧本开发、影视投资和制作、动漫、游戏周边衍生等。或许是网文圈素有"写而优则商"的惯例,唐家三少并非唯一一个创建自己公司的人,但他绝对是最特殊的一个。他从一个优秀的网文创业者变成一个经营者,自然是为了更好地开发自己的 IP 作品。

放眼全球,这种 IP 开发或许贡献了独有的中国经验。一方面,唐家三少是自己 IP 的创造者;另一方面,他也是自己 IP 的运营者。唐家三少坦言,他写作的动力是自己确实热爱这个行业,他喜欢写作,所以要继续写下去。而推动他做公司的动力则是他确实需要借助资本的力量,来做网络文学的 IP。他在多个场合宣称,要"做有世界影响力的中国 IP"。唐家三少坦承,为了达成这个目标,他有一个非常长远的规划,包括 IP 的改编打造。这时候就有了一个奇怪的现象,他往往并不是把 IP 拿出来去运营去改编,而是把自己之前贱卖的 IP 版权,重新花很高的代价买回来,去进行系统性开发。而这个系统性开发,就是《斗罗大陆》系列。

唐家三少在《斗罗大陆》完结之后,陆陆续续创作了《酒神》《天珠变》等作品,2012 年他发布了《斗罗大陆 2·绝世唐门》,2016 年他又发布了《斗罗大陆 3·龙王传说》。这些作品并非对前作《斗罗大陆》主角故事的续写,而是基于《斗罗大陆》的世界观设定,重新创造的新人物与新故事,脱离了此前的一本书一个设定。这在唐家三少的创作生涯中是独辟蹊径的。如果说,持续在《斗罗大陆》的武魂体系下创作新作还不算十分独特的话,唐家三少于 2015 年 3 月 25 日在新浪微博开始连载《斗罗大陆外传神界传说》,则是他试图进一步巩固并扩大自己网络文学创作疆界的有力证明。《神界传说》是《斗罗大陆 2·绝世唐门》之后一部承上启下的作品,书中出现了六个过去和未来作品中的主角,囊括了过去创作的《冰火魔厨》《酒神》《天珠变》《斗罗大陆》《斗罗大陆 3·龙王传说》等多个主角人物。

在网络文学行业,唐家三少曾引领过三次变化。第一次是漫画,唐家三少可谓小说改编漫画第一人,《斗罗大陆》的漫画,单本销量过百万册。第二次是小说实体出版销量,从《神印王座》开始,唐家三少的实体书销量节节攀升,《斗罗大陆 2·绝世唐门》的总销量突破了千万册。第三次是游戏,根据唐家三少小说创作的手机卡牌类游戏,集合《光之子》《狂神》《善良的死神》《惟我独仙》《空速星痕》《冰火魔厨》《生肖守护神》《琴帝》《斗罗大陆》这九部作品中的人物角色,唐家三少担任制作人,由知名游戏制作团队精心打造了"唐门世界"。唐家三少的"先知先觉",某种程度上引领了当下年轻人最火热的娱乐消费潮流。

以大获成功的《斗罗大陆》动画为例。唐家三少全程参与了动画的制作,在内容、剧本以及动漫气质上,都进行了充分的打磨。

《斗罗大陆》的动画积极向上,色彩明亮,充满生命气息。而在剧本把控上,还原度非常高,尽可能地根据原著来进行动画改编创作。从弹幕与评论看,原著粉丝对这部动画创作非常满意。从接受结果来看,《斗罗大陆》动画创造了中国动漫历史纪录,成为中国国漫历史上第一个单集播放量破亿的动画片,荣获了2018年腾讯视频星光盛典"年度国漫"荣誉称号。

在唐家三少看来,电影应是网络文学IP未来最大的衍生方向。他认为,游戏未来发展的趋势会是寡头市场,小游戏公司生存会越来越艰难,网络文学作品的游戏版权开发存在一定的制约性。而将来的中国,一定会成为全世界最具影响力的电影消费市场,其影响力始终是网络文学IP化最重要的目标。中国想要超越好莱坞电影,连载式玄幻大片必不可少,而内容来源于网络文学作品几乎成为必然。

如果是熟知电影市场娱乐文化的人,应该会给唐家三少《斗罗大陆》这部承上启下的作品一个特别的定义:创建"斗罗宇宙"的关键作品。在国外的电影娱乐文化之中,在对IP的高强度运作下,宇宙体系无疑是IP最终价值的体现空间。所谓"漫威宇宙""DC宇宙""迪士尼宇宙"等,无一例外。而目前从这个角度看,全世界都还没有单纯从文学作品扩展为宇宙体系IP的先例。关于将自己作品串联形成一个宇宙体系IP的想法,唐家三少非常笃定,他想创建的就是一个独属于"唐门"的"复仇者联盟",目的是打造一个以"斗罗大陆"为核心,多个作品形成矩阵,围绕动漫、游戏、影视等方式多方位开发的超级系列大IP。他认为,《斗罗大陆》这个系列到现在为止,已经有十多年,有那么多的读者喜欢,证明《斗罗大陆》就是一个内容为王的作品,值得如此开发。

正因为如此,唐家三少制订了完整的IP开发计划。在他的预期中,《斗罗大陆》整个系列开发要写完1880万字,出版93本书。而这整个大系列，都是为未来的整体影视化做准备。他希望 93 本书所蕴含的丰富内容，能够拍出 20 部到 30 部电影，500 集到 1000 集的电视剧，整个大系列有条不紊地进行下去，可能直到他八九十岁还没有做完，但依然要坚持下去。这样的大目标，自然要和大创意与卓越的行动力相匹配。放眼整个业界，唐家三少应是最具备这样的底气的创作者。

唐家三少，成功实现了从优秀的网文创作者到 IP 开发经营者的华丽转身。

2019 年 12 月 28 日，来自唐家三少的热门 IP 改编剧《斗罗大陆》海报正式上线。唐家三少希望能够通过自己的努力，做出一个"有世界影响力的中国 IP"。也许没有人相信唐家三少能成功，但他向来如此。十六年前，他刚开始写作网络小说时就是如此，给自己定好目标，然后朝着目标去努力，不成功也不气馁，相信坚持总会有收获。也许时间将证实，他会成为中国网络文学 IP 系列开发最有影响力的第一人。我不知道唐家三少会走向哪里，但至少眼下，唐家三少和他创作的故事，仍然吸引着我和众多读者。

四、网文大神如何成长

让我们回到网络文学创作上。实事求是地说，唐家三少不是传统意义上的"写作天才"，他并不具有那种"下笔如有神"的创作能力，或者哪怕让人眼前一亮的文笔技巧。不然，当年在幻剑书盟上，他的《狂神》也不会让彼时高品位的作者们看不起。但实事求是地说，他又的确具有创作天赋。唐家三少的小说向来在遣词造句上都不是多么出神入化，而总是能够在一个稳定发生的故事套路上，有着不断推陈出新的背景设定与奇思妙想。可以推断,他是一个有着巨大想象力的创作者。这就是属于唐家三少的创作天赋,也是最契合网络文学这个行业的天赋。

根据唐家三少自己的说法,一部100多万字的作品《善良的死神》,灵感来源也不过是"雌雄大盗"这四个字罢了。从"雌雄"二字上,唐家三少看到了男女之间的对立,继而延伸出善恶之间、光明与黑暗之间的对立。从这个角度出发,顺势创造出一个性格善良却从事黑暗杀手职业,善良与邪恶结合、光明与黑暗统一的主角形象。这是一种何其精准的转化与想象能力,在普遍而日常的事物与境遇中,挖掘到特别的创作意象,继而由小及大,推演出一整部作品的主题。由此来说,唐家三少每一部作品的世界观,都是相当新颖和庞大的。无论是《光之子》中,主角长弓・威所在的天舞大陆以及周遭并立的魔、兽两族所组成的魔法世界,还是《惟我独仙》中,海龙所生活的人、魔、仙、佛相互倾轧求和的修真世界,《空速星痕》之中天痕所存在的圣盟、黑暗势力与四大家族追逐制衡的异能世界,《生肖守护神》之中痞子齐岳与其他十二生肖守护者要奋力保护的都市神话世界,以及《斗罗大陆》中跳崖明志的唐门外门弟子唐三偶然穿越而到的武魂世界等,每一次的创作都体现出他超强的想象力。

是的,所有行业的成功者都在说,人生的成功仅仅有天赋是不够的。正如网络热语所言:世界上最怕的就是比你有天赋的人还比你努力。比起唐家三少的天赋,他的努力或许更值得学习、借鉴。

2005年,是唐家三少创作生涯的第一个高峰期。这个高峰期,完全是他对自己的迫切需求形成的。这一年,他为了结婚而打算在北京买房,为此,他不得不加快他的写作速度。仅仅一年,唐家三少就写了三部长篇小说——《狂神》《善良的死神》和《惟我独仙》。

这三部小说，光是字数，合起来就接近 500 万字。平均下来每天更新 1.5 万字以上。这种高强度的更新对当年的唐家三少来说是常态。是的，唐家三少称不上是写作的天才，他似乎也不曾拥有优异的文字功力。他坦承自己从未接受过文学创作训练，创作经验也称不上充足。他完全明白，他的小说故事都带着大众流行的套路与模板。这是一把双刃剑。众所周知的套路与模板，在情节塑造上，往往更容易让读者理解与接受，而在人物刻画上，脸谱化人物给予读者更加简单轻松的阅读体验。事实上，一种通俗的故事套路配上一个不错的世界观设定，在当时的网络文学创作中，已成为一种打造爆款网络小说的秘籍。而随之而来的负面影响则是，它愈加不容易为重视文学性的专业圈子或者了解文学创作特点的网文读者所接受。

在传统意义上，人们对于一部优秀文学作品的判定，总的概括都指向精雕细琢的共性认知，而唐家三少的写作偏偏以创作速度快而著称，这与多数人的认知在一定程度上形成对立。然而在作品的最终呈现上，唐家三少并没有出现因为写得太快而导致质量不如意的现象。回头看，2005 年的这段写作爆发期，生活上的压力只是表面现象，更深层的动机在于他内心对网络文学创作的无限热爱。正是这份热爱，催生其不断拓展的想象力与创造力。而这个时间节点，距离他开始学习并写作网络小说，也仅仅过去一年。

五、超越常人的坚持

谈天赋不能不谈到努力，谈努力也不能不谈到坚持。唐家三少的天赋与努力在前文已经得以证明，在网络文学圈子中始终流传着的两个相关的故事，则说明了他的坚持，也说明了他的超级自制力。

故事其一发生在唐家三少妻子待产的时候。据说唐家三少当时在产房外焦急而又无奈，最终他发现写作是唯一可以让他安静下来的办法。于是在等待孩子出生的时间，唐家三少在产房门口拿着笔记本电脑敲出了数千字。故事其二则是和他自己相关。唐家三少30岁生日那天，因感冒发高烧超过40度，身体乏力不得不卧床。到晚上10点多退烧之后，他立即倚在床头打开电脑开始工作，直到写完当天的章节才安然睡去。

唐家三少的勤奋、坚持、热爱、自制，对于网络小说创作这种高强度与高速率的工作来说，一切都是那么合适。他内心坚定而强大，生活中任何困难都无法阻止他完成每天大量的写作任务。唐家三少把他的成功也归于这样的坚持："我身边有很多同行朋友，他们都写得特别好，为什么最后他们的成绩没有我好？并不是我比他们写得好，可能是因为我比他们更坚持。"十几年来，许多年轻读者看着他的书长大，而持续写作在他看来是对读者的忠诚，同时也形成了强大的读者黏性力量。"我和用其他方式写作的作者最大的区别也在这里，我从来都不担心我的书没人看。"同时，唐家三少也表示自己之所以能够坚持下来，依然是出于"真的喜欢""是发自内心喜欢写，如果有那么一两天不写，我会有强烈的空虚感"。

唐家三少在网络文学圈里一直有"网络时代的赛车手"美誉。这种称赞，表面上赞扬的是他的勤奋与坚持，实际上是对他自制力的夸耀与褒奖。

六、针对目标群体创作

唐家三少的成功绝不是所谓运气好，赶上时代的风口，也不仅仅是单纯的"西天取经",坚持努力就能成功。在互联网时代,目标用户与消费群体的关系越发受到重视。与之相似,唐家三少在创作道路上,越发有意识地针对目标群体创作。他理性对待自己作品的读者定位,从不指望去讨好所有人。唐家三少的目标群体是少年读者,这决定了他选择的写作主题就是针对少年的成长与冒险。

少年的成长与冒险是唐家三少所有创作的主题。如果用一句话来概括唐家三少的小说,那么就是少年不断成长而延伸与拓展的故事情节与各类人物的情感纠葛。在他所有的小说中,主角往往生而不同,先天就与他人有差异。但是这种差异并没有给主角带来超越他人的特殊性,而是使他更加卑微,这在后续情节的延展中,让读者从主角的成长中获得更多的阅读快感。在表达少年与成长这个主题时,唐家三少将之分解成三个必要的特点元素和一个主要的成长轨迹。三个特点元素分别是:原本很强大却因为某些原因而滞留下来对主角进行教学的恩师,相互之间认识交往并且彼此产生足够深刻羁绊的兄弟以及各式小美女,或早或晚出现的将主角认为是一生唯一的灵魂伴侣。

在这三个重要的特点元素下,情节模板永远是主角和他的伙伴们经过比赛、冒险、战争等一系列历练,在一次又一次的胜利下,披荆斩棘不畏艰难地走向人生巅峰,受世人敬仰的故事套路。这种带有典型日漫风格的故事模式,在创作上几乎屡试不爽。所有的故事中,开头、经过、高潮、结尾都是预设好的。而这种抛却了文学作品中人们日常的思考、感怀与表达欲望,只是纯粹为满足普通人最深最大最爽的幻想的故事模式,在唐家三少从不中断的勤奋下,通过各种不同的世界观体系和不一样的小说题材类型,一次又一次地冲击阅读场域,吸引着一拨又一拨的青少年。

少年的成长是唐家三少作品的主题与基调,而冒险则是他的作品在这个主题下延展的表达。主题与表达融合在一起,主角在冒险中成长,又因为成长而开始下一次冒险。哪怕每一次故事中的成长与冒险都是相似的,可是在不同身份的主角形象及不同特点的力量体系的变化下,都能够带来全新的快感。稳定的情节富有新意,勤奋的写作加速作品呈现,这些因素结合在一起,正是唐家三少作品能够传播开来的根本。很多人惯常认为,一部作品能够吸引人,需要作者拥有丰富的情感底蕴、深厚的文学功底以及高超的写作技巧。然而对照唐家三少似乎并不尽然,他更多的是出于磅礴的想象力,就足够支撑起一部又一部作品。尽管他众多小说的背景设定是与当下现实疏离的异世背景,但其中蕴含的永远是现实社会的体验与观照。

很多时候,作品中的文字和情节打动人心的往往不是其本身,而是它们如同情感的引子,将读者生活体验中那些相似的情绪勾引出来,令读者感同身受。如是,玄幻类型的网络小说是一种有力的呈现手段。

而唐家三少,握有了关于少年与成长的秘籍。

七、小白文的"洗白"

近年来,中国互联网的热点、用户、审美、消费都逐渐从一二线大城市向三四五线小城市下沉,成为当下互联网领域清晰的发展趋势。随着科技革新、移动手机更新换代,互联网飞速发展,城市建设尚未完成足够扩容革新的时候,相较于一二线大城市,三四线小城市人群往往缺乏足够的文化娱乐产品。从这个角度而言,网络文学新一轮增长扩容显而易见。与创作相伴相生的是影响巨大的网络评论力量将一部又一部网络文学作品推向大众化、主流化视野之中。

我们从唐家三少十几年来创作的几十部作品的特点，可得出这样的结论：内容题材随时代变化，但基本风格保持如一。唐家三少的任何一部作品，其情节的线索与纽带都是围绕主人公的成长经历，而不断加入的人物故事又都是围绕主人公的成长延展而完成的。

对于主人公的塑造，尤显唐家三少的写作风格。简单来说，唐家三少总是从主角年幼时期写起，尽量给年幼时的主角加上较为悲惨的变故，通常这种变故来自亲情的缺失，比方说沦落街头、突然丧亲，或者是从小就是孤儿等，这种亲情的缺失通常也为全文埋下足够大的伏笔。比如《善良的死神》中的主角阿呆、《酒神》中的主角姬动，均不知父母是谁，《冰火魔厨》中融念冰丧父丧母，《斗罗大陆2·绝世唐门》中霍雨浩十岁丧母等，不一而足。亲情缺失是唐家三少加给主角的第一个逆境，而几乎每一部作品的主角都是在这种逆境下跌跌撞撞地成长。

从人物幼年时期开始叙述，见出唐家三少的故事谋略。时间线的延长，让他有足够的时间来描述主角的成长，而这样的长度足够讲述主人公从幼稚走向成熟的经历，作品也就相对拥有足够的张力。几乎所有的作品之中，唐家三少都会给主角加入进入学院、跟随师父或者其他类似的深度修炼情节。这是典型的针对特定读者群体的一种写作技法。他试图在小说当中增强对读者共情能力的呼唤，因为几乎他所有的读者都有"上学"这么一种短期或长期的封闭式体验。另一方面，大多数读者对于网络小说的阅读习惯，通常都是承袭自武侠小说，而在武侠小说里，师父带徒弟跋山涉水，不断教导徒弟修炼的类似情节已经层出不穷。无论从哪方面而言,对于唐家三少的读者们来说,这些都已成为长期阅读养成的习惯性"共情"。

伴随网络文学创作发展,有那么一批研究者与之共进。他们通常将这种类型的作品,即那些情节通俗流畅、人物形象脸谱化、从头爽到尾的网络小说,称为"小白文",并得到了网络文学界高度认同。尽管这个概念本身看似姿态高高在上,但客观地讲,网络小说和所有的小说文本一样,从普罗大众兴起,大多数读者喜爱的网络文学类型,无疑是这种看似简单的"小白文"。而到目前为止,这仍然是网络文学内容发展的趋势。这是经过市场竞争检验最后胜出的写作类型。"小白文"在屡遭过于通俗简单的指责背后,有其旺盛顽强的生命活力。固然,唐家三少的作品就是典型的"小白文",但"小白文"的核心本质反映的并非它们的文笔缺陷,而是直接、浓烈的情感生命力。读者通常能够在"小白文"的故事中,感受到冲破困境的渴求与欲望,个人理想的压抑与实现,生活的熬炼以及强烈渴望改变人生境遇的信念。唐家三少在"小白文"基础上,加入人文关怀,使他整个创作提升了高度,也为"小白文"的"洗白"树立了样板。

以《斗罗大陆》的整个系列为例,《斗罗大陆》从第一部到第二、三、四部,首先具备了一个宏阔的时间纵轴的历史进程,从冷兵器时代到热兵器时代,从高科技时代到星际时代,每一部作品的时间体系相差一万年,整个时间进程贯穿始终。而唐家三少所架构的自然不止于此。他为他的每一部作品加上在"世界观"历史进程中的人文关怀。第一部的关注点是"动物在这个世界占据主导地位",第二部是"人类占据主导地位",第三部是"动物濒临灭绝",第四部则彻底变成"人与动物和平共处"。这些作品的"串联",足以见出作者暗藏在"小白文"里的"心机"。

辰 东

一、粉丝眼里的"坑神"

起点中文网的制式标签上写道:辰东,阅文集团白金作家,网络文学代表人物之一,中国作家协会会员。至今创作字数累计达3131万,作品粉丝4479万。

我无法得知,辰东是否为目前粉丝数量最多的一个网络作者。然而这个数据本身足以说明并提示我们,在网络作者成长和作品传播过程中,粉丝的重要作用不可忽视。

网络文学从发轫起,在传统文学出版门槛高的情况下,一拨又一拨怀揣理想和抱负的青年涌入网络,用巨大的想象力,在键盘上敲出一个又一个故事,吸引了一大批同样成长于互联网文化环境中的读者。

起于草根、生于民间的网络文学,在商业化的加持下,作者、读者、作品数量不断增加,形成了一个蔚为大观的网络文化部落群。从文学意义上看,网络文学接近于通俗文学中的类型写作,又具有其独特的属性和价值。网络文学之所以一路繁荣发展到今天,作者队伍日益庞大,作品数量不断增多,读者日益广泛,并且逐渐走向了主流化,与网络文学的本质属性有极大关联。作为在网络上生成、发表并传播的文学样式,不能不说,作者与读者的良性互动是网络文学取得巨大成功的主要因素。

在这个风起云涌的互联网时代,在网络文学日新月异的发展当中,辰东,加入了网络写作大军,并以他独特的创作表现脱颖而出。

我格外关注粉丝眼里的辰东。对于一位网络名家、一部网络文学名作而言,从粉丝开始说起,似乎是一个不错的视角。对于我这个专业读者来说,这个视角是客观的。然而对于"东粉",这个视角又是主观的。而我依然看重粉丝的看法。我认为,粉丝是推动网络文学发展的一股不可小觑的力量。正因为如此,我想,这是网络文学作品分析的一个重要窗口,于是,我把这部分内容放在前面。

辰东本名叫杨振东,想来没有多少人知道。但作为网络作家的辰东,粉丝给了他两个响亮的名号。

一是东哥。东哥是很多粉丝对他的称呼,透着那么一股舍我其谁的亲切。叫他东哥的粉丝,我想大多数应该和他互动过。在他的作品下方的评论区,数不清的帖子,数不清的留言。还有微博和后来居上的微信公众号。大家因东哥而聚在一起,个个都是这个大家庭的一员,坦诚、真心,说着想说的话,写着想写的字。

到目前为止,辰东共创作出八部作品,分别是《不死不灭》《神墓》《长生界》《遮天》《完美世界》《圣墟》《圣墟:番外》《深空彼岸》。粉丝们的东哥就是这样,在十多年的时光里,像一介农夫,日复一日地耕耘着他的田地。

辰东毕业于中国石油大学,这是全国重点大学,被誉为"石油科技人才的摇篮",是国家"211"和"985"高校。辰东毕业的时候,学校已经成为国家首批实施"卓越工程师教育培养计划"的61所试点高校之一。专注于写书的辰东并没有顺理成章地成为一名工程师,而是成为粉丝心目中的东哥。东哥，这是个有着江湖气息的称号。从理工男到东哥，这条路有多长？个中的辛苦只有辰东自己最明了。

辰东赶上了网络写作的好时代。网络上把那个时代叫作青铜时代。崛起于网络文学青铜时代的辰东，一写不可收。第一部作品《不死不灭》拉开了写作的大幕，接下来的《神墓》奠定了他的大神地位。自此，他成为"著名的网络写手""起点白金作者"。

在读者的心目中，辰东是重要的，有多重要呢？粉丝给了他又一个称号——"坑神"。

"坑"在网络小说中的意思，总的来说是指伏笔。像写《此间的少年》的江南，在当初的网络与纸媒上穿梭，好多超大的"坑"四处搁置，引无数读者吐槽。小到一部小说章节之间的"坑"，大到一部作品结局的"坑"，再到章节里的人物、事件的"坑"，不计其数。正如一千个读者有一千个哈姆雷特，一千个读者就有一千个作者。作者的"坑"由读者来评价。及至辰东，依据他小说中的表现，荣获了"坑神"这一称号。

"坑"本身无所谓好与坏，"神"也如此。"坑神"这一称呼，由"坑"而"神"，我想，肯定也是爱恨交加吧。

挖的"坑"多了，便也挖顺手了，连辰东自己也深深沉迷于挖"坑"的写作体验，甚而提出了"生命不息，挖坑不辍"的口号，以匹配他"坑神"的称号。换个观察角度，读者一边在控诉着"坑"带来的痛，一边在享受着"坑"带来的阅读快感。"痛并快乐着"，或许就是辰东与他的粉丝们共同的感受吧。对于那些狂热书迷来说，他们对"辰神""辰东大神"恐怕更是心有执念。

从第二部小说《神墓》起，辰东接连登临小说风云榜。《神墓》《遮天》《完美世界》都是如此。其中《神墓》《完美世界》更是长期占据第一,他是作品登顶风云榜次数最多的网络写手之一,蝉联起点中文网榜首多年。他的作品相继被改编为网游和手游。近年,电视剧、电影、网剧、网络大电影等方面也开始关注他的小说并实现IP转化。实体书更是深深吸引广大读者。

任何一位成功的网络作者,与他的读者都是成功互动的。读者与作者的阅读交互性是网络文学的根本属性之一。我在各个有关辰东作品评论的平台上摘录了一些粉丝的话,试图还原一个粉丝眼里的辰东。从这个视角看辰东的为人、为文:

· 辰东有人品,很少请假,请假了也会补上(三更半夜更新为正常,三更为大爆发)。

· 辰东性格谦和,从来不说自己的文如何如何,对树下野狐等网文前辈更是以仰视的态度对待。

· 辰东行事有原则,不卑不亢,不因为读者改变文章的大体方向(如赵琳儿、李小曼问题)。

· 辰东写文精简,毫不拖泥带水,读之虽少而畅快无比。

· 辰东笔下人物个性鲜明,龙套都形象凸显。

· 辰东的文笔生动形象,给人以极强代入感。

· 辰东笔下主角心怀天下,以苍生为念,为了大局可以一笑泯恩仇。

· 辰东善于描绘人物,笔下无论英雄美人,都栩栩如生,使人若见其佳容于面前。

· 辰东笔下人物斗智斗勇,几乎没有逞一时之气的莽夫,在机算和谋略中,精彩的情节铺展开来。

· 辰东笔力恢宏,舆图一展,八方云动,气势磅礴。

·辰东善于写情,无论父子亲情,男女痴爱,抑或隐隐约约的爱恨交杂,都能用极其精简的笔法透彻表现,而不妨碍情节的发展。

·辰东之文布局宏大,玄秘万千,引人入胜。

·辰东文笔优美,用词丰富,辞藻华丽而不显拖沓,读之如诗如画。

·辰东写作手法多变,直叙、倒叙、插叙运用得心应手,使人不禁为之所迷。

·辰东写作严谨,章节总在修改后才发,甚至回头删改已发的章节。

·辰东之文内涵丰厚,读后回味无穷,且(让人)领悟人生之道理,收获心灵之感动。

·辰东的文章文字优美,故事新奇婉转,架构紧凑,气势磅礴,让读者身临其境,欲罢不能。

瞧,这么多的溢美之词。也许,很多人认为凡是成了"粉",其言论就不足以采信。因为既然是他的"粉",应该不会指出或看不出其作品的不足。我想不是的,这也正是网络小说不同于传统文学之处。因为在作者与读者的交互性阅读中,读者与作者对作品的看法会顺畅及时地交流,在这个过程中,没有谁能够阻止读者提出自己对作品的意见,当然,绝对地讲,也没有谁能够左右作者接受与不接受读者对作品的意见。然而,任何一位网络作者都会十分看重读者的意见。有则改之,无则加勉。"粉"可能会言过其实,可能会夸大其词。然而,一部超长体量的网络长篇,如果不是"粉",其阅读难度是显见的。所以,也只有"粉"的火眼金睛,才能有效地抓住那些作

第一章 成长平行线

品中的好，指出作品中的不足。我在读了辰东的小说之后，并没有觉得这些粉丝读者的体会有多么夸大其词。从专业阅读的角度客观地看，这些评论指出了辰东作品的一些特点和内涵，但仅点到为止，并没有展开。

先前说，辰东在《不死不灭》之后以《神墓》一文扬名立万，成为网络大神，并开创了太古战争流和玄幻悬念流。那个时候，网络文学界"小白文"日渐风行。而辰东的文以其诡异冷静的风格异军突起，那冷艳的姿态吸引无数读者的同时，也成就了辰东"坑神"的名号。

在读者眼里，辰东的所谓行文诡异，仍是他的挖坑本事。剧情一路走向，坑坑相连，一环扣一环。通常是读者从一个滔天大坑刚刚跳出，紧接着又掉进相邻的另一个更大的坑里。制造连锁坑局是辰东的拿手绝活儿。坑坑相连，仙路迷漫。

我通常会把小说家比喻为一位魔法师。辰东完全符合我对文字魔法师的想象。他在那一个又一个坑局之外，冷眼望红尘仙路，冷静地构思着一场又一场星辰巨变。同时，让读者惊叹的是他的世界观架构，只有想不到，没有写不到。在我的想象中，书写时的辰东，更像一个跳出五行六界的圣主，用"上帝"的一只眼冷静地观察着凡尘俗世，用另一只眼斜睨着浩瀚星空、不灭的未来。

有的东迷读着读着就不冷静了。出于对东哥的极度崇拜，从此下笔做个"练家子"。但是，超过30万字容易，写到完美结局太难。要么天塌地陷，故事情节崩盘，要么不知怎么就"太监"了。总之到今天，还没有出现一个谁，因为模仿了辰东写到前面去的。

曾经，有人评出小说界最有影响力的八大作家。八人中，金庸、古龙、梁羽生、黄易，这四人是公认的武侠大家。金庸的侠骨柔情、古龙的离奇古怪、梁羽生的刚正不阿、黄易的气象万千，让人无限感怀。韩寒、郭敬明，从文学出发，走向时尚文化。赞美也罢，争议也罢，他们成为青年时尚文化的某种标签。而入选其中的网络作家有二，其一是唐家三少，其二是辰东。我以为，唐家三少和辰东以各自鲜明的写作风格各领风骚，作为网络小说的领跑者当之无愧。如今的唐家三少已然成为网络文学创作的领军人物，他以出色的创作成绩和商业表现稳居业界之首。而辰东，却仍然腼腆到说话时脸微微发红，不擅长在众人面前抛头露面，尤喜静处。评语中这样写道：

> ……辰东想象力超绝，行文如天马行空，超脱不羁，能最大限度调动读者的代入感和心理欲求，其亦庄亦谐、纤秾合度的笔法也使读者们欲罢不能。此外，辰东的巅峰作品在热血中暗藏人性的挣扎、世情的悲凉，在看似欢喜的结局中潜藏对社会的隐忧，已是超出了一般网文的境界。

是的，这个评价在我看来，一如辰东藏在文字背面的表情，冷静克制。不说这个榜单的主观性，单从客观性而言，辰东在网络小说中的影响力和地位也略见一斑。

辰东的粉丝有个称号，叫"辰迷"。这是辰东书迷的自我简称。从辰东的《神墓》大火后，2006年末"神墓吧"创建，标志着辰迷正式组成。辰迷是一个群体，从性质来看，属于网络玄幻仙侠修真小说书迷团体，也可以说是一小股网络文学思潮。在网络文学历史沿革中，和文学史上任何一种文学思潮一样，辰迷团体有高峰，也有低谷。发展到辉煌之时，也是高人无数、神帖万千。在文学实力方面，足可以与"诛仙吧""搜神记吧"争锋。也会在几番唇枪舌剑后数度起落。辰迷团体也随之长胖、消瘦。但来来往往，潮起潮落，辰迷团体依然在那里,仍是一股不容忽视的粉丝力量。

实事求是地讲,每一位知名网络作者的粉丝群体都会有一些自大意志,和对其他同类文作者以及某些类型文作者的不屑,甚至有时在相关评论里用词粗鄙,带有强烈的情绪色彩。这也体现出大神粉丝团体的一个鲜明特征:各自为政,一致对外,时刻保持竖起针芒抵御外侮的状态。这一方面说明了粉丝团体的主观性和忠诚度,另一方面也体现出网络类型小说不同作者、不同阵营之间读者的真实状态。这已是社会文化学范畴的问题,在此不深入探讨。

从《遮天》开始,辰迷力量渐渐复苏,人气甚至超越了《神墓》。粉丝团体的阅读水准肯定是参差不齐的。这是所有的网络大神粉丝团体的普遍现象。然而这也是网络文学随科技时代发展而广泛传播的必由之路。传播渠道和手段的多元化,一样作用到网络小说粉丝评论平台。在"遮天吧"之外,"辰东吧"后来居上,人气激增。各种山寨、同人、剧讨、诗词层出不穷,呈现出百家争鸣、欣欣向荣的生态景象。相对于现在网络文学类贴吧实力普遍下降的大环境,大神粉丝贴吧显得热闹非凡。特别是辰东微信公众号的粉丝会聚度居高不下,由此可见辰迷团体的实力。

因网络小说的本质属性,作者和读者之间会产生重要的相互影响。在我看来,辰迷与辰东之间的主要影响是正向的。从辰迷的各种评论可看出,大多数辰迷的修养是良好的,价值取向是正能量的。

我真诚希望辰东与辰迷能够相互促进,共同进步。

读者看了辰东的书容易入迷,我也如此。我曾经连续若干天夜读《遮天》而不知疲倦,但我自认为依然能保持清醒的专业阅读状态。我是不能因为读了辰东的小说而成为辰迷团体的一员。因为,保持一个自省而后省他的状态,是对一名阅读者专业素养的基本要求。对于其他类型小说的阅读，莫不如是。

我在前面说过，辰东十几年来共创作出八部作品。这八部作品，每一部都是他的一段心路。

他的第一部作品《不死不灭》，算热血天才流、浪子异侠类，约80万字，依然有10万收藏。故事写了一个被称为魔的人，为了生存而苦苦挣扎，最后走上了一条抗天之路。

> 历千劫万险，纵使魂飞魄散，我灵识依在；战百世轮回，纵使六道无常，我依然永生！天道！天道！天已失道，何须奉天，道既死，魔应生！

是的，辰东在他的第一部网络小说中，即立下了写作方向和写作理想。书写凡人的不甘，书写凡人的超凡之处。打破生命的禁锢，追求那万人向往的永生。

他的第二部作品《神墓》，算重生洪荒文、异世大陆类，约302万字，总收藏达50万。故事讲的是一个叫辰南的平凡青年，在死去万载岁月之后，从远古神墓中复活而出，如林的神魔墓碑令他感到异常震撼。书中演绎了绝代佳人与缠绵的爱情，恐怖绝地与玄异的惊险之旅，远古遗闻与失落的传说，众神之秘与不灭的神之遗迹。那些神秘的东方修道者、奇诡的西方魔法师、无敌的东方武者和至强的西方龙战士，演绎出一曲惊心动魄的传奇。"神死了……魔灭了……我还活着……为什么？为何让我从远古神墓中复出，我将何去何从？"一个凡人向偌大的世界发出了诘问。

悠悠万载，沧海桑田。辰东架构的世界就这样大得无边无际。这部小说奠定了他成为大神的基础。

第一章 成长平行线

他的第三部小说《长生界》,算是洪荒凡人流、东方玄幻类,约305万字,50万收藏。在这部小说里,辰东继续着他对苍天发出的诘问。

问世上谁人能不死?

任你风华绝代,艳冠天下,到头来也是红粉骷髅;任你一代天骄,坐拥万里江山,到头来也终将化成一抔黄土。

然而,关于长生不死的传说,却始终在,代代相传。

在他的想象中,远在人世间之外,有一个浩大的长生界,那里百族林立,有实力堪比神灵的古老战族,有身体内封印着上古不灭兽魂的强大蛮族,还有风姿绝世的丽人族……更有真正的神祇!

故事写萧晨追寻着长生不死者的足迹,慢慢揭开了上古神话世界的面纱。尘封的无尽岁月,热血澎湃的战斗,激情与欲望的诱惑,在他的世界中次第展开。

到了第四部小说《遮天》,属于修真文明、古典仙侠类,自2010年10月开始连载,至2013年5月完结。全书约635万字,50万收藏。辰东迎来了又一个增长期。

他的凡人设定,与偌大的万古苍穹架构在一起。宏大的开篇即写道,冰冷与黑暗并存的宇宙深处,九具庞大的龙尸拉着一口青铜古棺,亘古长存。这是太空探测器在枯寂的宇宙中捕捉到的一幅极其震撼的画面。九龙拉棺,究竟是回到了上古,还是来到了星空的彼岸?

叶凡,来自地球的凡人,在浩大的仙侠世界里,神秘与热血同在,激情与欲望共生。登天路,踏歌行,展现出弹指遮天的气概。

《完美世界》是他的第五部小说,属于草根升级流、东方玄幻类。

约659万字,50万收藏。

  一粒尘可填海,一根草斩尽日月星辰,弹指间天翻地覆。群雄并起,万族林立,诸圣争霸,乱天动地。问苍茫大地,谁主沉浮?一个叫石昊的少年从大荒中走出,这未可预料的一切就这样开始。

有人说,《完美世界》是《遮天》的前传。的确,《完美世界》讲述了一个《遮天》里盛不下的故事。

第六部小说《圣墟》,属于灵气复苏流、东方玄幻类,总字数约613万。这是一部游戏向小说,但不失辰东风格。

  在破败中崛起,在寂灭中复苏。沧海成尘,雷电枯竭,那一缕幽雾又一次临近大地,世间的枷锁被打开了,一个全新的世界就此揭开神秘的一角。

小说里的主角各有敌人,各具势力,各有功法,各怀异宝。在游戏里讲故事,在故事中打游戏。这部《圣墟》可以看作是网络小说娱乐化的一个代表。之后又有了《圣墟:番外》。

2021年5月1日,辰东开了异术超能、都市科幻题材新书《深空彼岸》,目前已完本,约534万字。

简介中写道:仰望星空,总有种结局已注定的伤感。千百年后,你我在哪里?家国、文明火光、地球,都不过是深空中的一粒尘埃。

深空尽头到底有什么?我不知道,想必辰东也因不知道而无法止步。

第一章 成长平行线

希 行

《诛砂》,写到这第八部作品,起点中文网白金作家希行有了些许不一样的想法。粉丝读者也敏锐地捕捉到了这一点。在此前,希行已凭借《名门医女》中情节的纯熟流畅、引人入胜而一作封神,紧接着又依靠《娇娘医经》中故事的酣畅淋漓、别出心裁而吸粉无数。《诛砂》刚刚上架连载,就引发了众多关注。无论是粉丝读者、同行作家还是网文行业的研究者、观察者,都想从这部新作中了解希行的潜力还有多大。在网络文学这片原野上,她还能开拓怎样的天地?

希行的写作功力是毋庸置疑的。《诛砂》自 2015 年 3 月 1 日开始连载,当月即登上了起点女生频道月 PK 榜第一名。连载期间,在女频月票榜连续五个月名列第二,10—11 月位居第一,热度可见一斑。2015 年 11 月 28 日连载结束,全书完本约 164 万字,获得 250 余万总点击量,近 60 万推荐,10 万收藏。同时,作品荣获 2015 年度阅文集团"福布斯·中国原创文学风云榜之女生作品 TOP10"第六名。这些成绩是耀眼的。希行经过六年潜心修炼,对网络文学的创作规则驾轻就熟,正形成自己的风格和特色,也培育了一批忠实读者。

不过熟悉希行的人们也会发现,《诛砂》的创作,并非对《名门医女》《娇娘医经》的简单重复,而是在网络文学的"规则"和"套路"中,寻求新的突破,加入新的思考,让网络小说不仅仅是简单求爽,而且带来对社会历史和现实世界的反思。凡是创新,总有代价。在《诛砂》连载的前半部中,层层铺陈的设计,绵密细致的勾勒,却让从《娇娘医经》一路追来的读者感到困惑：这部作品怎么跟上部作品不太一样？在充满了"鸽子"和"太监"的网文界，作者大大们靠前半部连载就能赚得盆满钵满，而希行的这一部会不会虎头蛇尾、草草结束？那些纷繁复杂的铺陈和线索，后面会不会用得上？换句话说，值不值得我们真情实感、真金白银地追文？还是先观望一阵，"养肥"再看？

勇往直前、不拘小节的希行，在《诛砂》中展现了她对写作技巧的钻研。当小说进入中后部，此前所有的谜团一一拨云见日，所有的线索纷纷编织成网。作品不但读起来高潮迭起、激动人心，而且每一小节过后，掩卷沉思，都能感受到希行为我们留下的那些值得思考的庞大命题：关于现代，关于自然，关于权力，关于女性……对于希行来讲，写作，已经不是简简单单的码字赚钱、说书取乐。她的创作，是希望让网络文学拥有更多的读者，走得更广，也是希望让网络文学更有深度，拥有更强的生命力。这些勇敢的尝试，不但体现了希行作为白金大神的创作力，更体现了作为年轻大神的创新力。

希行如何从初出茅庐的写手，成长为今天具有眼光和格局的大神？她的创作与思考怎样一步一步成就了今天？

一、初出茅庐：《有女不凡》《古代地主婆》

希行，本名裴云，生于河北，奠定了她骨子里的北方基因。童年的希行，生活在一个小镇。她出生的那一年，她的父亲参加了高考，成为一名大学生，自此改变了家族面朝黄土背朝天的命运。与金榜题名同期而至的这个女儿，自然也被父亲视为幸福的象征、命运的恩赐，因此父亲也特别重视对希行的教育。

第一章　成长平行线

20世纪80年代，文学是社会文化思潮的一脉洪流。通常，一篇文章就能引发轰动效应，成为全社会都来讨论的话题。而各类新闻政策、趋势潮流，也都会很快被作家纳入笔下，成为创作素材。希行的父亲进入大学的中文系学习深造，家中积累了大量的文艺理论和文学作品。希行上中小学时，就读完了很多中文系的入门教材。虽然当时还是少年，一知半解，看过之后好似也忘了，但是多少还是在脑海中埋下了种子、刻下了痕迹，只待时机成熟，就能破土而出。

此后，希行的阅读范围不断扩大，除了文学史中提及的各种文学名著，当时极为流行的通俗小说也进入了她的视野。希行回想，她的叔叔有一套金庸的《倚天屠龙记》，她打开书，看到插图里的张无忌站在屋子中间，任几条狗扑在身上。第一次读到武侠小说的希行，看得如痴如醉，世间竟然还有这样的故事！于是，小学期间，她看完了所有的金庸小说，然后又扫荡了当时有名无名的几乎所有的武侠小说。最后，这些经历在她的自觉意识中，打通经典与通俗，贯穿中国与西方，使文学的养分源源不断地进入她的写作储备库。希行说："那种阅读的美好，畅游在故事里的神奇感觉，是我喜欢的，也是我想要传达给读者们的。我迫切地想要讲故事，因为世上没有比这个更有趣的事了。"

自小接受文学熏陶的希行，在小学六年级就开始编故事了。看到她的笔名，很多人会有各种联想，有的会想到"带着希望前行"，如同她的作品，在惩奸除恶中带给人前行的力量和勇气；有的会想到"大音希声，大象无形"，如同她本人行事低调，只用作品与读者交流。其实，这个名字源于那个自己给自己讲故事的六年级小女孩。希行讲："那时候正在播放《希瑞公主》这部动画片，所以我就幻想了一个女主角叫希行公主,在我的脑海里她陪伴了我整个童年,所以当我真正开始创作以后,就自然而然地以她为名。"虽然这个年少稚拙的小故事只有几位好友知道,但是少年时代里的经典文学解析的点拨、武侠小说阅读的酣畅、自己创编故事的初心,却始终贯穿于她后来的创作历程。

希行正式的写作生涯却是从28岁才徐徐展开。工作稳定、有夫有女、生活安宁,一切逐渐步入轨道,而希行内心渴望创作的泡泡却慢慢上升。2009年3月9日,希行在起点中文网上开始了自己第一部网络小说《有女不凡》的连载。每天白天上班工作、晚上下班照顾孩子,到了夜深人静之时,就开始投入创作之中,次日早上准时更新3000字左右的一章,虽然是新手作者,但是几乎未曾断更。在希行的勤奋创作中,其作品迅速聚集起人气,也被起点的编辑相中,连载不到20万字,就收到了上架邀约。也就是说,网站的各项数据表明,这部作品的后续章节可以进入VIP章节,对订阅追更的读者收费了,作者也能够获得相应的收益,而不是只拿低廉的保底劳务。这对于新手作者来说,是很大的鼓励。

> 这本书(《有女不凡》)是我很早构思的一个异世大陆的故事,女主呢也不是穿越的,是一个生来因为预言而差点命丧父手的公主,经历种种历险建立新世纪的故事,有点类似《蔷薇天下》,也是因为有了《蔷薇天下》在先,所以我就改了,改成眼下最流行的穿越,建立新世纪的使命也交给世人比较能接受的男人来完成,当然,女主是作为幕后推手的。

希行的首次创作经历,以及这段创作自述,都说明她进入网络文学写作不只是一时手痒,而是对网文领域有过长期观察。第一,她在构思故事时,将自己想写的故事框架与已有的网文作品进行对比,尽量避免无意的相似带来的借鉴、抄袭争议。第二,她对网络文学的流行类型有自己的观察和把握,为了赢得最广大的读者,会自觉靠近流行风格和读者趣味,而不是闭门造车。第三,在主题立意上,虽然是女性向作品,但是为了照顾一般读者的接受程度,还是选择了男主当前、女主辅助。第四,希行对于网络文学的行业规则比较熟悉也乐于遵循。虽然是新人,但发文前做足准备,可以每天按时更新、基本全勤,这都是她很快进入正轨、被行业接纳的必要条件。

不过,随着作品连载,在海量作品中培养了品鉴力的网文读者,对希行的这部处女作提出了很多建议和意见:觉得文笔有些小白,故事主线还不够清晰,女主的性格、选择、金手指,时常会有失衡和矛盾的地方。作为新人作者,一下子受到这么多的关注,希行也和大家相互讨论,开篇阐明自己的创作思路,但是这些与读者的交流,有时又会被个别读者认为是态度不好,让刚刚开始写作的希行也感受到一些烦恼。

2010年1月12日,希行的第二部小说《古代地主婆》与读者见面了。经过第一部作品的历练,希行已经对穿越类型驾轻就熟,在此基础上,她同样保持着对流行类型的敏感,并加入了当时正兴起的种田元素。《古代地主婆》的篇幅与前一部作品相差不大,结构和文笔更加成熟流畅。作品连载两个月就上架入V,三个月进入月票榜前列。对于新人作者来说,希行的创作得到了广泛认可。

不过另一方面,作者主观创作意愿与客观接受环境的矛盾,已经体现在文本中,原本是大女主的故事设定,为顺应"男性崇拜"的潜在观念,而刻意削弱女主、凸显男主,想要达成中国传统文化中家庭圆满的结局,但是读者却敏锐地发现了其中的错位。到了《古代地主婆》,这种错位更加明显,前期与女主人公林赛玉相伴的,是她的原配丈夫刘小虎,但是随着夫妻两人离开田园,进入庙堂,林赛玉的现代观念已经和刘小虎产生了巨大矛盾。伴随着刘小虎要另娶他人,两人终于分道扬镳,而另一男主苏锦南与林赛玉走到一起。主人公情感的变化,引发了读者的激烈讨论,站错 CP 的粉丝情绪激动。希行在创作感言中承认,后半部创作只有粗线条的提纲,通常都是坐下来的那一刻边写边想,因此也产生了删帖改文的冲动。

初出茅庐,面对读者激烈的评论,希行从写《有女不凡》时的晕头转向、尝试辩驳,转变为写《古代地主婆》时的谦虚谨慎、认真梳理。在《古代地主婆》完结后,希行专门另开了一个免费栏目,整理并收录了读者们的精华长评两万多字,每篇评论之后,还加入了自己的体会和点评。这一现象在网文作者中比较少见,希行的谦虚学习,让她的写作不断进步,也鼓励了读者继续贡献宝贵的意见和建议,增强了粉丝的凝聚力。

二、形成风格:《回到古代当兽医》《重生之药香》《药结同心》

经过前两部的试笔,希行的作品得到很多读者的喜爱,对于穿越类型她也得心应手。不过,在竞争激烈的网络文学领域,这只能算是站住了脚跟。如何才能开拓出属于自己的一片天地,进入第三年写文的希行,开始了认真的思考。

学中文的父亲,给希行带来了文学的滋养,促使她走上了创作的道路。而母亲的中医身份,让希行在耳濡目染之中,对医学也有所涉猎。在一部又一部的穿越小说中,女主人公从现代回到古代,带着希行为她们安排的金手指行走四方。希行常常也会将自己代入其中。她曾自述：看了很多穿越文，心里除了对那些故事里女主角的美好生活羡慕外，还有一丝的危机感。我在想，如果我穿越了，会怎么样？资质平平、才艺欠缺，谁会看上我呢？想必还没等找到一个可以相伴的人，就已经饿死了吧。这种恐惧让我觉得，如果我穿越了，一定要有一技傍身，只有这样才有安全感，就算没人爱就算没人疼，至少自己还能靠着自己活下去。

　　这种危机感促使希行开始为笔下的女主角添加可以安身立命的技能。俗话说，乱世饿不死学医的。无论是古代还是现代，医生总是必不可少的。她觉得，自己的职业技能和人生信仰，很大程度上能够兼顾。而家庭中的医学熏陶，又让希行具有一定医学知识，她也经历过家人身为医生的酸甜苦辣，愿意将这一行业的情怀和困惑与更多的人分享。于是，在穿越题材的基础上，希行将"医学"也加入其中，尝试创作具有"医女"标签的作品。

　　可能是由于初涉医学，希行不太自信，最开始"下刀"，选择了"兽医"。《回到古代当兽医》（2010—2011）的题材，和《有女不凡》《古代地主婆》的中规中矩相比，的确令人耳目一新。

　　女主人公秋叶红是个普通人，穿越回到过去，在懂得人心难测之后，更愿意和动物打交道，因为"动物不会说话，但是从来不骗人"。处于农耕文明的古代中国，能够与动物"言语"相通，会给牲畜治病，就相当于为家庭最贵重的财产保驾护航，因而女主人公获得了人们的倚重和尊敬。回到古代当兽医，看起来与动物相处，保留内心的纯净与天真，是在出世。但是凭借这一技能不断走向更大的世界，看到更多的人与规则，为社会不公发出自己的声音，又是入世。秋叶红以出世的方式入世，这种富有留白的故事结构，在注重密集爽感、打怪升级的一众网络小说中，给人清新和独特的感受。

凭借"医女"标志，原本计划与前两部作品保持同样篇幅，这部《回到古代当兽医》，写到最后突破了72万字。对希行而言，犹如脱胎换骨，题材上形成了个人特色，篇幅上完成了自我突破，理顺了人物的基本关系。而读者的热烈反馈，说明不但她写作水平的提升有目共睹，而且这一作品填补了女性向网络文学中的一个重要空缺。

《回到古代当兽医》之后，两部同样具有"医女"标签、聚焦中医药材的作品《重生之药香》（2011—2012）、《药结同心》（2012）先后发表。希行的个人风格逐渐形成，具有了高度的稀缺性和辨识度。

在《重生之药香》与《药结同心》中，围绕个人风格的形成，希行进一步小规模尝试了各种不同的创作思路。《重生之药香》从"穿越"变为"重生"，减弱了现代元素，而去思考人的生命和责任。它讲的是重生，是再活一遍，但却不是复仇打脸、修正错误，让生活如何没有遗憾、完美无缺。恰恰相反，它讲述的是顾十八娘如何从复仇的深渊中逐渐走出，从愤恨的利刃变为平和的涓流，从"弃妇"活成"宠妃"不是真正的胜利，活成自己想要的样子，过上自己舒服的生活，不为他人的目光和世俗的评判所左右，才是真正的重生。

《药结同心》则摒弃了此前多位男性角色的模式，书名就明确告诉了大家官配CP。《古代地主婆》中，少年夫妻不能白头到老的争议，对于希行而言亦是一种遗憾。于是在这部书中，平常人家、擅长药学的女主人公梅宝，与平民出身、憨直英勇的男主人公卢岩，并肩携手，共同成长，完成了作者的初衷。结局圆满、一偿夙愿的同时，希行也再次表明立场："我一直认为，戏份多的那个是男主（人公），而不是最后跟女主（人公）在一起的那个。"在希行看来，人与人之间相处的方式有很多种，命运也常常变幻无常，但两个人并肩携手走过的岁月、在彼此身上学到的东西、留在彼此生命中的印记,是无法消退的,这才是真正的故事与人生的"主角"。

三、登顶大神:《名门医女》《娇娘医经》

经过五部作品的积累和历练,2013年1月8日,希行上线了新作《名门医女》。这部作品篇幅长约142万字,但是作品结构得宜,自成风格的医学知识植入和女频喜爱的言情故事相互交织,独立自强获得尊重的爽感与济世救人、观察人性的思考并存。

《名门医女》的主人公齐悦,在现代时空屡受打击,事业上无爹可拼,感情上又被另择高枝的男友抛弃。她带着对自我的怀疑,来到偏远山区,实际上是对自己的放逐。但是一场车祸,让她穿越成为古代侯府世子夫人齐月娘。背负着祖辈约定结下的姻缘,因时过境迁,公婆嫌弃她的出身,白眼相待;丈夫对她并无爱意,态度冷淡。他们集体谋划娶进一位高门大户的小姐做平妻——虽然换了时空,但齐悦遭遇的困境总是相似的。这次,她选择潇洒和离,自己开设医馆谋生。很快,齐悦凭借医术与仁心,让古代民众对女性医生、西式医术的怀疑和担忧,变成了信任和敬佩。而和离后的前夫世子常云成,也很快在相处中发现,这位女子不再是当初在自家唯唯诺诺、寄人篱下的模样,甚至比懂得琴棋书画、遵守"三从四德"的高门贵女更有意思。因为她不卑不亢,有原则有底线,是一个拥有完整灵魂的"人"。也只有与她相处,他也才是既可谈抱负又能诉衷肠的"人"。当齐悦为了救人而死,穿回现代,他也追随心爱之人来到现代社会,在陌生世界中向心爱的人证明自己。

这部小说大小高潮层出不穷,故事情节环环相扣,从立意、结构，到人物、叙述，都充满了引人入胜的张力。以往围绕在中医、中药领域的希行，此次将"西医"放在"穿越"之中，从而让作品有了更大的格局，形成了西方新科学与中国现代性的碰撞。女主齐悦感情上的失而复得，与她人格的重塑形成了统一。被侯门世子从冷待、和离，到重新追求、真心爱慕，这条女性读者喜爱的言情线，伴随着的是齐悦自立医馆、济世救人、开门授徒、誉满天下的奋斗与成长。为"女"的绵绵情意与为"人"的责任担当刚柔并济，收割爱情和播撒知识共同构成了作品的爽感。言情言志、求爱求知，在当时，让以男性爽文见长的起点中文网，终于在"女性向"小说中开拓出兼具小儿女与大情怀的路径。

《名门医女》对于希行来说，确是一次质的飞跃，以致当时在网文网站追更的读者，在没有与作者直接交流沟通的环境中，纷纷质疑是不是"希行"换人了。小说连载到2013年6月，成为当月起点粉红月票榜第三名。读者真金白银投出的月票榜，是起点最具权威性和影响力的榜单。一直以来，前三的位置都被老牌大神牢牢占据。希行迅猛进入前三，的确是非常出色的成绩，也令希行本人十分惊喜。7月再次成为第三名，8月继续前进成为第二名。这极大激励了希行和她的粉丝们。于是，在《名门医女》即将完结的9月，她们向粉红月票榜的第一名《九重紫》的作者——2010年就已经凭借《庶女攻略》一作封神的大神作家吱吱发起挑战。

一直以来，希行都非常谦虚低调，常常觉得作品获得认可已经令人诚惶诚恐，感叹何德何能，对于写作且发表的态度，也是简单到"写书就是为了钱"，但是这次忽然站在聚光灯下，获得诸多读者的认可，成为众多粉丝的偶像，她才开始感觉到，创作对她而言，除了自我表达，除了经济收益，似乎还有什么其他的东西——是共鸣，是陪伴,是获得认可与自我实现,是带领大家一起让自己的文字被更多人看见。于是,在9月末,月票榜计票进入倒计时的时刻,希行开始正式拜票。而希行少见地出马拜票,也让读者粉丝们感受到被偶像认可、需要的责任感。希行多年以来培养的粉丝,以罕见的速度聚集起来,推书、砸票、捧排名。《名门医女》,终于成为起点网9月粉红月票榜第一名。

这一成绩,是希行出道四年以来的最好成绩。《名门医女》由此成为希行步入创作成熟期、人气急剧上升的转折点,也为其时起点女性向作品所能达到的高度做出了示范。《名门医女》的荣誉与成功,给希行带来了信心,也让她更加明白,"要想感动、打动读者,那么一定要先感动、打动自己"。

《名门医女》之后,希行推出了《娇娘医经》。不过不同于《名门医女》,《娇娘医经》不是"穿越"而是"重生",医学内容没有详细叙述而是作为笼统背景,女主人公不是具有理性思维和启蒙知识的现代人,而成了一个口齿不清、脑内混沌的痴傻儿。淡化甚至脱离这些令希行成功的标签与元素,对于一个刚刚封神的作家来说,是一个冒险之举,但是希行却有意再次开拓自己的创作领域,着力在《娇娘医经》中进行横向拓展,以密集激烈的再"爽文"元素,牢牢把握读者的心。

不得不承认,《娇娘医经》在整体背景设置上,有其不能自洽的漏洞,不似以往希行驾轻就熟的世界架构。但是跌宕起伏的情节、层层推进的高潮,让读者可以完全沉浸其中,忽视这些瑕疵。软硬两条线索刚柔并济,娇娘的所向披靡,让读者体验到手不释卷的过瘾和痛快;娇娘的大彻大悟,又让读者在掩卷深思时获得了反思与喟叹。

如果说,《名门医女》是在考验作者传统文学的积累,那么《娇娘医经》就是在考验作者网络文学的功力。《娇娘医经》自2013年11

月 23 日开始连载，于 2014 年 1 月 1 日入 V 上架，当月即荣登粉红月票榜榜首，此后更是一路延续奇迹，除了 10 月、12 月拿到第二，2013 年的其他十个月份，均是粉红月票榜榜首。这一成绩，可以说是让希行的大神地位彻底稳固。《名门医女》吸引而来的众多读者，接受了她的风格，肯定了她的探索。这些成绩，给了希行继续探索、不断精进的底气。

四、继续探索:《诛砂》《君九龄》《大帝姬》

《名门医女》和《娇娘医经》两部封神大作之后，希行并没有像一般的网文作家那样，将已经被证明为最受市场欢迎的风格固定下来，迅速批量产出，在最红的时候挣最多的钱。这两部作品受到热烈欢迎，希行更多意识到的是，自身仍有巨大的潜力，网文能够提供更广阔的空间，读者也在不断进步与成熟。

《诛砂》的创作，就是希行在横向拓展之外，继续进行纵向探索的一部优秀作品。这是希行对自己创作理念、思想主题的一次总结和升华，让她在通俗的网络文学创作之中，保持着对文学内容思想性的追求。与此同时，在《名门医女》的稳健典范之后，从爽文式的《娇娘医经》到实验式的《诛砂》，也奠定了希行在此后双脚并行的创作路数：一部作品追求爽感、开拓广度、吸引广大读者，一部作品追求思想、探索深度、带领读者讨论。两种风格交织进行，作者和读者一起共同成长，也促进整个女性向网络文学创作出更丰富的形态，走向更高的水准。

对作者来说，"实验"总是在开拓新的领域，也会发现一些问题和困难。《诛砂》为了充分铺陈姐妹两人前世今生、厘清错综复杂的关系，开场节奏不免有些偏慢。然而《诛砂》之后，在爽文路线上发展的《君九龄》，则避免了这一瑕疵，以快节奏和密爽点加速读者代入作品。

《君九龄》中，九龄公主重生成了父母双亡、婚约遭拒的女孩子君蓁蓁。借人身体、替人消灾，她只好替这个心思单纯又骄纵鲁莽的身体主人收拾一个又一个烂摊子：退婚、换钱，和娘家修复关系、对损友以牙还牙……新魂上任三把火，就是要告诉那群坑她、害她、拒绝她的人，邪恶不仁是要付出代价的。

只要有意往"爽"的路线上发展，大神希行应对网文读者的诉求，可谓手到擒来。公主落难，不靠白马王子英雄救美，而是自己杀出一条血路，把一手烂牌打出赢面。在女频网文中，希行爽文爽风，不写男女小情小爱的白日幻梦，而用女性个人奋斗的酣畅来表达爽感，本身就已经建立在她对思想主题、作品立意的追求和探索上。营造爽感之余，在《君九龄》中，她对医药的专业描述开始淡化，转而追求对文字和情节的锤炼。

《君九龄》中德盛昌票号富甲一方，历代都由女性主持，但却被一个诅咒笼罩：家中男丁早晚会死。君蓁蓁与家中现存唯一的男丁、自小瘫痪的表弟方承宇假结婚真治病，帮方家找出谋害三代人的真凶。"医药"在此，已经并非大展拳脚的金手指，而是推动情节发展的小元素。另一条重要的故事线，则是君蓁蓁想尽办法重回京城，因为那里有她上辈子被乱刀灭门的真相，还有另一个即将出嫁的"九龄"。君蓁蓁一边为他人匡扶正义，一边为自己寻找真相，形形色色的人物悉数登场。希行写作技巧的提升，让这些围绕在女主身边的男性，各自显出不同的性格与特点，让故事在不同人物的身上逐步推进，而不至于沦为玛丽苏式的闹剧。"爽""燃"的网文可读性，与有思考、有技法的文学专业性，在《君九龄》中得到了很好的融合。自古有言文人相轻,但是《君九龄》的优秀,让另一位网络文学界的大神猫腻,都不禁在自己的微博上赞美推荐。

希行的最近一本完结作品《大帝姬》,创造了一个男女同样具有皇位继承权的架空历史,于是女性更需要在男性的环伺之中,证明自己得权与握权的能力。自现代穿越到架空历史中的薛青,发现自己是流落民间并被追杀的帝姬。身负使命、易容改装,自下而上一路风雨,终于与皇位只有一步之遥,但是薛青却发现自己只是真正帝姬的替身,并非皇家血脉,她又重新寻找自己的身世之谜。正是在这两次奋斗之中,女主人公不但证明了男女平等,更证明了人与人的平等。薛青最后登临皇位,成长为君临天下的女帝,不是凭借性别优势,也不是凭借皇家血脉,而是靠自己的能力取得地位与认可,并且凭借这些东西,继续去做有利于百姓苍生的事业。这,才是社会走向平等、和谐的题中之义。

《诛砂》之后,《君九龄》《大帝姬》到近期连载的《第一侯》,希行的气魄越来越大,她的视野,从女性个体,走向女性群体,继而走向普遍意义上的人。希行的作品,在平衡广度与深度中,逐渐游刃有余。希行的大神之路,也更加值得期待。

关心则乱

一、关心则乱的创作历程

关心则乱,本名郑怡,晋江文学城签约作者。浙江舟山网络作协主席。网络文学发展历程中的代表人物之一。

她从 2009 年开始在晋江连载小说,代表作品有《知否?知否?应是绿肥红瘦》《星汉灿烂,幸甚至哉》等。她和大多数网络作者一样,读书、就业、写书、生活,在宁静踏实的日常,翻涌着故事的风云。

在自我介绍中,她写道:"迤逦的书中世界是宅女的生活必需品,因屡屡陷入巨型坑洞,遂提笔自力更生,丰衣足食。喜欢轻松浪漫的文风,也执着于严谨合理的结构,写文是快乐并纠结的事。"

回顾关心则乱的创作,干净、简单、不拖泥带水。2009 年首次发表的是《格林童话》。作为衍生题材,和相当多初学写作的作者一样,关心则乱选择了向大师学习的探索路径。

直至 2010 年,关心则乱发表了古代言情穿越题材的《知否?知否?应是绿肥红瘦》。2018 年,发表了同样题材的《星汉灿烂,幸甚至哉》。这条路径上的星光渐渐明朗。到 2021 年,她试探性地写出了武侠言情题材的《江湖夜雨十年灯》。

显然,在关心则乱的作品中,《知否》是她的代表作。2020 年,这部作品入选"2019 年度中国网络文学排行榜"之"中国网络文学 IP 影响排行榜",以及第二届泛华文网络文学"金键盘奖"影视改编类获奖作品,并入选国家新闻出版署"优秀网络文学原创作品"推介榜单。

关心则乱的一部《知否?知否?应是绿肥红瘦》,让我们得以窥见作者的内心世界。

二、我们想要什么样的女性

我们生存的社会由男女两性构成,但数千年来,女性仅能以"第二性"存在于男权社会之中,被男性社会主流制度约束和管控,因为缺乏基本的权利和自由,呈现"失语"的状态。基于女性遭遇的性别困境,20世纪以来,逐步觉醒的女性意识使得女性开始发出自己的声音,其中包括女性的自我意识,也包括社会赋予女性的外在评价。研究者认为:"女性主义理论的目的在于了解不平等的本质以及着重在性别政治、权力关系与性意识之上。"

网络文学作为通俗文学、大众文学,它始终反映着社会的主流审美认知。虽然中国当代网络文学诞生了大量的作品,但由于作者自身的阅历、知识面等,这些作品的母本基本离不开这些来源:历史传说、现实案例、文学名著。大量的名著由于历史原因,作者和主要读者群体均为男性。在这种以男性为主流的叙事文本中,女性的存在更像是一种符号或者标签,或者是贤妻良母、烈女节妇,或者是淫妇、毒妇、红颜祸水,不是被捧上神坛,就是被唾弃鞭挞,像《红楼梦》《祝福》那样能够理解女性、展现女性真实的名著并不多见。

新中国成立以来,男女平等得到了国家的高度重视,女性也获得了受教育、劳动、同工同酬等一系列和男性平等的权利。新中国通过的第一部法律就是保护妇女权益的《婚姻法》,以法律形式保护了西方花费二百多年时间才争取到的女性权益。但是不可否认,现当代经典文学作品中,男性叙事文本的主流地位仍然显著,女性仍然是被评判、观看的对象。例如在20世纪50年代的经典青少年题材小说《青春万岁》中,虽然主角是女中学生群体,作者王蒙仍然站在男性的角度去赞许郑波的对党忠诚、杨蔷云的热情开朗,以及她们特有的"女性美"。同一作者的《组织部来了个年轻人》里,对主角林震有好感的赵慧文展现的特点是"真不该结婚那么早""抄抄写写",不像男主角那样有勇气去和领导的错误斗争。20世纪60年代

第一章 成长平行线

至 70 年代的特殊时期，虽然"八个样板戏"中不乏女性主角，如白毛女、李铁梅、阿庆嫂等，但她们呈现的是性别特征极度模糊的"无性"状态，对革命的热忱取代了一切人本身的特征。改革开放后，文学作品百花齐放，男性作者笔下的女性却很少脱离几种特质：路遥《平凡的世界》中塑造的田晓霞、田润叶、贺秀莲，虽然有自己的事业或主动改变命运的向往，也仍然会为了男人做出牺牲；贾平凹《废都》中塑造的唐宛儿、柳月、牛月清等女性，是在欲望中沉沦的被男性控制、玩弄的弱者；莫言《红高粱家族》的女主角"我奶奶"，折射了为国牺牲和女性风情的双重想象；陈忠实《白鹿原》塑造得最为华彩的两个女性田小娥和白灵，被分别赋予对情欲和革命过度狂热并因此殒身的结局；苏童《妻妾成群》中在后宅挣扎的女性们的命运被男人摆布，最终以悲剧终结⋯⋯与之相比，能够发出女性声音的作家难能可贵，杨沫的《青春之歌》，丁玲的《莎菲女士的日记》，冰心的《关于女人》，谌容的《人到中年》，张洁的《爱，是不能忘记的》，王安忆的《长恨歌》，池莉的《生活秀》等，都是女性作家探索女性生存境遇、展示对女性生存维度看法的经典作品。

虽然女性写作的尝试并不等同于展现出的是真正的女性意识、平等意识，但只有更多的女性投入其中，才能唤起女性的真正觉醒。女性并不是要和男性对立，在写作层面上也不是将男性写成反派，女性写作可以体现自己的平等观，而是要从根源思索女性和男性、国家、民族、社会、时代的关系，扭转单一化的历史遗迹。

网络文学的兴起，为女性的书写开辟了更为广阔和普及的平台。对女性主角的塑造，也经历了从以爱情为至高无上的生存目的到以自身利益为首要生存目的的转变，经历了从纯洁无瑕"白莲花"型人设到"腹黑""大女主"型人设的转变，经历了从传统观念下女性以被男性认可作为人生价值到以自我尊严实现为人生价值的转变。这可以认为是女性对于社会的性别政治做出的朴素的思考,也可以认为是对社会不平等现象的焦虑感,对社会体制的深层次不平等的反拨。女性开始不再满足于成为等待王子拯救的公主,不再仅仅用赢得爱情衡量成败,在感受时代和书写时代中,网络文学中女性作者和读者探索的价值观开始趋向多元,不同的观念在相互碰撞、融合中各自成型,这背后是几千年来女性生存的艰难挣扎,也是女性命运和人类命运的相互交织。从这点看,关心则乱在《知否》中所展现的也正是一种女性文本的探索,它值得带来更为深入和辩证的思考。由此,也可看出作家自己的心路。

第 二 章

内外世界观

男频独特的故事设定与宏大叙事

　　男频幻想类题材创作中,唐家三少的《斗罗大陆》和辰东的《遮天》是具有代表意义的。对于男频创作而言,以"小白文"为例,唐家三少与辰东都是以巨大的想象力来创作出极具吸引力的故事,在这一过程中,创造性地完成了最具典型意义的男频的世界观和故事情节及人物设定。

　　唐家三少创作《斗罗大陆》时,网络文学发展正进入瓶颈期。很多类型小说的套路逐渐固化,导致众多作者千人一面地使用套路手法,不再冒险创作新的世界观。在市场激烈的竞争淘汰机制下,创新迟滞。对作者而言,不进则退。彼时的唐家三少交出了他的答卷。他创造了一个架空世界,在这个世界中,有着和玄幻世界极为相似的一部分,又有截然不同的一面。这是一个根植于中国源远流长传统文化中的神奇世界,它有着常见的世界运行机制,却有着不一样的运行规则。明明只有两个帝国,却有着一个遍布全大陆的组织,形成一个三足鼎立的局面。从"魔法""斗气"并存的力量体系,到自主设定的"武魂"体系,象征着他创作的成熟和对过去的告别,从而构建起自己完整的小说世界观。独特的世界观架构,升级路线和秘宝装备,明暗相交的故事线,错综复杂的人物关系,这样的设定将读者带领到一个崭新的神奇世界。

作为一位独特的男频作家，唐家三少在《斗罗大陆》系列中的设定是广阔的，为之后的IP发展预留了足够的空间。是的，他构建出一个属于唐门的"斗罗宇宙"。这一雄心，在网络文学男频创作中，无疑开了先河，奠定了男频IP的方向性价值，为他的作品带来光彩绚丽的IP前景。

辰东的小说世界，最为突出的是"接地气"的思想倾向和精神调性，展现的是他对人生、对社会的深刻的思考，从而展现出宏大叙事的动机与气概。

时间、空间设定是一部网络小说能否成功的关键。在这一步，还要结合人物故事走向，这样的构思通常是比较精巧的。辰东的作品就是一个充满仙侠元素的光怪陆离的世界，有慷慨激昂与悲壮，也有关于情义的黯然神伤，亦有嬉笑怒骂，在恢宏的玄异世界中演绎共通的人性。辰东把自己对人生对世界的理解放在了这个远离地球的异域星空中，但他仍是离不开大地的孩子。现实生活的映照在这样一个光怪陆离的世界里所见皆是。

在《遮天》的世界架构中，诸多的设置都是要大开脑洞的。这些设定，有力地推动了情节发展。在如此众多的设定中，任何一个作者都力图要做到无一遗漏，但我想，任何一个作者都做不到无一遗漏，饶是辰东也不例外。这个问题，与其说是作家个人的创作瑕疵，毋宁说是网络小说特别是男频创作的误区，更多的是金手指的利与弊。这一方面的确增加了读者黏性，让故事更为繁复，更为抢眼；另一方面，更多的金手指削弱了人物塑造的根基和力度，削弱了英雄的真实感和文化的内在同一性。

第二章 内外世界观

封建女性的禁锢与现代性蜕变

　　回到关心则乱的《知否》。在网络小说的诸多题材中，穿越题材的一大"看点"，也可以称为"爽点"，就是身为现代人的主角在价值观、生存准则、竞争要素均不相同的古代，如何战胜困难，解决生存问题，实现更多的挑战。虽然仍然是读者喜闻乐见的"打怪升级"套路，但因为具备古人和今人的思想观念、知识储备、处事原则等方面的冲突而颇具看点。对女频穿越题材而言，古代言情是最为常见的载体。宫斗、宅斗中，女性的生存面临着诸多的考验。

　　关心则乱在这部作品中，刻画了众多的女性角色，并通过这些女性的婚嫁生活传递出那个男权社会中的女性不可避免的悲剧结局。盛家的四个女儿，虽然各有千秋，但所有人的命运都不能靠自己做主，甚至连主角对自己的婚姻也不抱希望。尽管文中在一定程度上美化了封建时代贵族妇人的生活，并在一定程度上给予了女性改变命运的可能，但这仍然体现了男性文化立场的传统伦理对女性的压迫和禁锢，带给读者难以言说的压抑之感。

　　通过分析《知否》为代表的女频古言穿越文中的女性角色，我们可以看出，曾经纯净美好的女孩在承担家庭负担后，不得不在世俗的染缸里变色，又不得不在其中挣扎求生。无论对命运的悲惨是自知还是不自知，她们的世界里只剩下对利益和名分的期盼。在封建社会里，家庭的根基建立在三纲五常基础上，决定这一切的依然是男权。每一位女性角色和男性角色一样，都扮演了礼教的维护者同时也是牺牲者，而这也正传达出真正的女性悲剧力量。

希行在《诛砂》中,用了大量的笔墨来书写女性的抗争和奋斗。主角的重生身份自带了金手指也即"现代意识"。因此,"现代性"已经成为小说时空的本质化存在。那么不妨感受一下,它究竟是在怎样的血肉中生长出来的。促使主人公打破阶级秩序的,不是一颗圣母心,而是看到权力宝座正压在勤恳淳朴的矿工、才华横溢的姐妹、相知相伴的恋人之上。希行并不是要以文化与历史证明现代性之必然,而是希望用情感和故事将业已麻木僵化的"现代"重新注入灵魂。

现代的知识不应只是用来避免最坏的结局,更应是用来追求最好的可能。当人们在"历史终结"的宣告之下,不想向命运挑战,只想向强者拜服,那么"现代性"的光明,最终将会湮灭在社会达尔文主义的利爪与犬儒主义的麻木之中,这不是历史的终结,而是历史的倒退。在从"穿越"到"重生"的创作类型转变中,将宏大的命题赋予细腻的纹路,让人们感同身受地参与进现代诞生的故事之中,成为女频作品《诛砂》的重要实践。

希行的创作无疑是一场思想的实验。在后现代语境下,希行和女频言情题材的网文作家一样,采取了用柔软对抗现实的一种方法。希行带领读者重新回到前现代的背景中,观察业已被搁置、被本质化的现代价值体系,在千百年前的中国,是如何从血肉中生长出来的。它不是只有唯一形式,更不是唯西方为正典,任何历史前进的脚步,都是各种文明相互碰撞、各种尝试彼此推动的结果。无论男性还是女性,每个人都有打破阶层区隔、实现个人价值的权利,自由民主、平等正义的现代精神,更应永存于每个现代人的内心。"现代"与"进步"不会停止,人类历史也就不会终结。希行创造的这片幻象空间,赋予了女性超越性别的意义。人类重新经历了国族、阶级与自我的现代性蜕变,也将重新探寻改变现实的可能。

瑰丽神奇的《斗罗大陆》

一、独特的世界观架构

在《斗罗大陆》里,唐家三少架构了一个不一样的世界观。男主唐三出身于以制造暗器和制毒而出名的唐门,他制造出失传已久的最高级别暗器佛怒唐莲,却违背了外门弟子不能学内门功法的门规,不得已跳崖明志。唐三由此穿越到斗罗大陆。在斗罗大陆上,唐家三少设定了两个国家,一个是天斗帝国,一个是星罗帝国。

斗罗大陆上没有唐三穿越前那个世界的武功,却有武魂。武魂分为两大类,一类是器武魂,一类是兽武魂。顾名思义,以器具为武魂者,就是器武魂;以动物为武魂者,就是兽武魂。相对来说,器武魂包含范围更大,大多数人所拥有的也是器武魂,而器武魂中无法修炼的武魂比兽武魂中的比例也要更大。每个人都有属于自己的武魂,但只有极少一部分人的武魂可以进行修炼,因而形成一个职业,叫作魂师。哪怕拥有无法修炼的武魂,只要觉醒之后拥有魂力,这个人依然会比普通人的体力更好,做事效率更高。而修炼之后的魂师更是拥有强大的战斗能力。每个区域都以拥有强大的魂师而骄傲。魂师因其稀少和强大的特点,得以成为斗罗大陆上最高贵的职业。

斗罗大陆的每个人都有武魂。每个人6岁的时候，都会来到武魂殿，在魂师的帮助下进行武魂觉醒。武魂殿是斗罗大陆中能和天斗帝国、星罗帝国齐名的组织。所有的魂师都会在武魂殿进行注册登记，还可在武魂殿领取任务。不仅如此，魂师晋级所需的魂环，也是要前往武魂殿把控的猎魂森林进行狩猎才能获取。武魂殿还会组织开展全大陆高级魂师大赛，以选拔天才魂师。武魂殿的令牌上有六种武魂标记，分别是锤子、龙头、星冠、剑、菊花、鬼，分别代表六个强大的魂师，也代表六个强大的家族，其中三个在天斗帝国，另外三个则在星罗帝国。

除了人类可以觉醒武魂进行修炼以外，强大的魂兽也可以觉醒，以人类的姿态进行武魂修炼，如唐三的母亲阿银（十万年成熟期魂兽蓝银皇）、小舞（十万年魂兽柔骨兔）等，这类强大的魂兽比较罕见。虽然武魂修炼方式和人类差不多，它们却可以根据自身需求凝聚魂环，因此修炼方式较人类来说要轻松。也正因为它们的稀少而强大，所以被武魂殿盯上，成为被猎杀的目标。

有人的地方，就有江湖。在《斗罗大陆》这个江湖中，武魂殿分布在两个国家，自然有它自己的野心。而两个国家之所以都能容忍武魂殿，一方面是忌惮武魂殿的力量，另一方面也想借用武魂殿的力量来巩固自身统治。三者之间形成了一个微妙的平衡。就是在这个平衡之下，男主角唐三来到这个世界。在这个世界观中，唐三遇见爱人、友人，也遇到无数的艰难险阻，开启他丰富精彩的异世界之旅，也让彼世界的唐门在此世界留下浓墨重彩的一笔。正是由于唐三的来临，天斗帝国、星罗帝国和武魂殿之间那微妙的平衡被打破，斗罗大陆翻开新的一页。

二、升级路线和秘宝装备

《斗罗大陆》作为一部玄幻小说，内在特征偏于修真。提起修真小说和仙侠小说，也许很多不看网络小说的人区分不开。它们就像双胞胎，有着几乎一样的外表，内在的性格却又不同，但升级路线却有些类似，如划分为"旋照、开光、融合、心动、灵寂、元婴、出窍、分神、合体、渡劫、大乘"等境界，在每一个境界当中都能领悟到新的"法术"和"超能力"。在很长一段时间里，修真小说和仙侠小说都延续甚至默认了这一条升级路线。

在这种升级路线固化的创作生态下，唐家三少并没有选择使用固有的升级体系，而是为自己设定新的升级路线。这种创新的努力，在他的前期作品中初见端倪，而在《斗罗大陆》中趋于大成。

在《斗罗大陆》中，唐家三少创造了一个使用武魂力的世界，能使用武魂力的叫魂师。根据魂系的不同，可以分为食物系器魂师（负责补给）、恢复系器魂师（负责状态、魂力恢复）、敏捷系战魂师（负责侦察）、力量系战魂师（负责抵挡）、攻击系战魂师（负责歼敌）。根据武魂力的强弱，一共分为十大称号，每一个称号又分为十级。这两个"十"，蕴含着的正是中华传统文化中对"十全十美"的追求。如此设定总共一百级的升级体系，给了创作者极大的创作空间。

那么升级路线是怎样设定的呢？最初刚刚入门的叫作魂士，每个武魂觉醒之后的人都是魂士。如果武魂能够修炼的话，当魂力达到这个阶段的十级（满级）的时候，需要去猎杀一个魂兽，从而取得一枚魂环，进入下一个称号。总体的十个称号依次为魂士、魂师、大魂师、魂尊、魂宗、魂王、魂帝、魂圣、魂斗罗和封号斗罗。到达百级以后，还会有巡猎者、神官、三级神祇、二级神祇、一级神祇（主神）、神王(至高神)称号。除此以外,魂环年份不同,魂师的战斗力也不一样。十年魂环为白色,百年魂环为黄色,千年魂环为紫色,万年魂环为黑色,十万年魂环为红色,百万年魂环为金色,神级魂环根据不同的神位颜色不同。

在斗罗大陆中,魂士使用的秘宝除了常见的空间系秘宝,还有魂导器和魂骨。魂导器和魂骨是和现行玄幻小说截然不同的秘宝设定,它们是独属于"斗罗大陆"的。魂导器,顾名思义,凭借武魂力来使用的器具。在斗罗大陆中传世的魂导器很少,大都没有攻击作用。而魂骨出自魂兽,它与魂环又有着极大的不同。魂骨出现的概率只有千分之一,甚至更低。只有实力极为强大,并且在死亡时经历特殊情况的魂兽才有可能在死亡后出现魂骨。魂骨和魂环的另一个区别是,魂骨可以用来贩卖。在双方一切对等的情况下,如果有一个人拥有一块魂骨,那么拥有魂骨的魂师将占据绝对优势。魂骨不会受到它的宿主魂兽的年限限制,只会随着魂师本身的实力增强而进化。越早得到魂骨,魂骨进化的时间也就会越长。

三、故事情节铺设

整部作品可以分为唐三成长的一条明线和唐三长辈们爱恨情仇的一条暗线,明暗线相交,推动情节发展,丰满人物形象。故事伴随着男主唐三的成长,不断地向前推进,开拓新世界,遇见新人物。故事可基本划分为三个阶段。

第一阶段始于斗罗大陆天斗帝国西南法斯诺行省圣魂村,"这只不过是法斯诺行省诺丁城南一个只有三百余户的小村而已"。穿越而来的唐三在这里跟随每天喝酒、睡觉、打铁的铁匠父亲——唐

第二章　内外世界观

昊生活，学习父亲的锻造技术。唐三保留前世记忆，因此，他继续修炼前世唐门绝技 —— 玄天功、紫极魔瞳、玄玉手等。到6岁时，唐三在武魂殿魂师的帮助下觉醒武魂 —— 蓝银草，先天满魂力。这时的唐三瞒住了武魂殿的魂师，自己并不是只有一个武魂，在父亲唐昊面前，唐三展示了第二个武魂 —— 昊天锤。唐昊再三叮嘱唐三，要用锤子保护蓝银草，不能暴露昊天锤这个武魂，也不要给昊天锤加魂环。唐三答应了父亲，并踏上求学之路。他在魂师学院遇上大师，大师给唐三进一步讲解斗罗大陆，讲解魂环等更为高深的知识。在大师的帮助下，唐三得到最接近极限的魂环和合理的成长路线。在学院里，唐三遇见女主小舞，两人组成日后闻名整个斗罗大陆的三五组合。这是整部作品的前期脉络。在这个阶段里，唐家三少通过众人、大师讲述了这个世界的世界观，给读者留下初步印象，为第二阶段唐三的高速成长打下基础。

第二阶段开始，唐昊离开唐三，唐三和小舞毕业，考取史莱克学院，与宁荣荣、奥斯卡等人组成史莱克七怪。在史莱克学院，唐三在对战中迅速成长。在这期间，唐三于逆境中突破自我，不仅获得了新的机遇，而且获得了稀罕的外附魂骨。在逆境中，唐三靠自己的才学，在冰火两仪眼发现大量的珍奇药草。在大师帮助下，唐三和团队之间的默契得以提升，能力得到极大增强。在决赛时，戴沐白和朱竹清在同伴帮助下，战胜了他们的哥哥姐姐，战队成为第一。自此，不仅唐三身世和双生武魂为人所知，小舞的气息也暴露了。唐昊现身，救走唐三和小舞。小舞回到星斗大森林，唐三跟随唐昊修炼。在这个阶段，我们看到唐三战斗值迅速增长，无论是在魂力方面，还是在唐门暗器修炼方面。这些成长使得唐三在面对敌人时，获得更多胜算砝码。而那些挫折磨炼了唐三的心性，使他在最后一个阶段中能坚持自我,勇往直前。

《斗罗大陆》的最后一个阶段,唐三跟随唐昊修炼,直至笑到最后。在这个阶段,唐三练习乱披风锤法,赢得第五魂环,武魂二次觉醒,容貌变化,获得蓝银领域。随后,唐三来到杀戮之都,用唐银这个名字,与胡列娜成为朋友,一起走地狱路,最终唐三获得杀神领域。唐昊带着唐三找到唐三的姑姑,教唐三学习礼仪。一年后,唐昊带唐三去见唐三母亲化成的蓝银草,给他讲过去的事情。唐三回到昊天宗,长老让唐三答应三个要求,方同意他认祖归宗。后来,唐三来到史莱克与伙伴重聚,奥斯卡也已获得第六魂环,但七宝琉璃宗和蓝电霸王龙家族被毁。唐三到星斗大森林寻找小舞,偶遇武魂殿猎杀小舞,小舞为救唐三而献祭。唐三决定建立唐门,他说服力、御、破、敏四宗族加入唐门,七宝琉璃宗给予支持。其间,唐三得到水晶血龙参,给小舞吃下,小舞恢复人形。之后,在各种历练中,唐三不断壮大自身实力,也帮助同伴迅速成长。唐三成功传承海神,同伴成为封号斗罗,奥斯卡与宁荣荣分别获得食神与九彩神女青睐。虽然唐三和同伴成长迅速,但比比东传承罗刹神成功,唐三被杀。经奥斯卡与宁荣荣武魂融合技,借食神与九彩神女神力,唐三得以复活,经与小舞融合技,双神战双神,唐三取得最后胜利。

四、主要人物关系

人物是小说之魂。评价一部作品是否成功,那就要看这部作品里的人物是不是形象生动,血肉丰满。《斗罗大陆》全文约297万字,出场人物众多,人物彼此之间的关系错综复杂,然而每个人对整个故事的发展都有着不可或缺的推动作用。围绕在唐三周围的人物,有史莱克七怪,有他的父母,也有他的敌人。

首先是男主角——唐三。唐三的名字来源,正是读者对唐家三少的昵称,唐家三少将自己的昵称化用到小说当中,某种程度表露其对这部作品的用心。而唐家三少将自己的名字投影进的上一部作品,正是他的处女作《光之子》。

其次是女主角——小舞。小舞是十万年魂兽柔骨兔重修化形成人,在星斗大森林追杀中为救唐三而献祭失去肉体,但在"相思断肠红"的帮助下保住性命,变回柔骨兔。之后,小舞服用水晶血龙参后恢复人形,但无意识,最后在冰火两仪眼被唐三复活,与唐三结为夫妻。《光之子》中女主角的原型是唐家三少的妻子李默,而《斗罗大陆》中投影的却是唐家三少的好友——著名网络作家跳舞(代表作:《恶魔法则》《猎国》等)。在现实生活中,唐家三少和跳舞是非常好的朋友,因而被称为三五组合。唐家三少把三五组合从现实中搬到虚构里,从此三五组合便在这潮水般翻涌向前的网络文学史中留下属于自己的印记。

接着是唐三的父母——唐昊和阿银。唐昊是昊天宗宗主唐啸的弟弟,三大神匠之一,"天下最年轻的封号斗罗"。唐昊与哥哥啸天斗罗并称为"昊天双斗罗",威震大陆。后来,唐昊在游荡大陆时遇见阿银(十万年成熟期魂兽蓝银皇),两人结为夫妻。当时的武魂殿教皇千寻疾追杀阿银,阿银献祭唐昊,留下一颗种子。唐昊因此大开杀戒,杀死武魂殿两位封号斗罗,重伤教皇千寻疾,千寻疾不治身亡,唐昊归隐圣魂村成为一名铁匠。最后,唐三带父母来到冰火两仪眼,阿银便在冰火两仪眼生长,在唐三的帮助下,阿银重新化为人形。唐三父母与武魂殿的故事,推动了唐三与武魂殿故事的发展,深化了唐三和武魂殿之间的矛盾冲突。

一日为师,终身为父。作为唐三的老师,大师玉小刚对唐三视如己出,兢兢业业教诲。玉小刚本身实力因拥有变异武魂而不强,因此,他对武魂的研究极为深入,得出《武魂十大核心竞争力》的理论,被赞誉其武魂理论无敌。玉小刚为人耿直,不懂圆融,他的众多理论又大多惊世骇俗,因而为大家族和武魂殿所不容。

接下来最为鲜活的莫过于史莱克七怪了。唐三和小舞都是史莱克七怪的成员。按照大师的理论,一个优秀的团队要有食物系器魂师(负责补给)、恢复系器魂师(负责状态、魂力恢复)、敏捷系战魂师(负责侦察)、力量系战魂师(负责抵挡)、攻击系战魂师(负责歼敌)。

食物系器魂师 —— 奥斯卡,封号食神斗罗。奥斯卡是弗兰德院长从小收养的孤儿,先天武魂觉醒满魂力。大陆上第一位食物系封号斗罗,不可多得的食物系天才魂师。奥斯卡不仅在书中和唐三有着深厚友谊,书外的奥斯卡也是唐家三少的好朋友。因为奥斯卡的名字来源于著名网络作家 —— 天使奥斯卡(代表作:《宋时归》《盛唐风华》等)。

恢复系器魂师 —— 宁荣荣,封号九彩斗罗。她是七宝琉璃宗的掌上明珠,服用唐三所给仙草"绮罗郁金香",克服了武魂缺陷,使七宝琉璃塔进化成为九宝琉璃塔,成为最强大的辅助类武魂。

敏捷系战魂师,除了小舞以外,还有一位敏攻系魂师 —— 朱竹清,封号幽冥斗罗。朱竹清是星罗帝国贵族朱家二小姐,能和戴沐白施展武魂融合技 —— 幽冥白虎,拥有越级战斗的强大威力。

攻击系战魂师 —— 戴沐白,封号白虎斗罗;马红俊,封号凤凰斗罗。戴沐白是史莱克学院学员中最强悍的存在,当然,这是在唐三和小舞来到学院之前。马红俊的武魂邪火凤凰,虽然是顶级兽武魂,但却是变异武魂,对自身有反噬影响,需要靠跟女人交合来化解。后来,他服用唐三在冰火两仪眼找到的仙药"鸡冠凤凰葵",化解邪火,过滤掉武魂中的杂质。马红俊成为封号斗罗后,武魂真身进化为九首火凤凰。马红俊还有另一个身份,他是作者唐家三少的好朋友——著名网络作家静官(真名:马红俊,代表作:《兽血沸腾》《十界战纪》等)。

　　唐三的敌人同样强大,那就是武魂殿。武魂殿现任教皇——比比东,双生武魂,她是武魂帝国创始人,也是史上第一个克制魂环吞噬的人。当年,比比东原本计划和玉小刚双宿双飞,却遭到自己的老师——上一任教皇千寻疾强暴和威胁,只能忍痛对玉小刚隐瞒真相并分手。后来,比比东生下女儿千仞雪。千寻疾在围剿唐三父母时,被唐昊重创,于是,比比东借此机会,亲手杀死了千寻疾。后来,比比东又毁灭了曾将玉小刚逐出家族的蓝电霸王龙家族。在最后一章,她为救千仞雪而承受唐三攻击而死,死前向玉小刚吐露了当年真相。比比东是一个集善恶于一身、可怜又可悲的角色,她终结了上一代的恩怨,却也交付出自己的性命。

五、创造"斗罗宇宙"的雄心

　　唐家三少从出道以来,一直都在有意识地磨炼自己的功力,也在对自己作品之间的人物进行串联。经过四年的累积,在《斗罗大陆》这第九部作品里,唐家三少开始尝试创造一个新的世界。

　　在这个世界里,唐家三少留给自己一个极为广阔的创作空间。区别于修真和仙侠小说的升级模式,带着武侠味道却又迥异的各类武器、药材,彼此之间相互独立又和谐共存的国家和组织等设定,让唐家三少在创作过程中可以无限发挥想象力,并拥有持续的创造力。因此，除《斗罗大陆》以外，唐家三少还创作了《斗罗大陆2·绝世唐门》(讲述唐门创立万年之后的斗罗大陆上，唐门式微。百万年魂兽、手握日月摘星辰的死灵圣法神、导致唐门衰落的全新魂导器体系，唐门新一代重振暗器雄风，让唐门重现辉煌)、《斗罗大陆外传神界传说》(《斗罗大陆》的衍生作品，讲述过去和未来六个作品中主角的故事。从2015年3月25日在新浪微博开始连载，一天一更，现已完结。它是《斗罗大陆2·绝世唐门》之后，一部承上启下的神界故事，在书中会看到很多熟悉的身影。同时，这一部神界传说，也是《斗罗大陆3·龙王传说》的前传)、《斗罗大陆3·龙王传说》(讲述伴随着魂导科技的进步，斗罗大陆上的人类征服了海洋，又发现了两个新大陆。此时，出现了魂兽和人类的激烈矛盾。此书设定在《斗罗大陆2·绝世唐门》的万年以后，增加了魂灵、精神力和机甲斗铠这几个新的设定)、《斗罗大陆外传唐门英雄传》(和《斗罗大陆外传神界传说》一样，是《斗罗大陆》的衍生作品，是一部承上启下之作，也是《斗罗大陆4·终极斗罗》的前传。它讲述继《斗罗大陆外传神界传说》后神界所发生的故事)、《斗罗大陆4·终极斗罗》(本书是《斗罗大陆》系列的第四部，讲述的是《斗罗大陆3·龙王传说》一万年后的故事，斗罗联邦科考队在极北之地科考时发现了一个有着金银双色花纹的蛋，蛋孵化出来的却是一个婴儿，和人类一模一样的婴儿，一个蛋生的孩子……)等。

  以上概述可以看出，唐家三少在《斗罗大陆》系列中的设定可以具有多么广阔的发展空间，甚至伴随作品中时间和技术的发展，大可增添若干新的设定、新的规则。由此，我们推断，唐家三少是要构建一个属于唐门的"斗罗宇宙"。这个雄心，在目前的网络文学史上，尚属首例。这是需要有足够的笔力和毅力才能完成的事情。拥有"网文舒马赫"称号和十几年不断更纪录的唐家三少,创作至今的成果证明了他的雄心。

美国的"漫威宇宙",深受全球无数粉丝喜爱。唐家三少的"斗罗宇宙",可否成为"漫威宇宙"一样的存在?在未来引领中国IP,成为中国的"斗罗宇宙"?我们渴望答案。

《遮天》的世界设定与金手指

一、《遮天》的世界设定

《遮天》是辰东的第四部小说。通常,一个网络作者在写下600多万字之后,应该是迎来了创作的旺盛期。构思、技法、风格,包括文字的运用,都达到了一个新的高度,思想也更加沉淀,臻于成熟。

《遮天》是仙侠频道的修真文明文。成绩是很好的。631.62万的总字数,552.43万的总推荐,6341.76万总点击。累计获得500万张推荐票,50万收藏,30.0119万条评论。借一句粉丝的话,"那些年,我们追过的辰东的书"。

当然,《遮天》不容错过。对辰东而言,《遮天》意义深远。简言之,对辰东的创作发展而言,这是一部承上启下的作品。

辰东的大多数粉丝叫他东哥。东哥的书人气一直挺旺。《遮天》更是很多粉丝喜欢的一部。《遮天》讲了一个什么故事?辰东的自定义标签写的是:热血。

起点中文网曾为所有的仙侠小说做过这样的宣传:

> 修仙觅长生,热血任逍遥,踏莲曳波涤剑骨,凭虚御风塑圣魂!

关于《遮天》,这几句话很是贴切,可以看作是书中主角——男神叶凡的生动写照。通常,一句话的概括不大好表达,很多看上去不错的小说,与前面的概要没那么密切的关联。噱头也罢,真的不会归纳提炼也罢。但是辰东的《遮天》,却完美诠释了起点对仙侠类小说的归纳。

我有时感慨,当下网络小说多如牛毛,资本社会光怪陆离。文学在市场中会变成什么模样,是我心里一直以来的担忧。有多少作家心浮气躁,不会好好写书了。所以看到用心写成的好小说,我总是想高调表扬。

我一直认为,文学是要认真对待的。哪怕在这个时代,网络文学与娱乐关联,产生了传统文学所没有的本质属性和特征。然而,无论是文学性的娱乐,还是娱乐性的文学,总是要作者用文字呈现出来,总是要蕴含一些道理。在这一点上,与传统文学所要表现的"文以载道"有所不同,但肯定不是彻底的颠覆。

老实写书总是好的。所以刚开篇,我借用粉丝的点赞,先给辰东的作品一个肯定的态度。

《遮天》上架时间是2010年10月14日,最后一章完结于2013年5月21日。全书共有1854章,免费章节共101章。

在起点中文网,《遮天》的首页上如此介绍:

> 冰冷与黑暗并存的宇宙深处,九具庞大的龙尸拉着一口青铜古棺,亘古长存。
>
> 这是太空探测器在枯寂的宇宙中捕捉到的一幅极其震撼

的画面。

九龙拉棺,究竟是回到了上古,还是来到了星空的彼岸?

一个浩大的仙侠世界,光怪陆离,神秘无尽。热血似火山沸腾,激情若瀚海汹涌,欲望如深渊无止境……

登天路,踏歌行,弹指遮天。

我曾经在访谈录里这样问辰东:你是用什么办法架构这个庞大的世界的?辰东不假思索:设定好时间轴,铺好空间范围,构架大体的故事走向,然后不断填充。

无论在哪里,就像叶凡,梦里想的还是爸妈、恋人、同学、同伴。人性的美与丑,一直是左右他小说创作的母题。这正如同他对这个世界的感想:平凡人物的崛起,再到英雄悲欢离合,举世瞩目,寂静落幕,同我们所在的世界相比,多了一些玄幻色彩,但一样有悲欢离合,阴晴圆缺,人性是共通的。

是的,这正是文学作品的价值和意义。看似他用仙侠修真的手法创造了一个彼岸的典型环境,但是在那里寄予的仍是辰东在这个世界中的理想,以及他对人生的解读。

我更愿找出几组关键词来解构《遮天》,同时也是建构《遮天》。

我尤喜第一句。"宇宙""龙尸""青铜古棺""亘古长存""冰冷与黑暗",这五个关键词点出了时间、空间和整部小说的精神调性。"宇宙"和"亘古长存"界定了亿万年的时空;"龙尸""青铜古棺"指出了古老的文化传承。而"冰冷与黑暗"暗指日后男主人公叶凡的仙路之孤独高冷,传达了对不死不灭的永生的质疑与叩问。辰东一出手就架构了这个宏大的世界,并指出了这个世界的精神调性，蕴含了严肃的自省意识。

网络玄幻、修真、奇幻、仙侠等幻想类小说一向是以世界设定为基础。辰东的创作也不例外。

网络小说的世界设定，通常是指作者为自己的故事所设定的一系列的时空和人物关系以及社会规则。世界设定是一部小说的基础，也是一部小说的起点。它相当于构思大纲。我一直认为这是最难的。世界设定直接决定了小说的品相。

《遮天》的世界设定是怎样的呢？

先说《遮天》的宏大世界。辰东设定了几个不同的星域。最精彩的部分我认为是在北斗星域，在这个浩大无边的万古仙侠世界中，辰东划分了几个势力区域：

先是从"东荒"开始。这也是中国古典神话的印记。东荒有燕国，燕国有六大洞天：灵墟洞天、金霞洞天、玉鼎洞天、烟霞洞天、紫阳洞天、夕月洞天。

然后是南域，有摇光圣地和古世家姬姓家族。摇光圣地是灵墟洞天所依附的圣地，门派绝技有圣光术、混元圣光术等。姬家的看家绝术为古经《虚空经》，内有绝技大虚空术、虚空大手印、截天指、先天太虚罡气等。

北域有古世家姜家，与圣皇神农氏关系极深。族中古经为《恒宇经》。

北域有瑶池圣地，门中古经为《西皇经》。弟子多为女子，向来超凡脱俗，与世无争。

中部有天璇圣地，在诸圣地进攻天庭时，曾获得部分行字诀，演化出无上的天璇步法。但曾遭满门灭斩，圣女沦为荒奴，仅余一人

第二章 内外世界观

侥幸活下来。

又有几十门派,也是筚路蓝缕。包括:颜如玉掌控的玄元派、在东荒不可小觑的太玄门、与太玄门旗鼓相当的南域大派逍遥门,另有小门派快活帮和玉虚门,被主角一一攻破的北域门派青霞门、燕云门、离火教、落霞门、玄月洞、七星阁和矿教。各有绝学,各负其责。

除上述圣地外,另有东荒大衍圣地和万初圣地、紫府圣地、道一圣地等,各自拥有门派绝学。

光是各域的大教,辰东就设置出幻灭宫、五行宫、天妖宫、冰雪宫、冥神宫和万劫教、拜月教、栖霞教、真魔教、缥缈峰、紫微教、阴阳教、朱雀教、百晓门、天机阁、红尘轩、妙欲庵等门派,各有其特点,各有其优势。

至于男主所在的天庭,更是寄予了作者的人生理想。这个理想也建立在现实的基础之上。所谓天庭,在远古时期,位于三大杀手神朝之首,有行字诀、天轮眼、虚实神术、破妄术、斗转星移等门派绝技。因人世间、地狱的陷害与出卖,十几万年前被诸圣地联手剿灭。但天庭没有绝后。天庭后人隐于天之村。男主人公叶凡重振天庭,使天庭成为天宇中承载人生理想的圣地。

至于各族群、世家、皇朝、古国、圣殿、神宫也都是各有其特色。

在这里,我特别想提到的是几处生命禁区的设定。这几处设定,足以体现出辰东的智慧。

荒古禁地,是东荒七大生命禁区之一,位于南域,太古后形成,内有荒。什么是荒?可以理解为绝世高人。后来狠人大帝居于此地。狠人大帝是辰东《遮天》中着墨不多却令人印象深刻的一个人物。她为荒古禁地增添了几多神秘的气息。

再如东荒另一处禁区不死山,由皇级圣灵石皇所创。后石皇被叶凡击败。这处不死山居然被叶凡带到了天庭。天庭 — 不死山，不能不说这是辰东的智慧结晶。

再如东荒北域的太初古矿，是太古皇所创。神秘、凶险，在茫茫星空之中遁形。这个所在代表了自然和社会的所有不确定因素。后为叶凡所灭。

又如神墟、仙陵、轮回海、葬天岛，也都极尽描摹之功。

再说《遮天》的族群设定。

辰东在《遮天》里按空间界定，划分出北斗星域、紫微星域、地球、永恒国度、试炼古路。在每一个星域当中设定若干族群与门派。

如北斗星域共有四十个族群。

首先是太古生物：在北斗星域，太古生物是太古前大地的主宰，天地大变后大部分灭绝，但于后荒古时代复出。在辰东的架构里，太古生物在整个宇宙都有极大的势力和控制范围。

斗战圣猿：皇族，半猿半人，在太古时曾掌握不死蟠桃树。天生的斗战圣者，有种族异能九转天功、以一化千万之术等。人丁极为稀薄，和其他种族通婚进行传承。

原始湖：皇族族落，元皇之后。

神蚕岭：皇族族落，种族秘术有抽丝剥茧等。族人多为金蚕、银蚕、玉蚕等，仅有极少数神蚕（有天赋神通、欺天神术等。出生时为蚕的形态，可经历神蚕九变成为极强大的存在，但非常艰难，每次蜕变都是一次新生，记忆都会被抹除。以源为食，能吐出神源茧）。

血凰山：皇族族落。

火麟洞：皇族族落，种族秘术有麒麟吼、麒麟九式、麒麟斩等。

万龙巢：皇族族落，太古前曾封印人魔，因人魔的复仇而不得已举族迁回原古星。

黄金族：皇族，古皇秘术有黄金仙光、黄金神轮等。

无冕皇族：银血一脉，天赋可怕。未出过古皇，但却曾几度君临天下，最终欲进仙陵而将举族葬送。

神灵谷：王族族落，主修元神，以肉身为驿站，种族绝技有劫道轮回、开天辟地等，后为张林和叶凡所灭。

血电王族：王族，种族禁法有血电法则杀阵等。

血月族：王族，十大凶族之一，依靠汲取万灵血液修行，狂热而嗜杀。为来自永恒国度的舰队所灭。

石族：王族，十大凶族之一，太古生物与圣灵交配的后裔，许多后代身有石斑。

青鬼族：王族，十大凶族之一。为来自永恒国度的舰队所灭。

紫电族：王族，十大凶族之一。

神轮族：王族，十大凶族之一。

蓝魔族：王族，十大凶族之一，亦十大最强王族之一，吸纳其他生物神魂壮大己身。为来自永恒国度的舰队所灭。

白银族：王族，十大凶族之一，与黄金族交好。

魅族：王族，十大凶族之一。

混天族：最强十大王族之一。

始王族：最强十大王族之首。

皓龙族：龙首人身，种族绝技有天道轮回等。

天狗族：形如狗，但背生白翼，头顶神环。

堕羽族：又名天羽族，背后有多对墨翼，形如堕落天使（实际上地球的堕落天使由得到堕羽族传承的人类修成）。

大力牛魔族：王族。人身牛头，种族绝技为莽牛波，肉身强大。

火云族：浑身处于烈火之中。

银月族：王族，白发，眉心有弯月印记。为来自永恒国度的舰队所灭。

云岚族：王族。为来自永恒国度的舰队所灭。

角族：银发，眉心生有晶莹玉角。

隐影族：身形瘦小，隐于黑雾之中。

生鬼族：脸色雪白，臂生银鳞，好吸血。

雪族：天生可施展冰神术的种族。

魔神族：强族。

大罗族：太古万族之一。

阴魅族：太古万族之一。

堕鹏族：生具人形，生有鹏翅。

神族：来自通天星。金发，眉心有竖眼。

蚁族：来自飞仙星，形如蚂蚁，体形巨大。

灵族：星空古路上的太古生物，祖星可能已灭绝。

光明族：头生四面，通体呈淡金色。在北斗并非强族，于浩瀚星空中却有着极强大的势力。大圣被称为邪神，有多名大圣。

再看紫微星域，共有十二大门派：

扶桑神树国：紫微星域国度，为金乌一族控制，种族绝技有金乌腾挪术、金乌死咒、金乌他化天域外投影显形等。

人王殿：紫微星域门派，门派绝技为人主印等。

天狼山：紫微星域妖族圣土，曾诞生七代天狼。

长生道观：紫微星域门派，位于神土冥岭，门派绝技有长生经、长生诀等，道观本身是远古圣兵。

广寒宫：紫微星域门派。

人欲道：紫微星域门派，开创者为恒宇大帝好友。修人道，镇派绝学为六欲天功和斩情大法，曾因一名弃徒依靠神女炉收尽天下美女而几乎被灭。

太阴教：紫微星域门派，灭却太阴古皇后裔并谋夺其传承。

紫微神朝：紫微星域不朽皇朝。

太阳古教：紫微星域圣地，已衰落，汤谷一战后为金乌族所灭，仅有幼童瞳瞳逃出。

海神岛：紫微星域大教。

落霞宫：紫微星域大教。

天机门：紫微星域门派，隐于太渊，有推演之惊世神术。

再如地球，有十七个教派：

印度教：地球大教，源自吠陀教及婆罗门教，与佛教有千丝万缕的联系。教中经典有《吠陀经》等。

天师道：修道门派，祖庭在龙虎山，属正一道。

上清派：修道门派，发源于茅山，属正一道。

灵宝派：修道门派，故地在阁皂山，属正一道。为葛玄所创，教中经典有《灵宝赤书玉诀妙经》等。

太一道：修道门派。

神霄派：修道门派。

蜀山剑修：修道门派，又称仙剑门，由赤松子所创。

全真教：修道门派，势力在终南山等地。

昆仑派：修道门派。

大夏龙雀：妖神族，立于大夏时期，种族绝技有龙雀屠神录等。

祖师为一只大圣级别的龙雀,大战葛洪后失踪。

天鳞:妖神族,居于长白山原始龙洞。为天蛇的后裔,族人有的选择进化为蛟,有的仍为大蛇。

朱凰:妖神族。

万妖谷:妖神族落,由一只灵猫开创。

教廷:指基督教,西方道统,与堕羽族、神族等太古生物有关,教中秘术有地狱束缚、秩序闪电、神临人间、秩序神链、斩断乾坤、天堂地狱等。

伊斯兰教:西方道统。

犹太教:西方道统,基督教源于此。

蓬莱派:修道门派,位于蓬莱仙岛之上,秘术有神光遁等。因图谋摧毁地球天庭为叶凡所灭。

辰东在地球这颗星球上所设定的门派,将现实和想象融为一体。

再如永恒国度,将科技与修真结合,控制着一片星域,含主星永恒和副星仙羽、始魔、神土等四颗生命星。其中共有二十个族群:

齐家:又称仙羽家族,永恒国度仙羽星海大家族。

天堂:仙羽星海劫掠团,来自永恒主星,统治族为梵族,永恒国度三大劫掠团伙之一。

墨家:始魔星海劫掠团,永恒国度三大劫掠团伙之一。

宣家:永恒主星上的家族。

曹家:永恒主星上的家族。

赵家:永恒主星上的家族。

兰托家族:永恒主星上的家族,以劫掠、贩卖人口起家。

神:永恒国度神秘组织,势力不限于永恒国度内。

冥王一脉：永恒主星上的家族，祖上来自北斗。

紫云族：永恒主星上的家族。

日不落王族：永恒主星上的家族。

沧海族：永恒主星上的家族。

弥罗族：永恒主星上的家族。

燕云族：永恒主星上的家族。

火云族：永恒主星上的家族。

阿驮圣地：永恒主星上的圣地，为前来进攻的古族所灭。

天火佣兵团：永恒主星大佣兵团。

须陀族：永恒主星上的家族。

圣光佣兵团：永恒主星上的佣兵团。

火焰佣兵团：永恒主星上的佣兵团，曹家仇敌。

在试炼古路里，辰东设置了十六个族群：

死亡国度：奇士府星空古路上的一个星球，生活着各种阴魂和白骨生物，主人为一头圣级白骨天兽。

九天国度：试炼第二关——寻找道之源中参与争夺的国度，九天神玉化成的生灵组成。

神国：试炼第二关——寻找道之源中参与争夺的国度。

魔国：试炼第二关——寻找道之源中参与争夺的国度。

燕家：人族第二圣城第一家族，拥有来自准帝的赤霞古经。

林族：天兵古星上的家族。

何家：天兵古星上的家族，林族的敌人，林瀚成大圣后为林族所灭。

古家：天兵古星上的家族，林族的敌人，林瀚成大圣后为林族所灭。

苍家：人族五十关双子星之一上的家族，某战胜圣体的霸体后裔。

神域：神话古路彼岸的至高势力，号称神域，系神话时代囚禁神魔形成的牢笼，因受到古天尊诅咒，故利用信仰之力方面有极大危险。主宰者自号神并汲取众生信仰之力修炼，青羽天之乱后绝神，在道一等人攻打下覆灭。

刘家：人族试炼路上的一大强族，与叶凡结下仇怨，后被叶凡斩杀其所有首领，从此衰落。

神庭：某准帝巅峰强者建立的势力，试图重建古天庭，四方征讨，后因帝主死于砍柴老人之手，被各方势力攻灭。

地府：冥皇开创的生命禁区，演化为一大传承，其成员研究尸体成道之学，试图控制轮回，收集万灵之血制造出源神、源鬼及跟通天冥宝相合的怪物，与源天师、圣体的诅咒均有关。在冥皇蛰伏沉睡时曾由数位至尊在内的诸多强者掌控，帝尊时期被长生天尊入主，附属于天庭，却又因长生天尊之故背叛古天庭。分为冥皇殿、阎罗殿、镇狱殿等派系，有生死轮回等秘术。镇狱皇死后地府风流云散，而怪物、源神、源鬼围攻叶凡被灭后，地府残余势力亦消亡，然实质上只要冥皇不完全消失，地府便仍存在。

道宫：砍柴老人击杀神庭帝主后，据九重帝关后的帝尊宫殿所建立的势力。后砍柴老人、黄牙老人、虬须大汉先后坐化，人马在虬须大汉逝去前被交给叶凡。

神组织：上古天庭的残余，后承认叶凡建立的新天庭，并入其中。

炼气士：从地球来到飞仙星的古炼气士群体。

除上述外，辰东还设置了宇宙中其他十九个种族：

圣灵：石中孕育神胎、神料通仙、仙劫火中产生灵智等所化成的生灵，为宇宙中一大强族。

第二章 内外世界观

羽翼族：星空中的强族。头生金发，背生白色羽翼，头顶神环。

元魔族：星空中的强族。额生黑色恶魔角。

幽影族：星空中的强族。常年存身阴影中，为天生的杀者。

天蝎族：异族，背生赤红蝎尾。

矮人族：身材矮小，天生神力。

金蛇族：妖族族群，古神螣蛇后裔，有种族秘术螣蛇术、蛇动九天、螣蛇世界、螣蛇化神等。

神猿族：妖族族群，被金蛇族二郎君屠灭。

巨人族：身形硕大，黄金巨人为其最强血脉。

神族：人族分支，但自诩高贵而脱离人族。人族神体系神族血脉觉醒的结果。

银角族：神话古路彼岸的种族，被金蛇族数位郎君屠灭。

绿血人族：宇宙中的大族，一域主宰血脉。

昆仑遗族：曾经生活在远古昆仑仙山上的种族群，包括穷奇部、烛龙部等数十个战部，昆仑山被帝尊攻破后流落到飞仙星，昆仑亦破碎，一截被帝尊带到地球。

天鬼族：宇宙中的大族。

虫族：宇宙中的种族。

神魔：宇宙中的强族。太古时期纯血神魔曾极其强大。

妖精：宇宙中的种族，容貌美好诱人。

恶魔：生活在宇宙深渊的种族。

光明天使：宇宙中的种族，浑身发光。

再讲《遮天》的修炼设定。

在《遮天》里，最有特点的是六个秘境中的修炼设定。也是在这一部分，他不疾不徐，写得从容不迫，人物与情节有料、饱满。

轮海秘境包含四个小境界，分别是开辟苦海、修成命泉、架设神桥、到达彼岸。

道宫秘境包含五个小境界：心之神藏、肝之神藏、肺之神藏、肾之神藏、脾之神藏。

四极秘境包含四个小境界，指修炼四肢，达到手脚通天彻地，举手投足皆法则玄术的境界。

化龙秘境包含九个小境界，指修炼脊柱，使每一节都恍若天之栋梁支柱，坚若磐石。秘境大圆满时就是脊椎显现化龙，普通修士修到此秘境后算是小成。

仙台秘境含九级台阶：

第一台阶：半步大能（圣地或者荒古世家处在第一台阶大成的太上长老，也就是绝顶的长老）。

第二台阶：大能（圣主级别或者一些大教里面教主级，还有中州的皇主）。

第三台阶：王者（仙三斩道，就是四千年前姜家神王姜太虚，主角逆行斩道），大成王者站在仙三第九个小台阶上。

第四台阶：圣人，亦是圣贤，如是太古前就加上"古之"。比如：古之圣贤，古之圣人。

第五台阶：圣人王（白衣神王姜太虚目前的境界。后续华丽出场直接干翻七个圣人之后，单挑瑶池大会所有看他不爽的太古族人）。

第六台阶：大圣（斗战胜佛、浑拓、卫易、老疯子和老太婆、乾仑、人魔等）。

第七台阶：准帝（前期全是死的，如释迦牟尼，唯一没有死的是盖九幽，后期斗战胜佛，人魔和少年至尊等基本为准帝）。

第八台阶：大帝（古之大帝、太古圣皇、完全体的圣灵、永恒星的神明、神话时代的天尊等）。

第九台阶：红尘仙。叶凡活了九世之后成了红尘仙。还有不死天皇、狠人大帝、段德、无始大帝、帝尊都达到了这一境界。

以上五个秘境，通向至高无上的仙境。

作为一部好看的类型小说，世界观设定一马当先。辰东设定的庞大的世界，可以见出他写作这部《遮天》的雄心。这也是这部修真仙侠小说首先要有的物理格局。

辰东的《遮天》之所以好看，还在于他的世界观设定的精细度。如此庞大的世界观，难以在其中将一切都布置得条理分明。这一章中各种设定的介绍文字，来自辰东小说的说明部分。辰东的长处在这里仍有细心表现。他的世界观里的族群门派设定，见出他的用功，也见出他的用心。细心源自一个严谨的态度，严谨的态度指向严谨的创作。当然，在同类小说中我们更多地见到，设定的精细不代表过程的严谨。不少作者写着写着就写丢了，写着写着就前后不一致了。辰东的严谨一直在，设定的世界观利用率也都高，虽在几百万字的体量中作废的设定在所难免，但瑕不掩瑜，《遮天》依然一路开挂。

故事就在这个庞大的设定中展开去。我用如上的不属于我的文字展现了辰东的世界设定，是经过了几多考量之后，仍然决定把他的设定原样照搬上来。因为辰东所描绘的那个世界，浩瀚、瑰丽，以及神奇，若换成我自己的语言来复述这个浩大的世界，还是缺少了原汁原味的力量。如果只是使用概括性的语言，又恐丢失遗漏了更精彩的内容。我也曾看到一位读者精准的总结，"那里有数不清的天材地宝，诡秘与机遇并存的遗迹传承，包括人族在内的或平凡或天赋异禀的百族。各族天才百舸争流，有生死对立，也有情义如山，他们年轻过，辉煌过，也遗憾过。因此，成就了那个灿烂辉煌的大世"。这段话作为对《遮天》的世界设定的概述，没有比之更好的。

二、《遮天》的金手指

所谓金手指，最先是从游戏中得来，指游戏的作弊器、外挂器等，是可以帮助超越游戏规则和已有设定而勇往直前且战无不胜的法宝。

移到网络小说中，金手指也是内设与外挂兼具。比如主角叶凡的荒古圣体，无疑就是最大的内设金手指。他从地球横渡星域而来，一穷二白开始创业，因自身的绝对优势，孤军奋战，不依附任何门派族群，在抢夺资源修炼道法时永远是人生赢家，最终站立于宇宙巅峰。而在整个修炼成仙的过程中，那些神兵宝物，那些似乎生来就是要保护叶凡一路开挂的神圣大能，以及只有叶凡才能够看似繁复实则必然地得到的那些"器物"，无不是叶凡的外挂金手指，辅助他一路披荆斩棘，战胜一切艰难险阻，登上那无与伦比的制高点。

涉及的故事发展、情节走向，将在另一章里详细分析。然而辰东在书里设定的秘籍法宝，各有各的神武通天，在故事走向中起到了必要作用，甚至可以说和人物一起推动叙事。在这里，我想有必要把辰东的神兵宝物作一罗列展示。

叶凡有这么多的宝贝加身，这也是故事为什么好看的根本。

（一）《遮天》的神器设定

辰东设定了一系列重兵神器，用以加持人物力道，在修真仙侠之道上助力人物和情节。曾被叶凡拥有过的就有30种之多：

天帝鼎。这是辰东最费笔墨的一种武器。叶凡在自己轮海中以玄黄母气炼制的万物母气鼎,后以九种仙料鼎融合化为仙器鼎。

荒塔。东荒人族至宝,传为真正的仙组建仙庭时所遗。现与东荒同在,九重塔身镇压一切,在妖帝坟冢中用于定住阴坟。青帝打入仙路后把荒塔留给叶凡。

绿鼎。又称成仙鼎,上古天庭的秘器,为帝尊所造,依靠昆仑为核心的诸祖脉降临于多颗古星而孕养,与成仙契机有关,同荒塔、仙钟齐名。天庭崩溃后曾为不死天皇等人所掌,但却破损于神战,被羽化神朝送往地球修复,但尚有碎片在北斗。曾被叶凡、神组织分别集齐三分之一,仙路黑暗动乱后重新散落在宇宙当中。于飞仙星仙路开启时借助寂灭天尊、化蛇、史前生物之死而重聚,化为神娃的神祇也在此时回归,但神祇欲求解脱,助叶凡大战四大至尊,仙鼎再次崩裂破碎,部分碎块为叶凡所得。即使是碎片,亦具有超能力。

太阳神炉。姜家的极道武器,恒宇大帝于堕日岭所铸,故又称恒宇炉。破碎于仙路黑暗动乱,后大力牛魔族提供消息,由叶凡寻到修复。

虚空镜。姬家的极道武器,在仙路黑暗动乱中半崩而流落宇宙,被张清扬、龙宇轩、张文昌得到,还给姬家,后被叶凡修复。

大雷音铜匾。庞博从火星大雷音寺中取得的匾额,曾用于大战神鳄。后被赠予叶凡。

舍利念珠。柳依依从大雷音寺取得的以六颗舍利组成的念珠,舍利中各有人形图案。后被其送给叶凡。

离火神炉。离火教镇教杀器,可发出"火凰出世"攻击,系姜家多年前丢失的至宝,恒宇大帝早年所用的兵器。被太上掌教用于攻击封困叶凡,叶凡夺得,在姜太虚回归后归还给姜家。

玉净瓶。在荒古禁地徐道凌交给叶凡用以盛装神泉的宝物，号称可以装山。后被伤到根本。

大罗天网。姬惠赐予姬仁之宝，布下后包罗天地，被叶凡夺得，后被焚毁。

打神鞭。原属姜子牙的神鞭，攻击神识极强，并能掩藏使用者的气息。出现在神漠，为叶凡所得。在不死山交给庞博收集悟道茶，被庞博带到中州，在两人重会时庞博还给叶凡。

金刚琢。老子西出函谷关所铸至宝。其九天白玉璧所铸的仿品被尹天志用于攻击叶凡，被夺，天之村分宝时被叶凡赠出。摇光圣地亦有一把仿品，以大罗银精铸成，在龙纹鼎中锤炼而出，赐给杨毅，被叶凡夺得，后为王冲的古战车撞碎。

圣灵剑。叶凡从九窍石人中切出的龙纹黑金小剑，由天地所生，孕育石中，已交织出部分道与理。后被其赠给姜婷婷。

阴阳剑。阴阳教历代圣子专属兵器，阴阳圣子欲为圣女报仇，以此攻击叶凡，被叶凡杀之夺取。对决万初圣子时为天妖血盒所毁。

天妖血盒。一位天妖以血为后人祭炼的宝物，可收人炼化形神。落入万初圣子手中，后为叶凡所夺，天之村分宝时赠出。

万殇弓。在仙府世界中袭击姬家兄妹的人马所持的碧绿色硬弓，圣主级兵器，可以锁定气机。为叶凡所夺，天之村分宝时赠出。

九神兵。一万五千年前的羽化王的兵器，有碧玉刀、紫玉剑、赤玉矛、墨玉戟、白玉盾等九种。在其死后被段德盗墓所得，又被东方野打劫时捞出，分给叶凡，后被其送给庞博。

杀手权杖。杀手神朝天庭的无上权杖，除了是兵器，还有着强大的号召力。天庭被灭后，天庭之主带其逃到圣崖，伤重而死。十数万年后叶凡来此将其取走，后留在天之村。

第二章　内外世界观

碧落钟。王级兵器，以九天碧落神玉打造。原属于碧落王，碧落王死于某血窟后遭到污染，在西坝城九黎天阙被金赤霄拍下后送往北原清洗，后被叶凡夺下赠给小雀儿。

天帝剑。和王腾一起渡过天劫的神兵，叶凡斩杀王腾后将其夺走。

黑葫芦。叶凡夺自紫府圣子的葫芦，疑似斩仙葫芦，在上古大战中已毁坏。内原有天阴绝水，后在火域第九层九色圣焰中被烧干。于紫微星域被叶凡交给老疯子。

时间之书。天庭一位采食过不死药的准帝祖师以自己的人皮祭炼成的宝物，上有天庭半卷传承。叶凡得自不死山，后留在天之村。

四象阵图。君威山主四位追随者的阵图，可布四象大阵，被叶凡夺得后交给龙马。

炼狱剑。地狱一位王者的残缺圣兵，被段德以吞天罐盖收取后为叶凡所得，后交给庞博。

寻源套装。源天师张继业的套装，源天师以神源老皮打造，有辟邪之效，由石衣、石头盔、石坠、石刀、石星盘组成，共有两套，其中一套被其穿走在古皇山中破碎，另一套被张五爷交给叶凡。

覆天宝衣。叶慧灵所得法宝，可隔绝自身气息。借给叶凡，在荒古禁地中碎裂。

大罗银精战衣。人族试炼路上执法者所穿的战衣。叶凡自刘邺手中夺得一件。

大羿射日箭。地球上古强者大羿的神箭。当时铸造圣箭的余料被人铸成两支仿品，为原始龙洞护道者用于攻击叶凡，被夺。

地狱镇魂塔。地狱传世圣兵，以五位杀圣化道之骨铸成，被叶凡以天庭权杖夺取，后留在天之村。

伏羲龙碑和九鼎：均为中国上古祖器，已破损。曾为西方所夺走,后被叶凡夺回。

其他各门派族群的重兵神器,在推进故事进展中起到重要作用的还有近80种:

仙钟、龙纹鼎、吞天魔罐、无始钟、西皇塔、青木宝印、拙弓、云链、星盾、月刃、月宫、水蓝珠、冥血妖盒、大荒戟、黄金神铃、凤羽扇、山河图、阴阳镜、封神榜、破空神船、定风珠、天妖灯、星河、中皇印、南妖钟、翻天印、天魔伞、中皇鼎、日月、太皇剑、九黎图、离火剑、魔云锁山图、大罗星盘、混沌青莲、两仪神剑、先天五行蜈蚣索、金乌大旗、八德宝轮、神女炉、广寒阙、广寒宫、乌翅鎏金锐、长生戟、王者丧钟、太阴大旗、苍龙刀、龙皮鼓、禁魔瓶、八部魔碑、九龙圣铜印、神之约定、朗基奴斯枪、女娲道石、虚空印、太阴芭蕉扇、黄金铜、紫金降魔杵、万龙铃、圣级飞船飞仙一二五八零号、化神刀、太上仙镜、麒麟图、不死天刀、长生古道观、炼神壶、霸钟、圣女战衣、风之战衣、圣贤神衣、神缕玉衣、莲花战靴、风云战靴、通天圣甲、五行神甲、仙缕神衣、神蚕战衣、道衍神衣、大罗圣盾。

其中像吞天魔罐、无始钟、青木宝印、月宫、混沌青莲、金乌大旗、神女炉、虚空印等都不乏细致入微的描写,起到了渲染情节、丰富人物的重要作用。

(二)《遮天》的材料设定

在《遮天》里,与重兵神器一同出现的,还有各种各样的物料。比如叶凡最重要的武器万物母气鼎,就是在自己轮海中以玄黄母气炼制成功的。辰东在设定里讲,玄黄母气是指天地初始溢出的精华,为万物母气,炼器之瑰宝。其精粹源根更加珍贵,世间独一,被叶凡用绿铜块收取。这是祭炼极道武器的材料。

其他极其珍贵的材料还有仙泪绿金、龙纹黑金、神痕紫金、道劫黄金、羽化青金、永恒蓝金、紫金神铁，还有叶凡从太初禁区中得到的恒宇大帝所留的凰血赤金。

辰东在《遮天》里设定了源。源为天地合气生万物的时代生成的灵物，似琥珀般晶莹，内里封有大量生命精华，可以帮助修炼或为开启域门提供能量。神源液仅能存在于太古环境中，可以用来自封以延续生命。

其他诸如紫耀铜精、紫荆神铜、大罗银精、三阴真水、妖血石、血龙木、赤炼铜精、五彩古藤、星辰阴铁、玄黄石、星辰石、玄冰玉、神血土、凤凰土、玄龟甲、枯龙木、皇血土、妖神木、神凰石，各自功用不同，各自有不同设定。

再如混沌石，辰东的设定是：一种瑰宝，价值连城，在上面修行速度快上数倍，更坚硬无比，是天生的混沌大印。无始大帝寝宫中有一块，是无始大帝的床榻，从化仙池中捞出，后为孔雀王所得。本内含可用于祭炼极道武器的圣物，被无始大帝取出铸成无始钟。叶凡自苍炎洞府中搜得一块，为苍炎诞生之物，炼成翻天印后赐予九尾鳄龙。

再如源天书，为张五爷祖上源天师张林的宝书，用来寻找源，亦可以当武器用，在古皇山上丢失，后被叶凡寻得，习全后还给张家。

仙玲珑：天地化生的宝物，常孕育于奇石当中，若有仙气滋润可成为仙书，否则只能作为乐器珍品。叶凡曾从石中切出一块后赠给安妙依。

还有绿铜金精、赤红玉髓、龙木、避水珠、辟火珠、避尘珠、安魂铁、辟地仙石、九天碧落神玉、红丝龙木、紫玉王、九天赤玉王、九天白玉璧、玄磁山、血钻、银月神玉、紫焰神玉、乌凰木、神血石、魂血石、阎罗土、九幽胎、黄泉水、五色铁精、青金、火神石、天命岩石、太初命石、陨星枯藤心、死界之心、大罗仙藤、七劫土精、水髓母、地龙精、风骨木、紫云晶、千幻星河神砂、星河紫砂、帝玉、绿玉玄龟、不老殿、紫铜战船、神令、星沙、天音钟、神木令、闪电符、神光遁符、古皇令、神城石令、万罗门、闪电靴、太阴真水、太阳真水、禁源神图、铁翎神羽、通灵宝玉、海神珠、长生锁、凤凰石、聚宝盆、九转神符、天机符令、北极仙光、龙珠、天妖神珠、太阴冰魄、五色珍石、封龙图、镇棺灯、雷霆之怒、傀儡替死符、世界石、招魂神珠、过去镜、神光古台、避劫古碑、太阴神核、兵魂、天音石等80种功能各异的材料,既是神器,亦是神药。

(三)《遮天》里的珍禽异兽

辰东在《遮天》里发挥了天马行空的架构能力,设定出的珍禽异兽由真实来,到虚幻去,且在故事演进中起到了至关重要的作用。

首先是真龙。辰东对龙的描写和关注在《遮天》里是可圈可点的。在他的描述中,真龙是四灵之一的龙族,种族秘术有龙战于野等。

神鳄恐怕是给读者印象最深的一种异兽。像鳄却不是鳄,在辰东细腻的描写中,神鳄无肢爪,身坚如金刚,可飞天遁地,能轻易洞穿血肉之躯。其鳄祖与众子孙被佛陀镇压在大雷音寺下第一层,后因叶凡与众同学取走镇压它们的佛器而脱困。鳄祖自身神胎进入李小曼仙台将其控制,后死于荒古禁地,本体则在荧惑古星被同修太阴太阳的远古人魔烹杀。

不得不说的黑皇留给我极深印象。这是《遮天》里特别出彩的角色。它从古皇山中跟随着叶凡出来,外形就是一只大型的秃尾巴狗,蔫黑坏、爱吹嘘,曾是大能。这只狗参与了故事的演进,性格鲜明、独特。

与人物有关联的主要角色还有龙马,叶凡坐骑。这是一匹荒古蛮兽,龙头马身麒麟脚。叶凡于昆仑捕获。龙马绝技有自创的"天龙八步"等。

小松亦是拟人化手法的成功例子。这是叶凡在藏区找到的一只紫色松鼠,依靠一尊石佛修炼,被叶凡收为第二弟子,极具灵性。

还有闪电鸟和金翅大鹏,都是天生强大的禽类,特别是闪电鸟,飞行极快,有凤凰血脉。凤冠闪电鸟比寻常闪电鸟更加可怖,当中的王更被称为闪电凰鸟,有返祖现象。

另外被龙马替叶凡收服的九尾鳄龙,地球上早已绝迹的剑齿虎,身有剧毒、可喷毒雾的巨蟒毒龙,周身长满鳞片的巨猿鳞猿,吞吐日月精华百年以上进化而成、头顶生有一根玉角的玉角蛇,生有人猿、鸟、蛇三头的恶兽乌金猿,修炼成精的蛇所化的蛟,传说中的麒麟、犼、龙鳞马、凤凰、鸾鸟、魔象、彪、狻猊、魔蝠、地龙、三足金蟾、寻宝珍兽、雪猿、乌金蝉、火神鸦、龙鳅、四不像、白虎、玄武、朱雀、荒古象、荒古神虎、寻宝鼠、鱼龙鳄、弑神虫、夜天狼、独狼、火麟龟、九尾天狐、牛神王、鲲鹏、龙雀、独角兽、亚龙、火凰鸟、蚁龙、吞天猿、赤金乌、火神猴、魔鬼皇猿、九子魔麒虎、霸王龙等50余种珍禽异兽。

(四)《遮天》里的灵株秘药

辰东在《遮天》里设置的灵株秘药,也是可圈可点。

首先来说神药,这是天地生成的神株,又名"不死药",有真龙神药(先为万龙巢古皇、后为狠人大帝掌握的神药,诞生于紫微星域,各部分功效大不相同,其龙珠果实部分代表了新生,目前处于万龙巢中伴随狠人棺木)、麒麟神药(现已经自我涅槃成为一粒种子,在叶凡手中)、万岁神药(可以延寿一万岁,果实形如玄武,在不死山中)、蟠桃神药(在神墟中)、九妙不死药(神蚕一族神药,变幻多端,九种不同果实轮回生长,后被分成九根移植至荒古禁地九大圣山,异变产生圣果,能使人脱胎换骨)、不死神凰药(来自域外,是北斗第一代主人不死天皇,后为无始大帝掌握的神药,在古皇山中,功效在神药中数一数二)、人参果神药(曾为容成子所有,后落入霸体一脉手中)、生命古树(曾属第五神星大帝)等,几乎每一株都是唯一的,不可繁殖,故极其珍贵。

还有菩提,传说中的悟道圣树,又称智慧树,可帮人开启神性,体悟天地间的道,最是不凡。叶凡从火星大雷音寺所得的一颗菩提子对他修道领悟有极大帮助。

悟道茶也是亮点。悟道茶是让大能发生顿悟的仙茶,世间仅有一株,生在东荒七大生命禁区之一的不死山中,为不死树的一种,可与世长存,茶果功效堪比神药。无尽岁月前,曾被不死天皇砍下树干做成棺材,但留下了树根故又长出。该棺材后在仙府世界夺宝时被各方势力瓜分,棺材板为叶凡所得,给庞博悟道,一部分又被庞博赠给李黑水。

此外,还有百草液、还阳丹、龙舌草、青龙藤、龙参、龙古神兰、火凰果、碧麟兰、元精果、黄金果、火鳞果、碧霞草、火龙草、玉蛇兰、乌玉神莲、青玉雪莲、九叶凤凰草、赤月果、封仙散、神泉、神凰草、人元果、地命果、石胆、源龙果、血泪玉竹、续命丹、阴冥草、九窍玲珑丹、九转宝丹、人世仙丹、紫微帝花、蟠桃、龙髓、地乳、不死妙树、九转仙丹、扶桑、五行真木、玄武藤、冥竹、一日十乌丹、神明花、九窍通灵神液、不老仙葩、麟兰树、妖神花、合道花、雪兰、死灵花、尸竹、火藤、火神源、蓝魔古树、道之源、血凰藤、化道粉、朱雀草、神命花等60种。

第二章　内外世界观

《遮天》里这些重器、神兽、异材、灵药,连同时空架构合为一体,呈现出一个光怪陆离、神奇诡异的宇宙。这就是辰东给我们的世界。在这一章里罗列的那些物料的介绍,引自于原小说的说明文字。在他的世界里,所有的这些物料都是有章可循、有迹可查。想象离不开真实。虚拟的时空诞生于真实的大地,艺术创造脱胎于自身的文化基因。

最后讲一讲《遮天》设定的文化元素。

众所周知,玄幻小说的文化,源于东西方文化传统元素。首先,对西方传统文学中的丛林法则的沿袭是最大的问题。虽然,现代文学世界观架构体系中,丛林法则不被赞同和提倡,但是,在网络小说初起之时,这种并不符合人类伦理进化、文明进步趋势的丛林法则书写,仍然被相当多的网络小说作者传承,特别是在玄幻、修真、仙侠类网络小说中,暴力崇拜与嗜杀行为受到推崇并得以传播。这无疑是价值观的误读和扭曲。

其次,对于大量传承于中国本土明清小说的网络写作,亦存在另外一种误读,那就是宗教文化与民间文化的混淆不一。王祥在《网络文学创作原理》里指出:"长期以来,道教部分门派、民间宗教力图把道、佛统一起来,并以道教为尊,为此寻求各种依据。西晋惠帝时期,道人王浮编撰出《老子化胡经》,以配合佛道相争的局面,《史记》中对老子结局的记载是:老子过函谷关西行,而后莫知所终。《老子化胡经》续接为:其实老子是西去了天竺国,点化胡人为佛,佛祖如来就是老子的弟子。这一说法流传甚广,在古代民间社会,很符合大众特别是道教信众本土自尊自大的需求。"

体现在网络小说的世界设定上,尤其需要注意。大部分网络玄幻小说是在远古神话、佛道神话、话本与民间传说的基础上创作的，所以存在上述佛道同源的问题。而这样架构世界观带来的人物内容的庞杂宏大，也正契合这类小说的内在要求。不仅能够满足读者在认识能力之外的阅读需求，对作者架构故事也有着超强吸引力。但是从根本上说，却是对中华优秀传统文化的一种误读。

这样的认知错误，导致我们的作家建构的世界体系难以与西方奇幻文学媲美。文化是要追本溯源的。世界观设定上的混乱不仅不利于作者创作进步，对代表中国文化走出去的网络小说全球化推广肯定也是不利的。

由此可见，对中西方特别是中国文化传统认真研究领会，是建构一部好的网络小说世界观的前提。

在宅斗的世界里生存

一、祖母："导师型"角色及其起到的作用

在《知否》连载时期，穿越题材方兴未艾，但已经脱离了早期穿越文里现代人主角各方面碾压古人，随便背首唐诗可以才压众人，违背科技发展规律徒手搞发明的套路了。作者开始思考现代人在古代生存是否真的能大杀四方，并设置了一系列可能遇到的阻碍，特别对于女性主角来说，古代施诸女性的封建礼教枷锁是最大的生存阻力，甚至会使人面临生死考验。在这种情况下，如何为主角适当开好"金手指"且不落窠臼，就是考验作者的时候了。

第二章　内外世界观

《知否》的作者为女主角盛明兰设置了一位"导师型"金手指——祖母，在主角的成长中发挥了重要的作用。这是和主角身处的困境分不开的。现代年轻女性、法院书记员姚依依因意外事故身亡后，按照穿越文的固有套路"魂穿"到架空古代，成为五品文官盛纮家中不受重视的庶女盛明兰。母亲早亡、父亲不甚关怀，嫡母王氏颟顸少智，父亲另一位妾林氏心机阴狠、自私，后宅之中各妻妾只关心自己所出子女，明争暗斗，困难重重。身为被礼教束缚"大门不出二门不迈"的女子，在这个不适合女人生存的世界，人生只能在"在家从父、出嫁从夫"的轮回中挣扎，能否得遇良人也只能靠运气，未来的生存可谓艰难。

她既没有实力派的姨娘做生母，又不是嫡母所出，她将来在盛府的地位会很微妙，她这次投胎实在是鸡肋，比差的要好些，比好的又差些，比上很不足，比下却没余出多少。怎么做才能在这个世上好好活下去呢？快六岁的盛明兰开始严肃思考生存问题。

内里灵魂仍为现代人的盛明兰在决定了自己的人生目标就是适应古人生存准则，尽力活下去并且活得好之后，开始评估自己的优势与劣势。这也吊足了读者的胃口，这样一位实力不足、投胎"鸡肋"的古代女孩，究竟怎样才能改变命运？如果是奇幻题材作品，主角可以足迹遍及天下，一步步从底层向上爬实现修仙飞升的目的。如果主角是男性，在古代能够改变自身命运的方式更多样，性别禁锢更小。但对于这本现实向题材作品来说，女性主角的成长环境已经相当封闭，只能在小小的家庭里打转，能够为主角实现光环加成的人物便适时登场了。

虽然盛明兰与祖母相依为命的设定略参考了《红楼梦》中黛玉和贾母的关系，但比起贾母对黛玉的疼爱，更多了一层言传身教的指导关系。在后文的发展中,祖母之于盛明兰,一如邓布利多之于哈利·波特、张三丰之于张无忌,起到了导师、保护者的多重作用,也是全文发展的一条重要线索,更使得主角的感情塑造更为饱满和真实。

  盛明兰的父亲是庶出,所以祖母盛徐氏(盛老太太)和盛家子孙并无血缘关系。盛徐氏本是勇毅侯府徐家嫡女,出身高贵、目下无尘,命运却不幸福,"在簪花筵上偷偷看见新出炉的探花郎,听人家吟了两句诗,当场生情,违抗疼爱自己的父母,下嫁盛家,新婚几年后爱淡情弛,夫妻反目"。其夫盛二太爷英年早逝,嫡子死于妾室毒手,她在抚养另一妾室所出的庶子盛纮成人后,心灰意冷,将家事一并交与盛纮夫妻打理,独守寿安堂吃斋念佛,不理俗务,生活之清冷枯淡,从"下人们都不愿去寿安堂受苦,所以这里使唤的也都是当初跟着老太太陪嫁过来的老人"即可见一斑。尽管年老的盛徐氏已不复青年风光,甚至被儿媳们内心轻视,但在当时的社会背景下,其出身、见识、家族人脉、结交勋贵均远非普通老妪可比,更是洞明世事,谙熟人情,相当于《知否》世界中深藏不露的扫地僧,是闺阁之中的最杰出导师。明兰为自保,一度装傻充愣,因为在佛堂中思念前世亲人流泪,被祖母盛老太太关注,接到自己身边抚养。在祖母的养育下,明兰既保留了身为现代成年人的精明干练,又接受了古代闺秀的训练,成功习得了古代女子的一系列立身之道,适应了所处时代的价值观,为后来的"逆袭"铺平了途径。而明兰也以自己的乖巧、懂事、从容,从最开始的相互陌生、只为找一庇护,转变为和祖母真正产生信任、依赖的亲情联系。这个纯然陌生的世界中,倘若没有这个老人的关怀和温暖,那她会是什么样?盛老太太像一块坚固的磐石,稳稳立在她身后,让她依靠,无论何时何地,发生什么事,她永远都记得,自己回头时,有一座安全的避风港。

第二章 内外世界观

对于读者来说,祖母这一角色的设定比起师父设定可以得到较多的认同感。由于网络文学作品的阅读者中青少年比例较高,自从我国改革开放以来实施计划生育政策,"双职工"家庭具有普遍性,"80后"以降许多人的成长过程中都有被祖辈抚育的回忆,在阅读文中祖母和主角的相处细节时感觉似曾相识,这增加了全文的温情感和真实感。剥离了作品中朱门华堂、世家荣华的外壳,最打动人心的仍然是最为朴素、真切的祖孙之情,也更为贴近读者的情感需求。

祖母的苦心,也得到了明兰的回报,可以说,在这个陌生的世界,祖母是她最为深切的亲情羁绊,给予了她真正属于"家"的温暖。所以,盛明兰成亲之后,得知嫡母被其姐康姨妈挑拨利用,导致盛老太太中毒后,迅速调集护卫,扣押拷问涉事人员,最终揭露了康姨妈的罪行。由于主角穿越过来后一直秉行审时度势、明哲保身的处世哲学,很少与人为敌,这一次冒着身败名裂的危险也要揭露真相的努力显得非常难得。主角也罕见地透露了心迹,将祖母对自己的重要性昭于世人:

> 您孤苦半生,没有骨肉,没有家,所以她们欺负您。放心,您还有我。便是众叛亲离也罢,就当我白来这世上走一遭吧!
>
> 我今日说句明白话罢——为了给祖母讨回公道,我父亲、兄弟、姊妹,乃至如今富贵尊荣的安逸日子,都可以不要!

最终,老太太在长孙的照料和孙女的看顾下安度晚年,长寿百岁,盛明兰真正回报了这个陌生世界里唯一真心待她的亲人。

纵观盛老太太的一生,从娇纵任性的金陵徐大小姐,到独守青灯古佛的盛家祖母,可谓悲剧多于喜剧。造成这一切的,甚至并不是具体的人,而是时代的局限性。例如,盛老太太的婚姻悲剧,似乎起源于丈夫的负心薄幸:"瞧厌了有爵之家男人的贪花好色,并深恶痛绝,于是选了个探花郎,谁知文官也没好到哪里去,新婚没多久,盛老太爷就领了个美妾回来。"盛老太太在晚年和孙女交流此事时,也把女人的命运寄托到婚姻上:"再要强出挑的女儿,若摊上个赖汉便也废了。嫁人,便是女人第二次投胎呀。"盛老太太是在给明兰传授人生经验,所感慨的,何尝不是自己的命运呢?

但是,即使是少年时身份高贵、经常出入皇宫、要强出挑的徐大小姐,也根本想不到怎样才能改变现状,只能寄希望于嫁人,至多不过是在丈夫去世后靠已有的家产让自己能够艰难立足,完全不会有建功立业、实现人生价值的观念。若深挖其根源,仍然是所处社会男女不平等、女人没有基本的权利造成的。这不是盛老太太一人的悲剧,而是同时期无数女人身不由己、命运不能自主掌控的悲剧。所以,尽管《知否》的女主角过得"烈火烹油、鲜花着锦",仍然不能抹掉全书的悲凉本质。

二、宅斗中的姐妹:被礼教压迫出的无限悲苦

网络文学作品兴盛二十年来,带给读者的阅读体验也随着主流舆论的变化、多种渠道信息的爆炸化浸润、碎片化阅读习惯的光大而不断变化。但至今未有太多变化的是,网络文学作品特别是小说所塑造的人物形象特点,通常离不开作者自身的经历映照,或者名著作品提供的参考。这与网络文学作者的非科班化、自由化,以及网络写作的作者与读者线上互动常态化有着密切关联。

第二章 内外世界观

在阅读《知否》时，对于文中塑造的重点人物及主要关系，或许不少读者都会感觉到可以在经典名著中找到母本。作者关心则乱也并不讳言，写作本文时受了简·奥斯汀的《曼斯菲尔德庄园》启发，"想写一家几个姊妹不同命运走向的故事"。所以，文中盛家几个姐妹的塑造，不仅受到了《红楼梦》中贾府诸姐妹形象及命运描写的影响，也受到了西方名著中描写同一家庭姐妹群像的作品影响，如《曼斯菲尔德庄园》《傲慢与偏见》《小妇人》等。但囿于本文的整体格调和站位高度，更多地强调了姐妹之间为嫁得贵婿而产生的明争暗斗，减少了骨肉亲情的相关内容。跳出本文所塑造的世界来看，这些争斗又因为命运的身不由己而显得可悲、可笑又可怜。

主角盛明兰的家庭中，共有姐妹四人。大姐盛华兰、五姐盛如兰与明兰关系较好，四姐盛墨兰则与之势同水火。这四人的命运走向，虽然与自身的性格特点息息相关，更大程度上是受到婚姻、家庭的影响。但在封建社会，身为女性背负的"百年苦乐由他人"的枷锁，是无法解除的，所以婚姻的不确定性让命运增添了较多的悲剧色彩，也可以一窥历史上多数女性身不由己的命运。

除了盛明兰的"主角光环"外，其他三个姐妹的婚姻各有其不幸之处。应该说，这也是作者为塑造主角而使用的手法，以其他人的特质和命运作为主角的衬托，虽然算得上大团圆结局，却无形中强化了全文的悲剧色彩，这恐怕是作者也始料未及的。

长姐盛华兰是书中给予评价较高的一个女性角色，作为盛家嫡出长女，出生在父母感情融洽、家庭关系稳定的时候，成长环境较为平顺，小时候也被祖母亲自教育过，不仅美貌端庄，而且善良宽容，对弟弟妹妹照顾有加，堪称一位完美的闺秀。盛华兰的人生经历，也对明兰起到了一定的引导作用：从小被作为大户人家主母的候选人来培养，连礼仪都是由祖母的老友、宫中教习嬷嬷亲自讲授，德言容功无一不佳，高嫁进入忠勤伯府袁家。

但这看似改变命运的婚姻，却是华兰命运坎坷的开始，作者设置了颇为"接地气"的设定，大概也是儒家文化圈中女性几千年来都要面对的难题：婆媳争斗。华兰的婆婆和妯娌是亲姑侄，联手对付娘家地位相对较低的华兰，算计嫁妆、给丈夫送小妾、用规矩压人等手段用了个遍，丈夫又被婆婆牵着鼻子走，让华兰饱受压迫之苦，身体健康受到摧残，所生子女也被婆婆抢到自己房中养育，却被嫂子算计，险些受伤。最后，解决华兰命运的其实也不是她自己，而是一方面依靠丈夫的回心转意，终于能够帮助她维护应有的利益；另一方面在盛老太太、明兰的建议下，请丈夫的姑妈出面给公公送了个备受宠爱的小妾，让婆婆自顾不暇，公婆反目。最后总算是得到了举案齐眉、儿女满堂的"幸福"。"她受了十年的委屈，如今总算拢住了丈夫的心，又有两个儿子傍身，怎么也有些底气了。"

和之前遭受的苦难相比，这"幸福"仍然是悲凉的，完全取决于他人的决策，带有很大的非必然性。实际上在封建时代，有着类似命运的女性郁郁而终、被逼自杀的数不胜数。寄希望于丈夫站在自己这边对抗婆婆，在讲究平等思维的现代人看来司空见惯，但在以孝为至高原则的古代，父母对子女有绝对的生杀大权，丈夫是不可能将夫妻关系置于母子关系之上的，奉母命杀妻却不被处死的案子在史书上屡见不鲜。因此，这一设定仍然是出于作者和读者熟悉的现代准则而得到的认可。

另一位嫡女、五姑娘盛如兰，在文中的一大作用就是衬托主角明兰的雅致、稳重，作者不止一次强调这个角色和其母王氏相似，性格鲁莽、咋咋呼呼，相貌、才干也都不算非常出众，还喜欢摆架子支使他人。但由于本性不坏，性格坦率，并无害人之心，所以和明兰的相处还算不错。如兰是文中少见的"自由恋爱"女性形象，没有完全顺从父母之命媒妁之言走上包办婚姻道路，而是在和出身寒门的举人文炎敬相爱后，能够勇敢地表达自己的情感，甚至为此付出代价也在所不惜。

> 他当我是小丫头，捡起了我的帕子，还冲我笑了笑。后来，他又来了几次，每回我都在园子里玩，想着可以说上两句，他说……我好看，又精神爽利，叫人瞧了就心头敞亮起来。

虽然如兰成了顾廷烨设计娶明兰的真正牺牲品，被算计与文炎敬话别时被长兄撞见，犯下了"私会外男"的大忌，并受家法打了一顿。盛纮大怒女儿不守妇道，王氏的愤怒则更多来自文炎敬曾与她的死对头林氏之女、盛家四姑娘墨兰议婚，让自己面上无光。但作者给如兰的结局仍然非常像童话，仅仅让父母大发雷霆后就同意其嫁入文家。文炎敬出身贫寒，家中寡母也是典型的刁婆婆形象，和如兰不乏磕碰，不过由于丈夫为人正派，仕途顺利，夫妻感情甚笃，如兰的婚姻尚算美满。事实上，在看重女性贞操和名节的封建时代，如兰的真正命运是可以想见的。仅以明末清初同样描绘女性群像的弹词作品《天雨花》为例，黄静英仅仅因为无意中将表弟的诗带回家中，就被父亲痛打，沉河处死；左秀贞被丫鬟造谣与表哥私通，其父不听辩白，用铁简将她打得重伤，甚至命人将其活钉棺中。古人对"不守清规"女性的处置方式可见一斑。如兰又怎能摆脱这一结局呢？能顺利成婚仅能存在于对封建时代相对美化的现代人作品中而已。

作者虽对如兰的私订终身并没有明确表达反对，但不难看出，在全文整体崇尚"随分从时、安分守己"的大基调下，如兰的行为仍然被视为"拎不清"的表现，主角明兰对此也不乏微词。作为读者需要意识到的是，我们今天见惯甚至被古代题材文视为俗套的自由恋爱、自由婚姻，是经过男尊女卑的礼教时代后无数女性用尊严和生命所换取的。在这个前提下，如兰的努力就不宜被视为不安分、不精明，而是一种对人应有的权利的追求。男人和女人都有权利生活，有权利爱和被爱。

在主角的姐妹中，盛墨兰是最为接近"反派"的形象，也多次被作者在文中加以讽刺，最后的结局相对其他人来说是最差的。墨兰酷肖其母林氏，才貌不在明兰之下，品性却相对不足，爱耍小计谋，在其母亲的影响下，将嫁入高门作为人生最大目标。明兰作为她的强有力竞争对象，也不乏被针对的情况，听说永昌侯梁家有意求娶明兰，墨兰竟试图将明兰毁容。在得知自己的议婚对象是家境贫寒的文炎敬后，墨兰十分不愿，设计和永昌侯嫡次子梁晗相遇并被抱，留下男女亲近的口实，在盛老太太的促成下成功嫁入梁家，但也付出了生母林氏被送入乡下庄子的代价。但这并不意味着万事大吉，永昌侯府真正的掌权者是才干杰出、功名显赫的庶长子，墨兰的丈夫虽是嫡子，但轻浮浪荡，不求上进，前途并不被看好，娶墨兰也是因为自己的妾在国丧期怀孕，需要在孩子出生前确定嫡母名分。自认为擅长"宅斗"的墨兰嫁入梁家后，不仅因为嫁入的手段不光彩，和婆婆关系紧张，自己靠小妾稳定婚姻的驭夫之道也让丈夫无心仕途。"墨兰手段了得，可伤敌一千，自损八百。她虽成功分淡了春舸的宠爱，可也弄出一屋子莺莺燕燕，让夫婿罕有工夫留在自己屋里。"而且，墨兰只生了五个女儿，后来女儿们的婚事也并不理想。

可以说，在封建时代的标准中，墨兰是全盘走低，后果凄凉。

作者试图传递的观点很明显，墨兰的后果，完全是自作自受，并且由于对墨兰人品、行事的刻画和主角形成鲜明对比，让读者看到她的下场时感到"爽"。但需要注意的是，虽然墨兰贪图富贵，一心向上爬，但这不是造成她悲剧命运的本质原因，本质仍然在于她身处一个人压迫人的社会，一个不平等的社会，女性争取利益只能靠父权、夫权的恩赐，而所求的利益又是如此的微小，将嫁得好作为人生的唯一目标。

三、脸谱化的已婚中年女性：从"珍珠"到"鱼眼睛"

《知否》中的半数以上篇幅，均围绕女主角未婚时的家庭生活展开，在其中占据主要戏份的基本为女性，包括未婚的姐妹和已婚的祖母、母亲、嫂子等。在作者设定的世界中，与现实的封建社会统治阶层家庭类似，在礼教的束缚下，女性生存和活动的空间仅仅限于家庭之中，既无处施展才能，也无法做出"逾矩"的行为，连随意走出闺房都被认为是"不守清规"的"放浪"之举。明代作家汤显祖因为在《牡丹亭》中大胆歌颂"以情反理"，让杜丽娘入花园寻春，和柳梦梅结下梦里姻缘，遭到数百年来无数卫道士的口诛笔伐，并给汤显祖杜撰了一个"人间《牡丹亭》上演一日，汤显祖在地狱受苦一日"的死后结局，可见礼教的荼毒是多么深远，而在这样的生存空间内，女性背负的压力又是何等残酷。

相对来说，因为面临的压力较小，深闺中的未嫁少女更无忧无虑一些；已婚女性则因受到的重重枷锁更多，负担的压力更重，几乎被抽掉了所有的活力，也因此往往显得可憎无味。《红楼梦》中宝玉曾定义:"女孩儿未出嫁,是颗无价之宝珠;出了嫁,不知怎么就变出许多的不好的毛病来,虽是颗珠子,却没有光彩宝色,是颗死珠了;再老了,更变的不是珠子,竟是鱼眼睛了。""怎么这些人只一嫁了汉子,染了男人的气味,就这样混账起来,比男人更可杀了!"但这些"不好的毛病""混账可杀"难道仅仅是女人自身的问题吗?《知否》得出的结论也如此"宝珠鱼眼论",复原了已婚女人的可憎可鄙之处,却只停留在描述的表层,尚未深入挖掘根源。

在盛府中,除地位最高、具有一定统治权和话语权的盛老太太外,盛纮的正妻王氏、姜室林氏都是较有代表性的已婚中年女性形象。她们生存得如履薄冰,被公婆、丈夫的势力压迫,又不得不为自己和子女挣扎,求得微小的利益。她们或许有过如同"无价宝珠"一样的少女时代,但读者在书中已经难觅踪迹,只能看到她们的庸俗、尖刻、心机等"许多的不好的毛病"。即使是被作者评价较高、结局较好的盛纮长子盛长柏的妻子海氏,也不免形象平淡模糊。

王氏作为一个封建贵族家庭的主妇,在嫁入盛家的几十年里,自认为恪守为人妻为人母的准则,却并不如意,最后的结局更是堪称孤苦。作者认为,王氏的悲惨命运,来自她自己的头脑不清、心胸狭隘,但如果梳理她的一生,就可以发现这不仅仅是她个人性格使然。王氏原是户部左侍郎家的小姐,王家是世代簪缨的官宦世家,嫁给进士盛纮算是低嫁,很大程度上是盛老太太和去世的老太爷的身份地位促成的。二人成婚之初,也有过一段美满的日子,但由于王氏本性骄横,不通文墨,理家的能力、个人素质都不堪重用,和丈夫的关系越来越冷淡,更是咽不下丈夫纳妾这口气,她与姜室争斗了十几年。以封建时代的标准来比照,作为儿媳,王氏对盛老太太并不算非常孝顺,在内心深处并不将婆母放在眼里;作为妻子,王氏更是不够"贤德",缺乏贤内助的才干,对丈夫纳妾的态度、行径更显得其颇为善妒,把妾室卫氏作为弹压林氏的工具,即便卫氏蹊跷死亡也不加关心;作为母亲,王氏因眼界和见识不够,对子女的教育有限,在儿媳进门后,更是不忘端起婆婆的架子弹压、立规矩。似乎这些还不足以体现王氏的昏庸愚蠢,作者在全文临近结尾时,给王氏设置了一个令人出乎意料的结局:王氏的娘家姐姐康姨妈为人歹毒,希望借王氏之手除掉盛老太太和在她身边养育的曾孙,彻底捣毁盛家,在她的教唆下,王氏竟然给盛老太太下毒,尽管她并不知这毒药会置人于死地,也不知道这一行径会给自己的亲孙子带来怎样的后果,但在明兰揭穿真相后,王氏也付出了不小的代价,被大义灭亲的儿子送回老家软禁思过,十年不能离开家庙。

当然,在现实里这是不可能出现的。封建时代不孝是重罪,父母可以抛弃儿子,儿子却不能惩罚母亲,不管是嫡母还是庶母。这一幕虽然让读者颇有"爽感",作者想传递的也是恶有恶报的"爽",但若细思,会感到更加悲凉。王氏坚信,只有名分和子嗣才是牢靠的,鄙视林氏要求丈夫宠爱的行径,自认为自己睿智冷静,最后却被自己视为骄傲的名分和儿子彻底打压。宗法礼教被置于母子亲情之上,道德准则和法律规范相互杂糅,最终由弱者承担。所有人都认同的结果,就是所有人都甘心接受,并作为社会机器的一分子,去吞噬更弱的人。

林氏在书中算得上是"反派"形象,对她的刻画和着墨也是同类型角色里相对最多的,但也更容易被贴上"心机婊""绿茶婊"的标签。林氏原本也是一个美貌有才情的女子,出身不算低微,因为家道中落被送到盛家寄养,由于不满意盛老太太对她婚事的安排,与已经娶妻的盛纮私相授受,凭借自己的诗情、手段把盛纮彻底吸引住,上演了"薄命怜卿甘做妾"的戏码,应该说这也和盛纮的庶出身份自我认同有一定关系。林氏嫁给盛纮后一直和王氏处处争斗,势同水火,把赢得盛家当家大权作为一大目标,盛明兰的生母卫氏也成了后宅争斗的牺牲品,难产时由于林氏拖延找大夫而大出血身亡。林氏把大部分希望寄托在女儿墨兰能够高嫁上,策划了让墨兰私自出门遇见永昌侯嫡子梁晗,故意摔倒被梁晗在大庭广众之下抱起的戏码,用墨兰的名誉逼迫盛老太太出面说亲,将女儿嫁入永昌侯府,但自己也付出了后半生的代价,被盛老太太做主送入乡下庄子囚禁。

> 我着实后悔,当初拼着叫老爷心里不痛快,也该把枫哥儿和墨丫头从你那儿抱出来,瞧瞧这一儿一女都叫你教成什么样子了!一个自诩风流,不思进取;一个贪慕虚荣,不知廉耻,你误了自己也还罢了,却还误了孩子们!你也是手上有人命的,去庄子里清净清净,只当思过吧,待过个一二十年,你这一儿一女若是有出息,便能把你从庄子里接出来享享儿孙福,若是没出息……

盛老太太的这一番话,总结了林氏的大半生和结局。读者大可以拍手称快,认为林氏得到了应有的下场。但林氏作为一个可恨之人,也有她的可怜之处。她自负于自己的相貌和才华,认为凭借这些可以嫁入豪门,即使自己没做到也要让女儿不辜负这些天赋。这固然是短浅的见识,但在当时几乎所有女人的出路都是婚姻,从一个宅门到另一个宅门,连被作者认为是全书中见识最高的盛老太太也说"婚姻就是女人的第二次投胎",林氏又怎能拥有层次更高的见解呢?虽然作者给出的林氏下场,隐约透露出这是林氏的"不本分""心地不善"带来的应有结局,但需要注意的是,真正可恨的,不

第二章　内外世界观

仅仅是林氏,更是造成她天性扭曲的时代。倘若生在今日,或许林氏可以走出宅院的天地,正确利用自己的优势,也不必把所有的天资都用在争抢丈夫上。林氏和王氏的殊途同归,体现了彼时女人即使为改变命运做出挣扎和努力,也只能遭受被压制和吞噬的结局。

海氏是盛家长子盛长柏的正妻,出身书香世家,端庄温和而胸中不失城府,是一位典型的大家闺秀、贤妻良母,丈夫也是作者不惜笔墨描写的端方君子,二人一信奉娶妻娶贤,一坚持夫为妻纲,相敬如宾,生活顺遂。海氏比起这个颠顶愚昧的婆母要优秀得多,理家之道井井有条,儿孙的仕途经济也颇为成功。作者将海氏作为一个正面人物和成功典型来写,与之相比盛老太太虽然也享有地位和财富,但她人生的不足,在于她年轻时不够温柔、隐忍,和丈夫水火不容,儿子又没有活到成年,所以在世俗眼光里没有海氏成功。海氏的形象塑造,和盛华兰一样,都隐含着描绘封建时代女性典范的含义,也给出了当时女性"宜室宜家"的成功路径:锻炼自身成为合格主妇的素质,嫁给敦厚上进的丈夫,生育优秀的儿子,繁衍光大家族,最后自己成为接受封赏的诰命夫人,丈夫和儿子"头戴簪缨,胸悬金印",如此可称完美。在此之外,其他的念头是不应该有也不敢有的,女性生存的唯一意义就是依附男性,将自己的命运驯服地交给他人掌控,攫取一点微小的名利。

海氏固然是幸运的,但这一道路的不确定因素是如此之多。清代小说《兰花梦奇传》里,女主角松宝珠才高盖世,曾女扮男装挂帅征战,嫁给状元许文卿后也用妇德处处要求自己,却仍然因为丈夫的欺辱、家暴而吐血身亡。许文卿在世人眼里尚是"风流出众、矜贵不凡"的"才子",但就算是海氏、华兰这样的标准闺秀,嫁给这样的丈夫难道就能摆脱和松宝珠一样的结局吗?即使是有主角光环加成

111

的盛明兰,也无法以一己之力扭转这种情况。作者在本文番外里还列出了一种可能:"嫡母和爹没什么感情,生完一儿一女后,夫妻俩就基本井水不犯河水了。"但这只存在于男女平等观念深入人心的现代人的生活之中,在封建时代妻子的命运是由丈夫掌控的,自己全无做主的权力,除少数个例外,只有丈夫抛弃妻子,妻子不可能不理丈夫。清代文学家袁枚的三妹袁机德才兼备,被兄长评价为"女流中最少明经义、谙雅故者",也成了礼教的牺牲品,虽然订婚对象人品恶劣,袁机仍然坚守"一念之贞"不肯退婚。婚后遭受家暴,丈夫"见书卷怒,妹自此不作诗;见女工又怒,妹自此不持针黹",最后几乎被卖掉抵赌债,离婚回到娘家后郁郁而终。袁枚也感叹:"使汝不识《诗》《书》,或未必艰贞若是!"这说明,在封建时代女性能否拥有幸福是一种随机现象,实际的道路是荆棘重重,既不被男性平等看待,也不能主宰自己的命运,才会有无数女性"万般皆是命,半点不由人""为人莫作妇人身,百年苦乐由他人"的感叹。

四、宅斗中看似缺位的男人:女人命运的实际掌控者

"宅斗文"和"宫斗文"的相似之处,都是在封闭的环境内,女人们无法决定自己的命运,只能依靠你死我活的争斗,去夺取资源,踩着他人往上爬。而决定资源分配的皇帝或者一家之主,都是高高在上的,权力是在此范围内不受制约的,可以翻手为云覆手为雨,决定他人的荣辱、升降,甚至生死。其中隐含着的,不外乎是皇权和男权至高无上的准则,女性的价值被扭曲、物化。女性的个性和自由被压制着,没有反抗的余地。即使是被称为"爽文"的《甄嬛传》《延禧攻略》,也没有忽视这样的强调:主角纵然已经身处万人之上,仍然

得不到幸福。

"宅斗"的环境就像是一个缩小的宫廷,虽然大部分时间是女性在活动,在言语交锋,在暗流涌动,在制造矛盾又解决矛盾,男人往往只是一个模糊的影子,在许多时候是缺位的,一般也不干预女性相关的琐碎事务,但他们却具备决定女性命运的权力。

从《知否》盛家的设定可以看出,阴狠、琐碎、庸俗、愚蠢的角色大都是女性,男性即使不理家事,也掌握着话语权,让正义站在自己一边,最后两位不能"胜任"高门主妇角色并且一定程度上触犯了律条的女性:王氏和林氏被踢出家门,遭受惩罚,彻底远离了权力中心圈。而正面的主妇形象如海氏只要以此为戒,服从男性做贤妻良母,就能够保住自己的地位,家族的权力掌控者——盛家的男人们,仍然是正义的象征。文中的其他家族情况也和盛家大同小异,基本上,能够顺应男权社会价值观的女人是贤惠的,一般情况下可以保证家庭的安宁,反之则屡屡生事,文中沈国舅就因为妻妾不和连仕途都被影响了。这隐含着一种"慕强"的思维,是中国几千年来的正统:以皇权专制为核心,统治阶级是不能被反驳的,不管统治者多昏庸也不能有所质疑,否则就将戴上叛乱者的帽子。《水浒传》中的梁山好汉,也大都是秉承"忠心报答宋官家""反贪官不反皇帝"的准则。大到庙堂之上,小到一家一舍,无不如此。

《知否》中明兰的父亲、盛家一家之主盛纮,从各方面看都是相对平庸的一个角色。他为官多年,却不能算是股肱重臣,只能说较为圆滑,擅长自保之道;身为儿子,他对嫡母盛老太太在内心深处并不完全接纳和认同,但为了孝顺的名声仍然晨昏定省;身为丈夫,他在几个妻妾之间并未做出真正的平衡,表面和稀泥,实则闭耳塞听,得过且过;身为父亲,他固然比同时代的其他士大夫对儿女要上心一些,"他一有空闲总不忘记检查儿女功课,指点儿子读书考试,训导女儿知礼懂事,并不一味骂人。为了儿女的前程,他仔细寻检人家,四处打听名师"。这一切虽然也体现了一定的人性,但更多的是希望子女未来能够遵从自己的要求,儿子要考取功名为光耀门楣出力,女儿则要靠联姻给家族的荣耀打基础,也能巩固自己的仕途。作者对此做了概括:"盛纮是典型的古代封建士大夫,讲的是道德文章,想的是仕途经济,虽待孩子们比一本正经的老学究宽些,但依旧是遵从君臣父子的宗族礼法规矩,他在家里拥有绝对的权威。"这样一个能力相对普通的人,由于缺乏决断力和自主思考能力,不乏拖泥带水之举。在妾室卫氏难产死后,虽然知道林氏极有嫌疑,仍然秉承大事化小的原则一手盖了过去;在遇到盛老太太被下毒的严重情况时,显得六神无主,又怕儿媳毒害婆母的家丑传出去影响家族名声,怕得罪康家、王家,又怕自己处理得不够"顾全大局",最后还是要靠明兰一手主持。讽刺的是,即便如此,盛纮仍然是盛家的主人,无论林氏、王氏多么机关算尽、钩心斗角,女儿们多么"才自精明志自高",都无法摆脱她们的命运由盛纮主宰的局面,甚至才能和见识均胜过其他女性的盛老太太也不会对盛纮过多干预。这也是封建家庭的典型写照。

盛家长子盛长柏是作者较为认可的正面形象,"生性沉默寡言,行止端方严谨,少年老成,不论读书做事,都自觉老练,和健谈开朗、八面玲珑的盛纮截然相反",在沉默木讷的外表下,办事能力较其父杰出许多,并且秉承"长兄如父"的信条,在兄弟姐妹中颇有权威,非常器重聪颖得体的明兰。盛长柏与妻子海氏相处和谐,不像其父那样好色纳妾,并能够在妻子受到婆母刁难时暗暗偏向妻子,让她曲意逢迎,处处尽孝,反衬王氏身为儿媳的不合格,一定程度上收敛了王氏的行为。盛长柏的仕途颇为亨通,晚年已是名臣阁老,门生众多,子孙均读书成名,可以说基本满足了古人"修身齐家治国平天下"的向往。但就是这样一个非常符合古代道德标准的君子型人物,仍然有他的局限性,最明显的就是对待女性的态度。文中为了体现长柏的端方稳重,"生平最恨不守规矩、妖娆做作的",强调了一个细节:"长柏给院里的丫鬟分别起名为:羊毫,狼毫,紫毫,鸡毫,猪毫,兼毫……其中王氏送来的一个最漂亮的女孩,给起名为——鼠须!"而后来与海氏成亲后,这些连正经名字都不配有的丫鬟都被"打发了",只留下姿色普通、性格老实的羊毫,被海氏认为"没有威胁性",还可以成为同僚赠妾的挡箭牌,成了盛长柏几个月宠幸一次的通房丫头,亦即比妾还低一等的供主人泄欲的工具,没有真正的名分。文中还特意提到,羊毫每次侍寝后都要被迫服下避孕的药物,海氏才"如释重负"。主角站在现代人的立场,对羊毫的命运做出推测:她们最好的结局是抬了姨娘,在正房生育之后,如果男主人恩宠还在,便还能生个孩子;若是主人家夫妻和睦,她从此就成了摆设,慢慢熬干青春;如果女主人容不下,便遣出去,或放了,或配人。但是又能配得上什么好人呢?不过是府里的下人,市井的浑虫,山里的樵夫,田里的农夫,但凡有能耐讨得起婆姨的有家底的男人,都不会要一个破了身子的女人。羊毫的结局就这样被所有人遗忘了,最后出现的桥段是王氏想给羊毫抬姨娘来"压压海氏",被长柏用自己父亲的通房也没有当妾的理由来反对,想来是不了了之,那么羊毫的命运也逃不掉之前做出的推测,嫁给一个浑虫或是粗人,了此残生。当然,明兰高高在上地感叹之余,也没有伸出援手。可见,即使是盛长柏这样的"端方君子",对女人的态度也并无平等心可言,在他看来丫鬟、姬妾这种地位更低一级的奴仆,基本是不算人的，连人和人之间应有的悲悯和同情也不会降临到她们身上。除此之外，礼教的力量更是胜过人性，对和自己同一阶级的母亲，只要触犯了"不孝"的伦常，盛长柏也是毫不留情地将她驱逐，认为她使家族蒙羞，却不认为自己的做法是"不孝"的，因为男人的地位是凌驾于女人之上的。

所以，尽管《知否》复原的世界里，一再强调女人对家庭和睦的重要性，不断复原深宅之中的钩心斗角，但决定这一切的仍然是男权，家庭的根基和三纲五常紧密相关，每个人都是礼教的维护者，同时也是牺牲者，这并不是用今天的"职场斗争""原生家庭阴影"能够直接置换的，而是如鲁迅沉痛的定义："横看竖看，字缝里都写着'吃人'！"理解了这一点，才能看出"宅斗文"悲剧的实质。

"现代性"在历史中重生

希行开始创作的 2009 年，正是网络文学穿越类型产生并成熟、"清穿三座大山"接连面世的热门时期。然而就在希行创作的过程中，女性向穿越类型"开始即巅峰，逐渐走下坡"的局面开始明晰。一方面，在 2006 年前后诞生的"清穿三座大山"——《步步惊心》《梦回大清》与《瑶华》，在架设穿越文的基本结构、表达现代人的情感思考上，已经比较完整，后续难以产生类型升级的可能。另一方面，希行在自己的创作实践中，也开始思考"历史"与"现实"的关系，笔下的作品能够让这么多人欲罢不能，这就足以说明，当代人某种程度上都面临着相同的焦虑与困惑：

第二章　内外世界观

要谈自己的历史言情小说创作,肯定首先要回答"为什么开始写历史言情"这个问题。众所周知,现在社会的节奏快、压力大,我们都面临着各种各样的现实困境,有物质层面的,比如上海房价这么高,想在这里买套房子,要背几十年的贷款,普通人的压力非常大。但同时我们在精神层面也有困境,大家很难找到一种更高远的、超脱的精神寄托,来缓解在物质层面遇到的问题。所以面对这些压力,文学艺术就成了大家的乌托邦。小说营造的各个世界,是我们避世的空间,我们在这里暂时放一放那些生活里的烦心事,轻松一下,快乐一下,但是在写作、阅读的过程中,现实的影子却也是无处不在的,我们在现实世界里特别缺什么,往往就特别爱在小说里找补什么,所以这些小说又是对现实情况的另一种反映和思考。

希行在《如何书写有情的历史——我的历史言情小说创作》中讲:

我选择写历史题材,是因为"历史"和"现实"之间,能够形成更有趣的张力关系。既然要"避世",那历史离眼下的生活更远,我们能躲得更好。与此同时,历史又不能是脱离现实凭空想象的,它虽然离今天的生活更远,但它依然受到一系列总体的规律制约,写的时候要结合当时的社会制度、当时的人文风情,所以也不能跑得太远。但是写着写着,我也发现,原先作为背景的历史,其实也有自己的灵魂。换句话说,我会发现,很多现实的状况、问题,并不是凭空发生的,而是在非常遥远的历史中,就已经有了苗头,或者就已经有了和今天同样的情景。那么如何处理历史,其实也就是如何面对现实。

正如希行所言,"如何处理历史,其实也就是如何面对现实",穿越类型所带来的最大作用,是让我们能换个时空,重新直面、审视、反思正在遇到的问题,让我们更好地理解正在生活着的现实与现代。而在此基础上,面对已经从高峰逐渐走下、从"类型"变为"元素"的"穿越",希行也开始尝试以其他的方式来演绎更大的命题,回答"穿越之后怎样"。《重生之药香》中的"重生",即超越"穿越"的一次试水,而在《诛砂》的创作中,希行更是基于中国古代历史文化,搭建起了一个完全架空的时空,将女主人公的回魂转世,设定为自我生命的"重生"。以个体人物命运的"重生",观察在历史稳定不变的表象下,究竟在何处产生了裂隙,只是在维持表面的平静,然后击落这些历史的尘埃,让本质浮出水面,让历史得以前行。而这一过程,恰恰也是我们今日习以为常的"现代性"诞生的过程。

网络文学中,穿越类型如何兴起又如何演变?现代生活中,人们亟待回应的欲望与焦虑又有哪些?《诛砂》创作中,又是如何承续起网络文学的发展脉络,回应着读者内心的所思所想呢?

一、穿越类型的兴衰

作为中国网络文学的一种类型,"穿越文"是指主人公因为某个特殊契机,进入另一个时空之中,通常是进入中国古代历史之中,从而引发的一系列故事。因为进入古代中国的现代主角自带"先知"能力,可以预知历史走向、掌握先进科技,因而即使是现代社会的平凡之人穿越回去,依然可以抢得先机。这样利用时间差获得"金手指"的设定,自然容易引发普通读者的代入。这种古今碰撞带来的可能性,迅速使之成为一个广受欢迎的类型。

1993年席绢的《交错时光的爱恋》和1994年黄易的《寻秦记》,分别从女性向和男性向的不同角度,勾勒了中国大众文化领域"穿越"元素的基本框架。此后的穿越小说,无论是女性向的"意外 — 穿越 — 被动选择感情 — 古今碰撞 — 主动认同感情",还是男性向的"意外 — 穿越 — 寻找强主 — 今为古用 — 成就霸业 — 君臣离心",都较大程度地沿袭了这两部早期作品的结构模式。

在零星的早期网络文学穿越作品之后,2004年开始,金子的《梦回大清》、桐华的《步步惊心》、晚晴风景的《瑶华》先后开始在晋江文学城连载。这三部作品不约而同地采用了"穿越"元素,并且集中穿越到了清朝康熙年间,参与"九龙夺嫡"的历史事件。这三部作品伴随着穿越潮流的涌动而出现,以完成度较高、可读性较强成为早期网络文学的出色之作,代表了这一类型的水准。因发表时间非常接近,三部作品经常被并列提起,被读者称为"清穿三座大山"。

但是,"清穿三座大山"既是作品的高峰,又是希望的低谷。带着穿越时空、改变历史的穿越类型,在最终的创作实践与读者接受中,却产生了这样的结果 —— 无论是作者还是读者,人们都已经不再相信历史可以改变。《梦回大清》里,主人公小薇试图在历史旋涡中保持孱弱的中立,最后却被康熙下遗诏赐死。《瑶华》里,主人公瑶华将历史的方向寄希望于理性与真实,最后不得不以假死的方式自我放逐。她们在"穿越"中都不自觉地带着久处现代社会、依赖秩序与逻辑的天真,都还依稀带有启蒙理想的残梦,最终都在笔尖的社会实验中惨遭打脸。而大众文化中最为知名的《步步惊心》,主人公若曦则穿上了现代社会残酷竞争中锻造的铠甲,认清了"启蒙的绝境",带领读者完成了一场从失败者八爷移情别恋到胜利者四爷的权力认同。对"现实"无羁绊,因而敢穿越;对"历史"有畏惧,因而蹈覆辙。在面对"穿越"的可能时,是现代的焦虑率先穿过了时光机器,将过去的故事也蒙上了今日的阴影。

这些穿越小说昭示着,即便是在最无所不能的白日梦中,"另类选择"也宣告失败。但也正是在这个谷底之中,穿越类型开始重新审视和评判"现代"的价值:我们想象历史的方式究竟产生了哪些变化?能够带回过去的,就只有挥之不去的焦虑和习惯成自然的驯顺吗?

因而,在穿越类型基础上,另辟蹊径,更换部分设定及模式,衍生出新的子类型,则成为后续众多作品成功的诀窍,也是网络文学整体从穿越小说这一个类型的兴盛,转向多种类型相继诞生并繁荣的关键。而在这些触底反弹、向死而生的类型革新中,希行的《诛砂》所带来的"重生"则是重中之重。

二、现代社会的危机

同样是面对名为"想象"的时间机器,西方当代大众文化中,层出不穷的是关于"未来"的描摹,科幻小说、电影作为文化工业类型,不断成熟壮大,人们用未来科技的铠甲利刃,向宇宙空间与人类心灵进行更加深广的开拓。而中国当代大众文化中,勃然兴起的则是关于"过去"的叙述:穿越小说发展为网络文学的重要门类,改编为影视剧亦成为热点,现代人由于机缘巧合回到古代参与历史的建构。

在我的视野下,一个现象是,丰富多彩的小时代隔绝了人们尝试书写大历史的前进脚步。令人眼花缭乱的表象下,作为基石的现代文明正在随着时间的流逝而被本质化。因而怀揣现代科技与现代理念的人们重回古代,甚至不敢因这些现代文明而骄矜半分,因为他们穿梭在旧日时光中,首先体察的却仍旧是生存危机与权力结构，不由得匍匐前行。当小人物与大历史相遇，大家未经交手就已俯首，名为穿越的离经叛道，往往最终成为一场为历史寻找合法性的招安之旅。

20世纪80年代的再启蒙之中，人们依旧相信科学理性和理想信念能够战胜蒙昧野蛮与集权专制。然而进入21世纪后的世界，却似在某种程度上，集体陷入了"启蒙主义的绝境"。齐泽克在《意识形态的崇高客体》中揭示，今日的意识形态，尤其是集权主义的意识形态已经不再需要任何谎言和借口，"保证规则畅通无阻的不是它的真理价值，而是简单的超意识形态的暴力和对好处的承诺"。而集权之所以毫无掩饰，人们又之所以毫无反抗，关键就在于"另类选择的丧失"，没有了可以替代的选项，任何试图改变的努力最后都不免沦为和"制造没有咖啡因的咖啡、没有酒精的啤酒、没有脂肪的冰淇淋一样"，成为换汤不换药、治标不治本的形式主义改良。

"启蒙主义的绝境"带来的与其说是历史走到自由民主之后的终结，不如说是历史在将自己命名为自由民主之后的停滞。作为中国青年一代的"80后""90后"，正是成长在启蒙主义坍塌烟尘中的一代，整个成长时代接受的教育话语仍旧是理想主义模式的，尽管彼时他们的师长已经在传授中感受到了犹豫和困惑。但是成年之后的他们却渐渐发现，物质生活完全充裕的背后，是精神世界的严重匮乏，启蒙主义话语体系已经尘埃散尽，但是新的话语模式却迟迟未能形成统一。他们始终缺乏自己的时代精神和自我表达。众声喧嚣仿佛不是为破为立，而是自娱自乐。

另一方面，他们必须面对的残酷事实是：这一代人，并不会比他们的父辈更出色。作为父辈的"50后"和"60后"，青壮年时代正与中国改革开放和社会转轨紧密相连，无论是个人价值的充分实现还是阶层的跃升,都是并不鲜见的事例。而到了子代的"80后"和"90后",社会转轨逐渐完成,阶层日益走向板结,他们有高等教育、健全福利,固然距离金字塔底层相去甚远,但仰望顶层同样遥不可及。按部就班考学、就业、升职、恋爱、结婚、生子,人生的轨迹几乎已被画好。宏图大志在严密的社会阶层体系中逐渐碎裂,人生理想成为"三十岁年薪XX,五十岁财务自由",生活陷入无法摆脱的平庸。

于是,对现代文明的焦虑,对历史复刻的恐惧,成为无论中外共同面临的时代问题。在弗朗西斯·福山的"历史终结论"之后,世界上似已没有可供寄托的另类文明家园。对"另类选择"的尝试,也从现实转向网络空间实验。这些尝试源于困惑、焦虑,甚至不满,付诸网络文学,则由"穿越文"这一形态的演变,一路分化出了不同的表达形式,其中既有先期穿越言情小说带来的精神抚慰,又有中期男性向穿越和女性向穿越的相互影响、对现代文明与体制的重新思考。而希行的创作,则是从穿越到重生的创作风潮转变中,尝试用文学穿透现实,用昔日故事重新激发现代文明的活力。这不失为对穿越文创作动机的一种阐释。

三、以重生拯救现代

希行在创作过程中,一直注重兼顾形而下层面的阅读爽感和形而上层面的宏观思考。她在"穿越"和"重生"搭建的世界中,创造一个特殊的观察位置,从而探索当今人们焦虑之下,目之所及已经苍老的"现代"是否仍旧具有推动时代前进的力量。

"穿越"是展开一场历史与现实的对话,恢复日常生活中业已本质化的现代性,让现代的知识、技术、观念显现出价值和意义。而穿越基础上的"重生",则删减特技、限制先知,迫使主人公在此生的不断倒带重来中,由量变产生质变,观察现代性如何从历史的血肉中脱胎而出。指引人们走出全新人生的,从来不是他人赋予的,而是自己提炼的;从来不是器物层面的奇技淫巧,而是现代观念带来的自由解放。

在《诛砂》的创作感言中,希行表示:

> 重生小说,是网络小说重要模式之一。穿越也好,死而复生回到多少年前也好,取代成为另一个人也好,都可以说是一种重生。
> 重来一次的生活。
> 重来一次的目的是什么呢?是为了弥补遗憾,珍惜失而复得的一切,活出一个不一样的人生。
> 但如果这个遗憾,其实并不是你认为的遗憾呢?如果你追求的渴望的想要抓住拥有的,是坏的,是虚假的呢?
> 基于这样的想法,我写了《诛砂》这本书。

一个小姑娘自认为害死了姐姐,导致了一生命运的悲剧,当她得以重来,她欢天喜地地想要守护失去的一切,姐姐、父母亲情、家族荣耀,但很快她就发现,她想要的跟她想象的是不一样的。

姐妹情深是假的,父母亲情是虚幻的,家族荣耀更是吸取了无数血肉铺就的,她会怎么做?

在这一次重生中,她敢于直面血淋淋的真相,甩掉懦弱,打破自己的期待,毁掉自己的渴望,活出一个全新的自我。

重生,其实是自我认知的重塑,活出一个新的自己。所以《诛砂》的第一卷叫《重生》,第二卷才叫《新生》。

立意的高度和思想的深度，让希行的风格独树一帜，在类型化的网文界被广泛接受，但却不能被简单概括。这部《诛砂》中，主人公谢柔嘉带着时间差获得的附加技能，虽然跌落谷底，但却向死而生，一路露头角、争荣耀、斗反派、揭阴谋，酣畅淋漓，爽得过瘾。但读者赞誉作品"爽而不俗"，则是因为在爽的表象背后，希行始终在思考一个问题：我们如今习惯到让人麻木的现代秩序、知识与精神，为何能在往昔时空中熠熠生光？它们是否在今天真的完全失效？能否通过文字的实验，让人们进入"现代性"诞生的过程，重新发现它的意义和价值？于是，希行带领处于后现代社会中的我们，一起进入前现代社会，尝试从现代性诞生的历程中，重新恢复那份敏感，提炼前进的力量。

在《诛砂》所创造的前现代社会中，彭水谢氏是庞大而神秘的地方家族，每代嫡长女为唯一的"丹女"，掌握整个家族的矿山开采、丹砂交易，还主持各种山神祭祀，被民众信奉膜拜，犹如宗教领袖。当双胞胎姐妹谢柔惠、谢柔嘉一同降世，在这个唯一的"丹女"之位面前，一场残忍的厮杀与变革注定发生。

《诛砂》的主人公谢柔嘉历经两世人生，前世姐姐谢柔惠意外早死，懦弱的妹妹谢柔嘉，对内被冤为凶手，对外又被迫假扮姐姐，受人摆布，最终家族覆灭。重回十二岁，谢柔嘉希望有能力向命运说"不"，助家族远离倾覆，保亲人性命与荣华，不惜一切保护谢氏的荣耀与利益。但是，当她拼命保护姐姐时却发现，姐姐温顺的外表下，为"丹女"之位不择手段；谢家众人为保"丹女"独尊，无所不为、鱼肉百姓；而前世的灭族仇人们，却各自有着苦衷。

在"丹女"之争中，谢柔嘉发现，所谓宗教的神秘力量，很大程度源于世代积累的地理、天文、医学知识。她经历家族放逐，看到了蛮荒矿山中，矿工、农民对自然的热爱，对神灵的敬畏，对付出汗水血泪却依然过着艰辛生活的默默承受。她也经历了家族追捧,却在屡次巫祝前后,看清了众人的趋炎附势、竭泽而渔,皇室沉迷丹药、错用忠良。正是在切身经历之中,谢柔嘉发现腐朽的"丹女"制度才是人性扭曲的源头,于是决绝地走上了"诛砂"之路,她不愿再做家族的维护者,转而向封建体系、阶级秩序宣战:打破谢氏垄断,促进全国丹砂的自由买卖;打破丹女制度,将知识技能传授给平民百姓。不分嫡庶,无论男女,每一个人都能通过自身的努力,追求自己想要的生活。在经济与知识的双重自由流通下,现代性的萌芽也由此诞生。

王德威"没有晚清,何来五四"的观点,不在于强行将晚清文学与20世纪中国文学的现代形式一一对照接应,而在于对现代性问题上的西方中心论和线性历史观提出质疑。特别是在"历史终结"的此刻,唯有重新思考中国本土现代性的价值,才能尝试在板结的社会中开拓出新的路径。

写出《诛砂》的希行,或许并没有思考全球格局、世界走向的野心。然而中医家学,却让她会在日常经验中面对这些问题:如何看待中西医之间的关系?在西方知识谱系的强大攻势下,当中医及中国传统文化被视为伪科学、前现代,东西方文明的地缘差异被置换为线性时间轴上的先后之别,希行尝试通过写作打破这种东西方二元论的格局。《诛砂》之中,希行甚至没有选择中医,而是以巴蜀民间的巫医巫术作为替代。看似前现代的巫蛊之中,丹女之家能够成为一呼百应的存在,其实是一方面于精神上,将巫舞作为抚慰人心、感召人心的宗教仪式;另一方面于经济上,则是凭借世代积累的地理、天文知识来开采矿山,凭借人脉关系进行销售运营。而在"重生"之中,无论是现代政治经济秩序,还是自由平等正义这些现代精神,都伴随着人的觉醒而自主出现。这些说明,所谓"现代性"的土壤,并不一定是西方的,中国有能力创造出自己的本土现代性,我们也有责任在破除唯西方论的迷思之后,探索更多前进的方向与可能。

《诛砂》第六卷《破生》第五十章写道:

> 谢文昌挥舞着手嘶声喊道,似激动又似癫狂。
> "你们又不是长房,凭什么给你们!"围过来的人们也激动癫狂地反驳着。"能给你们,凭什么不能给我们,大家都一样!"
> "一样?一样个屁!"谢文昌骂道,"我家女儿上山点过砂,民众前祭过祀,是巫清娘娘选定的,是山神选定的。有本事你们也去点砂,也去做祭祀,让山神认定你们。"
> 这话让喧闹的人们一阵无话可说。
> 谢柔清真的是在彭水人前展示过能力的,不管是在矿山还是在民众面前。不管是点砂还是祭祀。

在现代性的溯源之旅中,在"知识"如天火般刚刚降临的时刻,希行同样追问作为"知识精英"的责任。希行作品中的主人公,从不否认自身的知识精英属性,但是她们又同时认为,所谓"精英"并非与生俱来,不可打破,更没有值得顶礼膜拜之处。

"丹女"的传承要求嫡出长女,但是身份低微、样貌丑陋如谢柔清,凭借自己的勤奋练习和充沛感情,戴上面具跳起巫舞,同样可以让人们为之感动。贩夫走卒,都可以通过知识获得技能,生存下来甚至成为精英。当其他穿越小说中的主人公,带着预知历史、掌握知识的精英特质,或是如大多男性向作品中人物一样,选择进入朝堂、建功立业,带领国家开疆拓土,抚平历史的创伤记忆,或是如大多女性向作品中人物一样,在鲜明的生存危机中,将老公当老板,把妾室当同事,让自己在规则和陷阱中活下来,并且尽可能活得舒服。希行对于知识精英的定位和认知,就显现出了现代启蒙的属性。

希行想要探求的,不是如何让自己活下来,而是如何让更多的人活下来,不只是通过医疗获得肉体的存活,还有通过新的社会秩序,获得自我与尊严。她绝非民粹主义者,明白真理与人数多寡并无关系,更不会将一条条鲜活的生命钉成铁板一块的"集体",但是她又坚决反对精英主义,始终认为精英与民众、阶层与阶层之间存在沟通的可能。现代知识技能不应是为精英阶级巩固旧土,而是应当打破阶级分化,促进社群交流,最终推动整个社会走向进步。

第 三 章

从人物到故事

人物设定的"外化"与"内省"

除世界观设定外,人物和故事是网络文学创作中的两大重要元素。男频作家与女频作家在创作中,走了两条不同的路线。在男频作品中,人设根据世界观的设定而生成。相对浩大宏阔的世界设定,故事中的人物设定更具有强化形象的特征。而女频作品多倾向于以故事带动人设,尤其是在古言题材中,宫斗与宅斗的环境塑造了人物的特征,人物设定根据故事需要而产生,人物性格随着故事推进而发展,具有精细化的人物塑造倾向。由此构成男频创作与女频创作中的人物设定的两个鲜明的特征,男频作品人物角色具有"外化"特征,女频作品人物角色具有"内省"特质。

唐家三少的《斗罗大陆》固然是以新奇有趣的原创设定吸引了大批读者,但设定与故事终归要由人物角色体现。比起几乎同时期的诸多小说,《斗罗大陆》有着独特而鲜明的角色设定特征,主角并非单打独斗,而是使用了"主角团"的设置。在《斗罗大陆》中,唐三如同绝大多数作品主角一般拜师入学,而他身边的六位同窗,则是日后与他生死与共的伙伴与挚友。甚至于整个发生在斗罗大陆激情澎湃、热血沸腾的故事都是这七位挚友同甘苦共患难创造而成。

辰东说,他在《遮天》里想写一群英雄的悲欢离合。《遮天》从表面看是写一个主角,但其实是写历史的星空下曾有一群与他相近的人杰,最初追寻是否有仙,探索长生,只求自我的圆满,再到当大灾难来临、种族存亡之际,他们舍弃小我,别离红颜与亲故,放弃长生的机会,宁愿赴死去守护普通人,各自孤独地上路去征战,慷慨赴义。写这些英雄从弱小崛起,到一世辉煌,再到孤独地落幕,举世同寂。

玄幻、修真、仙侠类男频作品有一个共性,始终讲的是英雄情怀。而辰东在做一种可贵的探索。从英雄个体到英雄群体,从自我到他人,从小我到族群,从这颗地球到浩瀚星际,从辉煌到沉寂。辰东力求在他的《遮天》里理出一条"外化"的轨迹,追索人的生存价值。

选择以"医学"作为自己的风格标签,成为希行走上封神之路的关键。晚清以来,西方现代性体系伴随着侵略者的炮火攻入中国,对中国传统的知识体系产生了巨大冲击。将中国视为奄奄一息的"病人",将种种救亡图存的方法视为"医药",成为中国近现代史中经久不衰的比喻。"医学"既在本质主义的层面上,与对身体的规训相关,与人类从前现代走向现代化相关,又在西医对中医的冲击中和中西之辩、传统与现代之辩相关,更在现实意义上与思考现代社会的普遍性匮乏、人们的后现代疾病有关。网络文学成长的根脉是文学,是对人类共同命运的关切与思考,选择"医学"这一题材作为滋养这一根脉的"内省"的源泉,也就为创作的不断上升提供了广阔的空间。

在关心则乱的《知否》中,最出彩的是一系列的人物。然后在那个被禁锢的时代,纵然是倾心相爱的男主角顾廷烨和女主角明兰,两人之间也会有一些永不说出口的秘密和一些永远不交付的真心,但这并不妨碍他们一同度过了夫荣妻贵、子孙满堂的一生,成就了作者定义的幸福:"幸福,大多是平凡,甚至不起眼的;而悲剧,往往才是壮丽辉煌的。"和同是穿越者的琉璃夫人、静安皇后相比,明兰没有名扬四海,没有改变时代,但得到了俗世的富贵安稳,这是她穿越到古代,和此时代的价值观妥协之后,得到的"内省"式的最安全的结局。

如明兰与顾廷烨的外室曼娘的关系处理,作家让主角明兰抬出一系列礼教和等级的大棒,当然这也是她和曼娘之间最大的差距,是她可以傲视曼娘的重要资本。的确,从文中的诸多正面人物来看,曼娘的"不内省""不本分""明知出身低还要做外室,做了外室又不老实认命"是后来她逐渐走上黑化之路的前提,但最终吞噬她的,除了她的野心和作恶行径,更多的还是这个由固化的阶级决定人的命运的时代,是君权、父权、夫权对女性的全方位的压迫,传递出全文的"内省"式的文化自觉。

故事走向的"未来性"与"生活化"

有了世界设定,就有了故事发生的基础和背景。男频作家天马行空的超凡想象力铸造了故事的庞大宏阔。动辄几百万字的篇幅,让故事的流动浩浩汤汤、绵延不绝。"未来性"的故事走向让人物的思想和行为向外延展,越过生死存亡,指向一个更具生命快感体验的未来世界。女频作家在故事架构中把细腻敏感体现得淋漓尽致。"生活化"的环境和场景塑造规定了故事走向的"生活化",让故事中的人物更具有生活的气息气质和向内生发的对"现世丑恶"的挣脱与改善,以及对"现世美好"的向往与追求。

《斗罗大陆》创作时，网络文学尚未有后来的辉煌，受众群体也没有后来的庞大，甚至许多人还不了解网络文学，而《斗罗大陆》就在这个节点成为起点的一大IP，并以此成就唐家三少的文学地位以及他日后的商业版图。

在小说上半部，七位"主角团"的少男少女作为史莱克学院仅有的七名学生，面对来自大陆诸多学院的选手，其中不乏修为胜过他们的同龄人，在这争斗过程中共同成长，患难与共，获得最后的胜利。而在下半部，这七位角色已经长大成人，却仍然密不可分，一直以完整的团队形象面对诸多不可预知的未来性的挑战，优势互补，完美体现了作家植入其中的理念：只有团队的力量才能赢得未来的胜利。

我们从类型化意义上来看辰东的《遮天》。网络小说从诞生那天起，就被打上了类型化的标签，也与通俗文学传统实现了文本意义上的对接。到后来，创作类型的大小分类及更细划分，一方面出于技术原因，网站为了便于读者找书；另一方面还是源自文本，玄幻、仙侠、修真、武侠、科幻、都市、校园、历史、军事、竞技、古言、现言等分类一直沿袭到现在。然而随着写作的不断完善，脑洞的不断打开，类型的边界变得不那么清晰，多类型混搭融合风日渐盛行开来。

辰东认为，网络小说类型界限早已模糊。就如同他在《遮天》中的写作，从开篇都市到仙侠，再到宇宙战舰科技文明，再到灵异盗墓，都有涉及。的确如他所讲，《遮天》打破了类型界限，从题材到内容再到创作手法，指向融合发展的未来。这在当下的男频创作中更为多见。

然而在女频创作中，特别是涉及穿越和重生的古言题材，"生活化"依然是一大本质特征。就题材而言，无论是宫斗还是宅斗，故事都要在那个限定的环境中展开，"生活化"成为故事走向的必然要求和体现。

在希行的《诛砂》中，老夫人谢珊郁结于心，始终怀着一段关于过去的心结。两位年轻时情投意合的爱人，因为丹女制度需要男方入赘而导致无法结合。杜望舒另与庞佩玉订立婚约，而庞佩玉却不慎落水身亡，世人都以为是谢珊出于嫉妒而痛下杀手，又在官府包庇下全身而退。谢珊刚烈，在流言冤屈中度过一生，临终念及此事，迟迟无法放下。柔嘉将垂垂老矣的杜望舒请到谢珊的病榻前，让她有机会亲口向深爱的人澄清真相。情感故事在"生活化"的叙事中展开。

在关心则乱的《知否》中，明兰一直坚定认为自己对齐衡绝无半分男女之情，但在后来和顾廷烨说到这桩往事时，终于因为自己的愧对齐衡忍不住落泪："他待我很好，不计较得失脸面，没因我是庶出就瞧不起我，只是想待我好，并真心想娶我，为此辗转耗力。可我……我只顾着自保。只要自己能安安稳稳，我从不曾顾惜过他半分。"这是歉意的眼泪，也是明兰在精心打造的完美外壳下难得的真实的泪水，让这段从未开始过并一直被用于衡量利益的感情多了一些属于"人"的温度，在"生活化"的外表下深刻剖析出女性的生存悲剧。

《斗罗大陆》的"角色团"与情节设计

一、浓墨重彩的主角

主角拥有团队，并且还将主角和团队绑定，这并非唐家三少的独门写法。在《斗罗大陆》里，虽仍以男主角为中心，但把团队中的每个角色都加以浓重笔墨,甚至几乎把整个团队都当作主角来写,在同类型其他作品中实为罕见。

这样的设定有颇多利好。一是在一定程度上丰富了故事性,吸引了更多的读者群体;二是团队之间的相识、磨合、争吵、和好乃至牺牲精神不仅能使角色形象变得更饱满,同时也成为情节的重要转折点;三是"主角团"初始时贴标签,在情节进展中逐渐丰满为正面主要角色,有利于读者选择自己喜欢的类型,增强读者黏性。

"主角团"的设定不仅仅只突出男主角,而是多点开花,在男主角成长的同时,他的"主角团"朋友们也在迅速成长,从各种不知天高地厚、冲动易怒、娇蛮傲慢的少男少女,成长为可以肩负责任和使命的成熟青年。因此,我们从成长变化、情感联系两方面来分析《斗罗大陆》的主角群像。

(一)男主角及其团队的成长

成长,是几乎所有小说必须面对的命题,相比一些较为特殊、主角已经定型的网络小说,以"成长"与"变化"为主题的作品要更多。在千千万万部作品中,男频作品,特别是男频中的玄幻修仙类小说,"升级流"之所以能大行其道,便是因为升级的具象化,能够让读者明确体验到主角的实力提升,从中获得由"升级"而得到的丰厚回报,以及实力和地位稳步提升所带来的舒爽。同时,作者只需设定好力量体系,便能依照体系做出相应大纲和情节划分,无论于创作还是接受都可谓皆大欢喜。而在一些历史类网络小说中,要想看出主角的成长经历和心境变化,也同样可由官职和手中权力的"升级"来体现。"升级"便是一个个递进式刺激点,刺激读者看完一级再看一级,直至主角升到顶级,封无可封,达到人生巅峰或完成人生理想,便迎来大结局。

1. 男主角唐三

作为一部"男频"作品,男主角的塑造是重中之重,男主角与整个故事情节推进的关系最为密切。即便是如《斗罗大陆》这样在当时颇为少见、使用原创设定的升级流小说亦是如此。

甚至可以说,一部小说气质如何,在男主角身上便已能体现大半。男频文中最重要的人物始终是男主角。但作者要如何去体现这份重要?事实证明,最直接的做法便是让他成为全书最强大的角色,拥有最高的地位和成就。

(1)故事初期平凡却可靠的人设

一部小说凭什么吸引到众多读者?情节固然重要,"人设"也同样如此。《斗罗大陆》的男主角唐三在故事刚开始时,乃"相貌平平无奇,修炼异常努力"。他的"先天满魂力"即因他孜孜不倦修炼前世功法"玄天功"而达成的,而非令人惊异的"天才"。当然,我们常常可以在网络文学中看到诸多"天才"式的主角,比如修炼总比别人快,比如技艺总比别人好,又比如相貌比旁人优越,比如家世非同凡响。这些设定,在读者眼里习以为常,若不如此,"主角"与"他人"又何以不同?

但《斗罗大陆》开场中唐三的设定,让读者知道即便他是专于暗器一途的天才,也依旧能心生亲近,引发读者的"共情"。毕竟,现实中何来如此多的天才,更多的不过是同样平凡而努力的普通人。唐三既无出众外貌,看似也无卓越家世,实力进展全赖一刻也不放松的努力修炼而来。而这些,都是读者代入感的来源——读者看书的同时,仿佛能将自己代入主角,对主角的实力进展感同身受,从而获得"爽感"。

而唐三的穿越身份，除了让他拥有"金手指"外，还让他能在小小年纪就拥有非凡的心理素质和见识。虽然年纪在团队中只排第三，但他却是最沉稳老练的一个，屡屡因心细与稳健而成事，赢得他人心中一席之地。同样，这也是读者感到舒爽的原因之一。即使读者无法拥有武力，但读者自己仿佛也和主角一般出手不凡，略加思索、略施巧计便让自己立于不败之地，接受旁人赞许，甚至让亲近之人得以依靠。

此外，不同于同时期网络小说的许多主角，唐三于"女色"上并无他想，甚至在情节中展现的是各种坐怀不乱。当然，书中少不了各种投怀送抱或芳心暗许的女性角色，然而男主角唐三由始至终只钟爱女主角小舞一人，这比起作者上一部长篇《琴帝》中拥有四位夫人的男主角，可谓一大飞跃。为何会出现这样的变化？固然是因为男主角唐三的人设使然，二是男频玄幻文中女主角历来比较稀少，而这也正是吸引女性读者的一个重要因素。从当时唐家三少的只言片语中可知，《斗罗大陆》有为数不少的女性读者，她们亦是消费打赏的主力。

（2）故事后期的"高富帅"形象

若说在故事开头，身为男主角的唐三还是一副淳朴可靠却并非多么惊才绝艳的模样，那么在故事中部，整个故事走向大变，唐三被父亲救走后，他的角色形象便随之变化，变成一位"相貌俊美气质佳"的"高富帅"，同时实力大增，可谓一副经典"男神"模板。

为什么唐三不维持先前的朴素模样？一是故事情节发展需要，唐三已经被通缉，以前的模样不能出现，因此改头换面是必然之选；二则是读者需要，即便读者已经习惯了以往外貌毫不起眼的唐三，但看脸的社会通则自然要体现在大众文化里。无论男女，我们总是对有美好外表的人更宽容，更关注，更易产生好感。在读者已经熟悉本文并有了追文惯性之后,在读者已经对角色建立了紧密的共情关系之后,主角摇身一变,变得更帅,更强,更好,被前面情节中"平凡"的男主角虐过的读者感觉简直不要太爽!

由此提及网络作品的"男频""女频"差异及这种差异的划分,很大程度上,之所以会有这样的划分,正是因为"代入感"。我们当然知道好作品应不分男女读者群,可也不应无视网络文学具有的大众文化娱乐属性。或者在仍然只把网络文学当作"日常消遣"的读者群体中,主角性别以及由此衍生开来的故事情节、人物关系,便是阅读"代入感"强烈与否乃至评价高低的重中之重。因此,"男频"网络小说《斗罗大陆》中男主角唐三在最开始以平凡模样使众多男读者"代入",后在故事中逐渐提高实力与社会地位,收获亲情、友情和爱情,直至化身为一代男神,展现出旁人远不能企及的个人魅力,让读者为之精神一振,这便体现出爽文中最为重要的爽感。若唐三在故事开头便是如此俊美模样,那么这外貌带来的冲击便不会如此强烈;而若唐三一直保持平凡模样,读者自然也不会有多少怨言,可始终是失去了一部分"男主角"理应代表的"优越性"和"神格"。

因此,唐三变成"高富帅"这一重大情节转变,既是故事之中的剧情需要,亦是故事之外的读者需要。男主角在这个情节转变中脱胎换骨,正式走入主线,亦是后来的复仇之路。

2. 主角团队

在网络小说中,无论男频女频,特别着重于打造主角,让主角成为"孤胆英雄"的作品为数众多,而对其他配角,即便留心着墨,但比起主角仍是远远不如。而在《斗罗大陆》里,让主角融入一个强大团队之中,却是唐家三少自此之后的一贯做法。可以说,到了《斗罗大陆》,唐家三少多年的写作经验汇集于此,触发了创新机制。从本书开始,后面的系列创作架构和思路大多一脉相承,其中最为明显的是,除同样作为"斗罗IP"的作品外,《酒神》和《神印王座》也如是处理,"单女主角+固定团队"贯穿始末。纵横唐家三少的整个创作,主角在团队中都会获得大家庭般的温暖,还有能够托付生死的挚友,从此共同面对难关。

(1)共同成长的点点滴滴

在男频文中,随着实力增长,男主角往往会获得同性的嫉妒和崇拜,会收获异性的爱慕和期许,"醉卧美人膝,醒掌天下权"。特别是对比当下大量的"无CP""无女主"文,当年男频文里,不要说只有一位女主角,就是男主角拥有多位夫人,乃至更甚的是,"后宫""种马"也屡见不鲜。这也正是网络文学创作发展历程的一个缩影。

在如此情况下,所谓"主角团队",大多数亦只是由男主角的小弟和后宫组成。但《斗罗大陆》的主角团队,却并非男主角的"小弟"或"后宫",而是真正与他并肩战斗的挚友。团队七人性格各有千秋,豪爽霸气有之,沉稳成熟有之,活泼娇俏有之,幽默搞笑有之,刁蛮骄傲有之,莽撞冲动有之,冷静沉默有之。即使七人团队中包含男女主角,然而七人却始终以平等姿态相处,并不以某人为尊,亦无故意打压其余角色以衬托主角之举。

故事展开不久,这七人的"主角团"便于"史莱克学院"相识,经过初始的磨合后成为"史莱克七怪"团队,从此共同成长,同仇敌忾。作者花费大量笔墨描写他们作为"损友"相互打趣,一同捉弄他人,亦多次描写当团队之一陷入危难时,其他人如何心急如焚,想方设法进行营救。甚至就连唐三找到天材地宝,也是每人一份,并非主角一人独享。虽然让读者感慨这"金手指"的无处不在,但也见出作者对描写"团队精神"的真诚决心。

（2）并非"工具人"或"花瓶"

判断一个角色到底是"性感台灯"或"工具人"，还是一个有血有肉的立体人物，读者自有简单的方法，那么就是看这个角色是否有"以自己为中心的故事和成长"，并且他们自己的故事和成长，在文中是否被充分体现。

事实上，如果以这样的标准来判断网络小说人物，那么在2008年，许多大红的作品在塑造人物这一项都难以及格。但在《斗罗大陆》的主角团队中，包括三位女性角色在内的六人并非"性感台灯"或"工具人"，恰恰相反，他们拥有完整的角色内涵和行动逻辑，有着自己的成长轨迹和心路历程。

比如，出身上三宗之一的少女宁荣荣，最初因出身而心高气傲，瞧不起其他同伴与师长，接受教训后却能转变心态，痛改前非，成为团体中不可或缺的一分子。作为辅助系的奥斯卡，为了能和心爱的女孩在一起，不惜置身危机之中，多次冒险，只为获得能够保护同为辅助系而无自保能力的宁荣荣的力量。戴沐白和朱竹清从他国远渡重洋而来，则是因为一直被打压而导致心中郁结，而这个心结也在共同取得的胜战中得到释放。

全书时间线从角色十三四岁开始，直到他们成为二十几岁的青年。"成长"这一命题始终体现在包括男主角在内的"主角团"每一位成员身上。每一个角色的出现，神态各异，风采各具。这样的角色设定让全书并非"一枝独秀"，而是"多极争锋"，使整个故事情节更为丰满，情感更为丰富。唐家三少架构了一座不独属于男主角一人的舞台。

自然，作为一本"古早"作品，其谋篇布局和人物塑造的能力尚无法与今日"神作"相比，手法亦略显生硬。由此我们也会发现，唐三在获得来自母亲的传承，正式改头换面后，便在原本齐头并进的七人中脱颖而出。戴沐白和朱竹清背负来自原生家庭的痛苦而只被一场比赛带过，并无多少伏笔与铺陈，仿佛这理由只为这一段而存在，后续情节也未曾看到他们因扬眉吐气而必须承担的家族责任。小舞原本富有主见、娇俏刁蛮，但在她因牺牲自己而暂时"下线"后，唐三的实力越发超过了她，她便也如许多作品中的娇弱女配一般越发依赖和依附于男主。不过，客观地讲，倒也无可厚非。这里有着网络文学发展的时代局限性，也难以把"过错"归咎于作者唐家三少一人。

（二）主角与团队成员的情感

"主角团"一共七人，其中四男三女，为后来异性情感发展的"内部消化"和情节推动埋下伏笔。如之前所讲，相比其他众多男频文，团队只作为主角的附庸存在，而被称为"史莱克七怪"的七位角色却各有各的故事，各有各的成长经历与性格特点。比之其他男主角单打独斗的作品，《斗罗大陆》不仅增添了一份同伴之间的坚实情谊，更为故事情节推动增加了内在逻辑。若说男女主角的相互牺牲带给读者对爱情的向往和共鸣，那么"史莱克七怪"则让读者感受到坚定不移的友情，一种永远有人与你同甘苦共进退的感动。

相比起独行侠一般的主角和只会围着主角转的配角，《斗罗大陆》的"主角团"共同成长，并肩作战，其生死与共、其利断金的坚实感情，让读者向往不已。作为爽文的网络小说，其故事情节高潮迭起，的确能戳中阅读"爽点"，让读者觉得十分精彩，但要让读者记住，无疑需要有印象深刻且感同身受的情感。

1. 生死与共的友情

随着互联网发展而诞生的网络文学创作，为什么会风靡中国乃至世界？为什么会有如此多的读者？其中最为重要的一个原因自然是，随着移动网络端的迅猛发展，根植于互联网平台的网络小说越来越容易被看到。而读者为什么喜欢看网络小说？因为网络小说可以让读者暂时离开现实，天马行空，欣赏一片更为广阔奇妙的天地，感受从未曾感受过的故事，观赏从未曾体验过的风景和角色，感受从未曾有过的感受。

尽管我们认为，网络文学中有"言情小说"的分类，其描绘的在大多数情况下都是代指女频中以男女恋爱为主的感情。但实际上，爱情、友情和亲情，又有哪部网络小说不言情？

在《斗罗大陆》里，"主角团"中的六位男女角色与唐三的关系是平等的，甚至"大哥"戴沐白因为年纪最长，一直自认为应该照顾这些弟弟妹妹，把他们看作比亲人还亲的伙伴。网络小说创作中的情节起伏是考验作者写作能力的重点，作为这一类"升级流"小说，主角必得经历些危险，或从中得到教益，或从中得到领悟。而在《斗罗大陆》中，这些危险大多由七人一同经受，无论在成长的哪一个阶段。

其中，最令人感慨的或许是在故事讲到一半，大赛结束后，武魂殿对小舞发难，七人即便知晓自身实力与对方相差甚远，也坚持要共同面对强敌。随后更是一同为复活小舞与武魂殿复仇而奋斗。以情感带动情节，让读者跟随情节发展而感动，由此触发读者内心拥有的希望与共鸣——世上又有谁不想拥有这样坚定、永不被质疑的友谊，又有谁不想拥有这样可盐可甜、共同进退的同伴？

2. 执子之手的爱情

爱情是文学作品永恒的主题，网络小说也不例外。而在网络小说的男频文中，"爱情"不单单代表着男女之间的一种感情，更代表至死不渝的相互陪伴和"两个优秀角色的结合"所象征的"更高级"

的升级。正因如此,许多"古早"男频小说都会选择给男主角配备多位女主角,当然也并非全部携带"爱情"而来,就是为了突出男主角的不凡与高贵。

唐家三少在《斗罗大陆》之前创作的一本书中,男主角有多达四位夫人。而到了《斗罗大陆》,男主角唐三却由始至终只钟爱一人,为了小舞,蹈尽刀山火海,甚至把她当作自己生命中不可分割的一部分,这样的"爱情设定"在同时期男频作品中凤毛麟角,这也是吸引众多读者(特别是女读者)的因素。而唐家三少似乎也很为这样的"爱情设定"自得。《斗罗大陆》之后,唐家三少创作的《酒神》《神印王座》等同样大热的作品,亦都是单个女主角,且同样有着相互拯救、赴汤蹈火的情节,其中应该有受到写《斗罗大陆》时的心得影响吧。

需要指出的一点是,当年的网络小说尚未发展至今日的"成熟"程度,当时许多小说对"情感"的写作想象和注入其中的意识,都还停留在"YY(意淫)"层面上。因此读者在小说中几乎普遍看到,无论男女主角,总是有许多优秀的异性角色或投怀送抱或默默付出,这种情节和设定相当满足当时作者和读者的心理需要并使其获得快感,且成为网络文学被冠之以"快餐文学"的原因之一——处于自由生长探索期的网络文学,许多作品尚未能脱离"快消品"的属性,为读者提供的是简单粗暴的、由升级和优秀异性青睐而带来的爽感和快感。

《斗罗大陆》的"主角团"却是当时少见的1V1模式。这或许证明,唐家三少不再满足于单调的女性角色堆砌,而尝试着为主角培植更深的情感内核。在小说中,女主角小舞因武魂殿意欲夺取她的性命而不得不离开唐三,因此唐三在未知父母深仇时,便已将武魂殿视为仇敌,并四处寻找救回小舞的办法,从而引发后面的一系列情节。

小舞真身暴露前，唐三的形象相对是朴素平和的。但在之后，对小舞强烈的爱变成唐三变强的动力，他一跃变成苦练技艺甚至成为杀戮之都中的杀神。遑论后来小舞的牺牲除让唐三实力产生质的变化外，还点出武魂殿的敌对身份。后来唐三得知父母之事，更让他对武魂殿恨之入骨，双方彻底不死不休，奠定了之后情节的发展基础，并成为推动情节的内在动力。

而这一切情节的推动和人物情感的变化，都建立在唐三的深情之上。同时，也正因唐三的深情，与女主角小舞如此生死与共，才让这一情感主线与读者产生了更强大的情感勾连。不只是他，作为辅助系的奥斯卡和宁荣荣同样令人印象深刻。由于自身毫无自保能力，出身高贵的宁荣荣本该依照家族惯例找寻有强大战力的配偶，而非同样无攻击力的奥斯卡。但爱情让两人不甘如此，最终奥斯卡通过一次次冒险获得了保护宁荣荣的能力，得以与之共结连理，成为因爱情而奋斗的典型。

书中角色的深情形象，既是人物成长自然的走向，也是作者的用心用情。事实证明，比起华丽多样的"情感"堆砌，实实在在的感情和带来的感动才是触动读者共情的良方。《斗罗大陆》之后，唐家三少在写《神印王座》时曾说，写到某一情节时他泪流满面。是的，能让作者泪流满面的情节，感动读者也便水到渠成。

二、绚烂多姿的配角

一部好的小说，不管如何着力于主角的成长和他/她所遭遇的经历，也不可避免地需要描写诸多与主角相关的配角。甚至可以说，作为占据全书大部分角色份额的配角，同样丰富了一部小说的魅力并帮助完成了作者的创作意图。如何塑造配角，其与主角的互动是否妥当，是作者笔力无法藏拙之处，有些读者甚至会钟情某些配角胜于主角。

然而，即便如此，能够认真塑造配角的网络小说，特别是男频的网络小说，能够胜任这一写作意图的作者与小说在十年前都是不多见的。彼时的网络小说里，经常出现"一言不合"便对主角起恼恨之心甚至杀意的"反派"，因一点帮助或好处对主角纳头便拜的"小弟"。还有诸多女性角色，仅仅因为主角展露胜过他人的实力，便心动神摇芳心暗许。如此种种的人物配角设定，仿佛流水线上产出的"工具人"。

这种现象，和网络文学发展初期的整体情形相关。彼时网络小说刚刚进入风起云涌阶段，大量读者先前从未接触过网络阅读，"量大管饱""舒爽快意"的网络小说给予读者巨大的满足，无暇他顾，难免更多地关注主角能否代表自己凌驾于万人之上，获得更多利己资源——他人的艳羡、爱慕、憧憬、崇敬、投诚……这是一个作者与读者"共谋"的虚幻世界，寄托的是一种脱离于现实的虚幻的理想。而故事中这一切的架构和设置，都不过是用以衬托主角的布景板。在这样的创作动机下，大量"工具人"式的配角出现，也就不足为奇。

然而，随着网络文学跟随时代进步而发展，读者看过的文越来越多，阅读感受阈值随之提高，"小白"读者变成"老白"读者，创作初期那千篇一律的简单粗暴式设定难以继续满足他们的口味，作者、作品、读者数量又在持续迅速地增长。在此前提下，作者必须求变，作品必须变得更高，更好，更强。于是我们看到，配角的刻画亦随着网络文学作品质量的不断上升得以精细化,甚至有不少配角,其独特之处以及受读者喜爱的程度,会超过主角。而因这些角色的越发丰满,主角与配角、配角与配角之间的情感联系、对手戏中的情感张力,便也越发生动,为整个故事增光添彩。

(一)故事助力角色设置

曾经有网络小说读者讨论这样一个问题:是故事重要,还是人物重要?许多人都表示,不能为单纯表现人物而牺牲故事情节,情节活则人物活,情节不生动,人物描写再光彩亦无济于事。然而好的文学作品,人物与故事情节是相互作用的。故事成就人物,同时情节依赖人物推动。因此,我们不应将人物与情节割裂,人物与情节应相辅相成,相互成就。

由此反观主角与配角的关系,可以看出,即便主角再有"主观能动性",亦不可否认他/她所处的世界是"所有角色"所处的世界,主角与配角、配角与配角层层推进、环环相扣。哪怕是好莱坞式的"孤胆英雄",也绝不缺乏智慧果敢的团队一同协作,才能够完成看似不可能完成的任务。因此可见种种角色交织的重要性。配角的戏份虽不如主角重,却仍是推动故事发展的必要元素。每一个角色都有其存在的价值与意义。

作为一部以"升级流"为主体的男频文,《斗罗大陆》自然有着最为基础也最为经典的师长与敌人两大阵营设置。其中,"师长"的设置是为指导主角们成长,在故事刚刚展开、主角战力不强时担任保护他们的角色,并与他们建立正面的情感联系。而敌人,自然是主角们发奋的动力,用以衬托主角的磨刀石。如此一正一反,主角在这样的人物设置中推动完成属于自己的故事。

1."大佬"助攻

（1）师长

在《斗罗大陆》中，对"主角团"最为关爱并且一如既往的，自然是"史莱克学院"的老师，以及"黄金铁三角"了。作为"主角团"在"武魂"道路上的引路人，"大师"的指导理论高瞻远瞩、学院的老师战斗力强劲，圆满完成指导学生修炼和保证学生安全的两大角色任务。同时，他们也是书中前半部的战力衡量标准，一方面他们的存在为读者和"主角团"展现了武魂道路上的强者风范，展现了崭新世界的一角；另一方面又因他们并非代表顶级战力而为主角们留下超越的空间，为日后遇到更强大的敌人与同伴埋下伏笔。因此师长是提携"主角团"不可或缺的重要角色。

师长的设定虽与"主角团"非亲非故，但是或因爱才之心，或因师生之情，大师等人对"主角团"的拳拳之心、教导之情，甚至比男主角唐三的父亲唐昊更甚。他们的良师、慈父形象，也因一次次的挺身而出与日常生活里的点滴教导而熠熠生辉。

（2）父亲

作为男主角的父亲唐昊，在故事开始部分展现的，并非一个称职的"父亲"角色。他邋遢、颓废，生活没有目标，后来甚至神出鬼没，不知踪迹，长期消失于读者和角色的视线以外，对唐三也没有尽到"父亲"的责任。对比之下，唐昊与唐三的亲情互动，更像是一个充满谜团的秘密。资深读者一定能够看得出，唐昊用来揭露主线的伏笔意义。但在故事中段，唐昊大放异彩，施展强大实力将唐三和小舞救走，并在随后吐露唐三的惊人身世以及他无法出现在世人眼中的原因。一个忍辱负重、满怀深情的父亲和师长形象随之确立，之前种种不适亦一笔勾销，他脱胎换骨，重新成为一个对男主角关怀备至、对亡妻日夜思念的角色,自然而然地接过"教导"的重任。

作为实力远超大师与学院老师、书中战力最强大的金字塔尖之人,唐昊开始接管对男主角的教导责任后,成为主角后半阶段的引路人。他指导唐三接受母亲遗赠,传授其宗门技艺,让他前往杀戮之都锻炼心智与技力,最后让他认祖归宗,背靠昊天宗这一靠山,引领唐三实力再上台阶。比起单纯只因心系"主角团"而与反派武魂殿翻脸的学院众人设,唐昊是推进故事的关键人物,他的出现让故事正式进入主线叙事,展现出武魂殿与主角唐三不可调和的血海深仇。唐昊的经历也为日后唐三与小舞的遭遇埋下伏笔。同时,作为文本中当时的战力天花板,他的存在也暗示着在"封号斗罗"之上,还有更高的境界等待主角去超越。

(3)前辈

若说各位师长对"主角团"皆是动机单纯、始终如一的爱护与关怀,那么除他们外,在正面角色中,还有若干或只因爱才心切,或因利益驱使而选择与"主角团"交好的前辈高人,他们亦起到各自的重要作用。如书中上半部的独孤博和七宝琉璃宗,起到了保护主角等人的主要作用,而在下半部则以昊天宗作为主角身边势力的中流砥柱。

其中本是以"反派"形象出场的独孤博,给读者留下深刻印象。他是最早出场的封号斗罗,让史莱克学院没有丝毫招架之力的强大人物,一出现便掳走唐三,意图谋害于他,后来更是险些杀死为救唐三而来的黄金铁三角。出乎读者意料的是剧情反转,因唐三丰富的毒理知识,两人不打不相识,反倒成为莫逆之交。独孤博出现的时机充满了情节设计的巧妙,学院大赛开始之前,因唐三以自己的毒理知识救助了他祖孙二人,自此他与唐三关系发生逆转。又因为独孤博和史莱克学院关系甚笃,在武魂殿和诸多背景强大的学生之间,独孤博成为主角等人安全的有力保障。但在武魂殿正式出现后,因独孤博实力相差甚远,给更为强大的七宝琉璃宗和唐三的父亲留下了发展空间。

七宝琉璃宗作为宁荣荣的出身宗门,自然亦是主角等人的有力后盾与帮手。比起其他诸多角色,在武魂殿为对手、昊天宗隐匿不出的情况下,宁风致算是主角等人实力强大、地位最高的朋友,又因其与皇室的关系而为主角引见太子,为后期写唐三与太子的关系、七宝琉璃宗与武魂殿不可调和的矛盾埋下伏笔。至于昊天宗,作为唐家父子原本的出身宗门,自然更是后期大战开始后主角方的有力战力依据。遗憾的是,除了这一点,昊天宗实无他用,仅是作为战力因素,以及一个聊胜于无的家庭慰藉而已。本可多着笔墨,但却留白过多,反显生硬,着实让读者感到失望。

2. 对敌复仇

曾有读者笑言,在网络小说中,比起主角,反派似乎总是更有计划,更有目标,主角却难免有些得过且过,总是无法摆脱一次又一次的险境。是的,这当然是故事情节进展的客观存在。即便是有这样一个会心一笑的调侃,一个所谋甚大、有计划有目标的反派,依然是被绝大多数作品沿用至今的经典设定。毕竟,若无反派的智慧和主角的呆萌,又哪来那么多能让主角坚定不移、不达目的誓不罢休的动机?

主角的敌人一般是全书贯彻始终的反派人物,其战力设定几近天花板,需要主角劈波斩浪、一路升级之后才有战胜的可能。那么,在故事起初,主角实力尚弱之时该如何调和与敌人的关系,便要看作者的构思智慧了。有些大反派出场时主角不以为意,派手下一个个配角去当磨刀石送人头,而在《斗罗大陆》中,男主角唐三则得益于父亲的离开,让其作为一个普通小孩一路与同伴协力奋战,直至有一定实力时才被敌人发现。而后又改头换面,远赴海外躲避追踪,直到实力大成才真正面对仇敌、决一死战。

  此类型小说中,主角"升级"的根本动力设定极其重要,也难脱窠臼。通常,主角与敌人对立的根本原因,一定是血海深仇,与家族相关、与亲人相连。唐三的母亲、同伴以及小舞都因武魂殿而丧命或重伤,此仇不报怎能心甘?当然,这样深仇大恨式的设定非常多见。当年的男频文中,几乎十之八九都是因利益驱使而双方结仇、不死不休,少有新意,于本书而言,亦是中规中矩而已。

(二)"升级"文的角色特质

  从读者角度出发,如何判断一个角色是否得到丰满塑造,作者笔力又如何?读者普遍认同的是,看角色身上有无别出心裁、令人眼前一亮的特质。作为网络小说数以亿计的读者,看过太多小说里刻板僵硬的形象:大多同龄男配角作为被主角"打脸"的形象出现,否则便是丑角和对手,大龄的则要么是主角的师长"大佬",要么是对手的"幕后指挥",处心积虑对主角不利。而女性角色即便被边缘化、被花瓶化(男频文中正面塑造的主要角色基本不是女性),并且无论年龄修为,只要容貌美丽,大多会对男主角芳心暗许。诸如此类,不一而足。尤其是十年前的男频小说,男主角凭借自身魅力征服的诸多女性角色,或强大高贵,或弱小可怜,都会折服于男主角的"魅力"或"实力"。即便出场渲染得再好生了得,实质上也不过是用以衬托男主角的花瓶,或是给男主角提供各种资源和机遇的"工具人"。

  诚然,对一部男频文来说,动辄人物数百,若要个个都仔细刻画,实在是一项大工程。况且更新压力对每一位作者而言,都如高悬头顶的达摩克利斯之剑,有效而短暂的时间里重点关注情节构思和主要人物对故事的推动,至于如何去塑造主角以外的角色,客观地说,即便心有余而力亦不足。何况,面目模糊的配角,也自有其原因所在。

在众多的角色之中,心无旁骛地塑造主要人物,已实属难得。若没有难度,又如何能证明塑造鲜明的人物难得?配角数量远远超出主角几倍甚至十几倍之多,其中只要有那么一两位富有魅力的角色,便能让整个故事增添几分光彩,而非全体沦陷为剧情的"工具人"之流。从网络小说尤其是男频"升级"文来说,"主角易得,配角难寻"。塑造出尽可能多的鲜活的角色,自然不可光靠设定和小说语言的堆砌,而是要实打实地去描摹人物内心成长,和他们发自于剧情需要且更是遵从内心的选择。

1. 适当使用的"刻板印象"

"刻板印象"是笔者对这一类男频"升级"套路文中众多配角塑造的一个定义。读者会时常觉得此类小说中除主角和少数的几个配角之外,书中出现的众多配角面目模糊,这就是因为他们陷入了"刻板印象"之中。但值得一提的是,"刻板印象"却也并非真的不堪,甚至很多时候是必要之举。

"刻板印象"便是套路。在网络小说中,为何一些套路能长盛不衰?最朴实的理解自然是因为这套路好用。《斗罗大陆》中有名有姓的配角上百人,其中能让人记住者寥寥,这也并非作者功力问题,更多的可能是利弊取舍罢了。

在《斗罗大陆》中,读者记忆最深刻的配角,莫过于主角等人的师长"大佬"。他们长久陪伴"主角团",与他们既有师生之谊,又有亲人之情，甚至为这些孩子们不惜舍生忘死。而与之相对，书中主角们的同辈角色大多没有得到细致刻画，人物形象潦草带过，其中以蓝电霸王龙宗的子弟、戴沐白朱竹清的长兄长姐最有代表性，无非都是些自恃实力过人而嚣张跋扈的少男少女罢了。而独孤雁和孟依然一类的女性角色，实际上也都是性格模板而已。

之所以如此，无非是长辈"大佬"们作为主角团在一定时间内的领路人，必须有令人信服、能为主角们解决问题的强大实力和势力。因此在这段时间内，他们将会得到有血有肉、笔墨充沛的塑造。另一方面，为了衬托一直屹立于同辈鳌头的主角团队，对于同辈配角的过多塑造是不必要也容易被遗忘的。这些所谓"天之骄子"，都只是以实力与背景来衬托主角而已。特别是在学院大赛之中，那么多的同龄对手，如昙花一现，过眼云烟，一方面衬托了主角团的强大实力和形象，另一方面在紧张推进的剧情中实在也没有多一些的位置给她们。

2. 配角的独特魅力

然而，即便有这样的原因，书中仍有特例，如同群星中那一颗最耀眼的星。在《斗罗大陆》中，这颗星无疑是处于反派阵营中的胡列娜。作为主角的明确敌人，胡列娜在同龄人中非常强大，胆识过人，是教皇比比东意属的接班人，甚至与唐三一样前往杀戮之都接受历练。在服务于读者的"优秀女角都会爱上男主"的设定下，胡列娜暗自喜欢上改头换面的唐三，在知道真相后痛苦难当。比起比她更为强大的同辈人千仞雪，胡列娜虽在后期戏份不多，却因人物发展中饱满的起承转合、心理情绪的矛盾与变化，最终拥有了个性表达张力，塑造出主角团队外最饱满的同辈角色。

再如，身处主角阵营的独孤博虽正亦邪，行事乖张随性，虽是唐三忘年好友，比起许多光辉正直的正面角色，使用的却是"毒"这一阴险武器，在设定上可谓剑走偏锋。然而他却多次救助主角等人，不惜与全书最大反派亦是全书最大势力的武魂殿为敌，展现出他重情重义的光彩一面。

胡列娜与独孤博两个角色，虽在书中立场相反，却都因其正邪难辨的特质而让人眼前一亮。他们从众多深陷"刻板印象"的角色中脱颖而出，不走"寻常路"，表现出相较他人的有血有肉、拥有独属于自己思想感受的独特形象，而非被立场束缚的纸片。相比之下，胡列娜显得较为弱势，独孤博更加强硬，但这仅仅是性格上的不同，无损二人给读者留下的深刻印象。也正因如此，角色才展现出独属于个体的人格魅力。

三、大道至简的情节设计

（一）"爽文"的双向选择

《斗罗大陆》是网络文学"野蛮生长"时代的代表性作品之一，也是时隔多年回首再看时，被称为"爽文"或"小白文"一类情节简单、修辞单调的网络文学流行作品的代表。以《斗罗大陆》为代表的网络"小白文"，完全抛弃了传统文学所追求的精致的遣词造句、深刻的人物塑造和缜密的情节安排，而呈现出文本语言浅白通俗、人物形象简洁明朗、情节安排单一重复的特征，也因此遭受许多批评家对其缺乏文学性的指责。然而我们要面对的一个问题是，作为大众的通俗的网络小说，为什么"小白文"大为流行？这些所谓"烂俗小白桥段"其实是作者与读者的共同选择，也是最受读者欢迎的创作特点。

第三章 从人物到故事

唐家三少在创作《斗罗大陆》之前，已经完结《光之子》《狂神》《冰火魔厨》《琴帝》等八部作品，已经形成稳定的核心读者群。也就是说，此时的唐家三少已经基本完成和读者的双向选择，逐渐形成顺应市场潮流的写作风格。在当时的网络文学创作中，每日更新连载的方式决定了网络小说具有"快消品"属性。换言之，在某种程度上，网络作家和作品，是一个商品制造者与商品的关系。一个网络作者在写作时，他有时也不得不将自我定位放在产品制造者上而不在文学创作者上，写作就是商品时代进行产品生产的过程。产品生产中的决策需要精准的嗅觉，当时的市场在寻找什么？缺少什么？需要什么？那就是语言浅显易懂、情节丝丝入扣、人物简洁鲜明的"小白文"作品，一言以蔽之，就是阅读门槛近似于无。从这一标准来审视《斗罗大陆》的情节设置，作者唐家三少准确契合了市场。从这一角度说，他不是作家，只是一个内容产出者。

然而互联网时代的发展，让网络小说的创作经历了一个螺旋式上升的过程。昔日的"小白文"打上了时代的印记，也清晰标注了网络文学的发展轨迹。"小白文"的创作与接受，一定程度上反映了网络文学的本质属性和特征，同时广受读者欢迎的优秀"小白文"也成为网络文学发展历程中的代表作，而拥有独属于自己的艺术特征。《斗罗大陆》是唐家三少前期作品风格与技巧的集大成之作。在情节设置上，唐家三少使用了"模块化"情节设置。在《斗罗大陆》行文中，可以根据情节发展将全书分成长度不等的若干个板块，然后板块内再进行细分，基本上严格按照"起承转合"的四个步骤进行情节推进。在故事主体走向一定的前提下，"模块化"的分割和段落化的章节在一定程度上降低了写作难度，也降低了阅读负担。但是模块化也只是形式上的设置,还需要大量的内容填充,唐家三少大体从三个方面做到了这一点。

(二)战斗为主的"爽点"设置

《斗罗大陆》的故事情节丰富多彩,但文中许多情节在同类型其他小说中也"似曾相识",这就是通俗小说常见的"模式化"问题。对《斗罗大陆》的故事情节进行梳理,读者可以发现以下几个常见的故事套路:跳崖穿越、身世成谜、天赋异禀、战无不胜、死而复生、多女爱一男等。其中夹杂的被海盗暗算进入紫珍珠岛等情节颇有有意堆砌情节之嫌。小说中打斗场景频繁出现,唐三在武学精进中成长,与其说他是一名学生,倒更像是一个职业打手,见谁都要打一场,就连见昊天宗的长老也要发起挑战,与长老一较高下,而且战无不胜,这样的情节设定反复出现,应该说既是"小白文"的写作特点,又显现出文本内容的艺术含量低。但是对于读者而言,特别是"小白文"读者的年龄结构偏低,在唐家三少的读者中,12岁到18岁之间的就有相当大的比例,反复出现的战斗情节正是因为穿插讲解、描写手法简单而降低了阅读门槛,在带来阅读的沉浸式快感体验的同时,也起到了塑造人物性格、展现人物关系的作用。

一般而言,战斗描写是对作者文笔的一个巨大考验。如何通过环境变化、人物动作来展现华丽而具体的战斗场景,让读者能够通过阅读加载出观战者或参战者的情感变化,这是一项复杂的系统工程。但是在唐家三少的作品中,上述要素并没有通过文学技巧进行展现,而是通过文字的直接叙述得以表达。比如在《斗罗大陆》最为经典的第一部结尾部分,复活归来的主角唐三迎战最终反派比比东和千仞雪母女的一个片段描写:

第三章 从人物到故事

母女二人在无形中的配合瞬间完成了一个三面合围的攻击。很明显,经过数次打击之后,千仞雪对于天使神力的控制也有了全新的理解。面对她们的进攻,唐三却丝毫不惧,与三天前比起来,此时的他要更加沉稳。冷冷的目光在眼中徘徊。手中黄金三叉戟悄然挑起,一圈圈金色的光环飘然而出,直奔正面的千仞雪而去。与此同时,只见唐三在半空中摇身一晃,竟然也幻化出两道身影,根本就没有去看那些金色光环的效果,他所分出的两道身影分别迎上了两侧攻击而至的比比东。嗡——,千仞雪手中的天使圣剑剧烈地震颤起来,一股难以名状的特殊感觉瞬间传遍全身,千仞雪清晰地发现,自己的身体竟然已经失去了行动的能力,竟然就只能保持着冲击的样子停顿在半空之中。

可以看到这一片段的战斗分为三个部分。第一部分是敌方对主角发起进攻,其中插入对敌方能力的讲解。第二部分是主角的反击,其中涉及对主角的情绪、招式、位置变化的描写,都是直接讲述出来,而不是通常文学作品中通过对人物神情、细微动作和心理活动等描写来让读者揣摩理解。第三部分是敌方的反应,依旧是平铺直叙将原本应该由读者体会的人物状态等直接描绘出来,没有使用任何修辞手法,而是使用了最通俗、浅显的语言来表达。截取的这一片段在整部作品中颇具代表性。作者站在第三者的角度,很少使用修辞手法来增添行文色彩,而以一种近乎平淡的直白风格客观叙述整个故事,凸显了经典"小白文"的创作特征。

对于唐家三少的目标读者而言,简单直白的叙述方式无疑减轻了阅读负担,可以达到彻底的放松和获得舒适感,大大增强了阅读快感。就像某些动画作品和动作电影，人物在每次使出招式时都要大声喊出名字一样，将原本读者应该观察思考得出的体悟以平铺直叙的文字描写出来，在降低文本内容文学丰富性的同时，完全避免了读者阅读时因不理解情节作用或忽视关键信息而出现阅读体验和阅读质量降低的问题。而在这种流畅的阅读体验中，作者完成了两个重要的要素构建过程。

其一，也是最重要的，就是构建了"爽点"。在《斗罗大陆》的战斗场景中，为读者提供"爽点"的战斗大多是两类，一是"反杀"，即对手的实力强于主角，经过简单的情节铺垫主动向主角发起战斗。但是主角在前期被压制之后，通过对反派的认知盲区进行反击，达到"反杀"对方的结果。在主角唐三身上，这一"反杀"模式的战斗占据相当大的比例，可推测是作者在构思之初已经决定的。唐三作为主角，作者为其提供的与众不同之处，就是通常所说的"外挂"系统，就是来自前世记忆的暗器制作知识，配合比常人多出的"第二武魂"隐藏技能，可以在战斗中非常方便地实现反杀。二是"强杀"，即主角主动向比自己强大的对手发起挑战。在《斗罗大陆》系列作品中有一个沿用的设定，即修炼时需要通过猎杀魂兽来获取能力，为情节展开提供了足够的驱动力。通过模式化的战斗，比如"反杀""强杀"等固有的会给感官带来快感的模式，为读者提供了"爽文"之所以是"爽"文的"爽点"所在。在短暂而强烈的情感刺激下，足以激起读者对下一篇章的阅读兴趣。

其二，作为一部小说的核心，《斗罗大陆》中人物塑造作用各异，通过每个人物不同的战斗风格表现不同的人物形象。比如唐三的战斗，一般会做好充足的准备，将暗器等一一装备，在战斗过程中通过大量的思考过程将唐三冷静的性格特征展现出来。而女主角小舞的战斗则大为不同,小舞的战斗充满了灵活的身体招式,对应了文本中所定义的"古灵精怪"的性格。而主角与不同角色之间的战斗,则体现出不同的人物关系。比如和小舞初见时的战斗,是克制而放松的,与其说是战斗,更像是将邂逅场面用战斗的外壳包装出来。进入史莱克学院时与老师的战斗则是少有的以被压制为主基调,也为后文中老师们的教学提供了因材施教的基础。

作者唐家三少不止一次在访谈等场合讲到,自己的作品就是给中学生水平的读者创作的,对于阅读鉴赏能力有限的读者来说,这种程度的描写完全契合阅读的舒适区。即使文字的描绘不如传统文学中的战斗描写丰富出彩,但是更多的动作细节和穿插其中的战斗讲解完全可以让读者自己脑补场景。

也许,这正是"小白文"或者"爽文"天然具有的特点或者缺陷。由于读者追求的不是体悟文字的深层审美,而是不需要用心思考的休闲舒适,那么就注定这一类文体无论文字叙述多么浅显,都无法达到视频和图片的直观感受。这一特点或说"缺陷"在短视频潮流随着移动互联网兴起之后,呈现出明显的弱势一面,为网络小说发展前景增加了不确定性。然而正如文字是不死的,作为大众文化的一种样本,一种长期养成的阅读习惯,一种在市场中披沙拣金而胜出的文学样式,网络小说不应该也不会被视频湮没。

(三)清晰明确的主线设置

对于一部网络小说而言,主线和支线的关系更为突出。主线要鲜明,但是简单粗暴地推进主线会使情节显得单调;支线要生动,通过支线的描写展现出人物多角度的成长以及爱情和友情的获得,会进一步丰富主线的细节。同时,若支线视角转换使用得当,可以丰富主要配角的人物形象,也就是《冰与火之歌》带来的"POV结构"(视点人物写作手法)。

在《斗罗大陆》中,主线情节是带着前世记忆转生的主角唐三为母报仇,最终覆灭幕后真凶武魂殿,自己封神成圣的剧情发展。从中可以看到关键性的主线情节应该是为母报仇,包括寻找真凶的过程和最后与凶手战斗的结局。支线则是唐三这一角色的多角度成长以及主角的爱情与友情。

在前文中提到"小白文"的一个显著特点就是"模块化"。这一点在《斗罗大陆》的主线剧情推进中十分明显。小说开篇主角的跳崖穿越,可以看作是从经典武侠小说中跳崖获得奇遇的桥段中得到的灵感,然后是主角在学院中的成长与学习,而这里正是"模块化"最为明显的地方。作为一个相对封闭的环境,学院本身为情节的设计提供了便利,而且文中学院与现实中读者身处学校的高度相似性也极大增强了读者的代入感。书中在对主角先后就读的两个学院进行描写时,使用了非常经典的一套模块。主角来到学院之后先是主动选择低调,但是因为机缘巧合不得不挺身而出,有限地展现出身上与众不同之处,因此受到学院高层的重视。其间穿插了"打脸恃强凌弱的恶劣学长""吸引貌美出众的学姐或美女老师""获得隐藏在老师中的关键人物的青睐"等经典剧情。必不可少的情节还有外出历练,在老师的带领下学院的学生在相对安全的区域进行类似于学生社会实践的历练,但是必然被卷入更大的纷争,这时主角必然挺身而出为学院化解危机,也因此学院成为主角的坚实后盾。

另一个与学院有关的经典模块就是"大赛"。以代表学院出赛的形式让主角与同龄人进行战斗,身负"外挂"系统的主角展现超出年龄的实力,同时收获了来自学院外的注视,其间穿插了"为捍卫学院荣誉反杀挑衅的强敌""敌方在赛场上使阴招被反杀"等经典桥段。这一系列情节不仅在《斗罗大陆》中使用得恰到好处,在其他作者、其他作品中都相当常见,因此这一类文也被读者称为"学院流"或"大赛流"。通过学院这一场景和主角与同伴参加全大陆高级魂师学院精英大赛的关键情节,将主角的成长过程、主角的情感变化一一展现,树立了鲜明而丰富的主角形象。

但是在模块之外,唐三跟随月华姑妈学习礼仪、被海盗劫掠进入紫珍珠岛等情节与主线连接并不紧密。令人遗憾的是,主线后期唐三与武魂殿的最终决斗,这一部分原本应该是复仇重头戏,却显得有些仓促而不像读者想象中那样铺展自如,多少有些辜负了读者对"大赛流""终极一战"的期待。

纵观全书,小说的主线十分明晰,情节的发展虽然"模块化"痕迹厚重但不失精彩。支线部分与主角的成长过程相关,因此为丰富主角形象起到重要的作用。但是,故事整体缺少了以配角作为主体的支线故事。在推进故事情节时,作者如同女主角一样不舍得将视线从主角身上移开。或者说,作者本人的注意力太过关注主角唐三的何去何从。原本可以展开描写的"史莱克七怪"分别后"主角团"伙伴们的成长经历,也都被选择性地忽略了,这不能不说是一个遗憾。

(四)恰到好处的特殊情节

必须指出,有许多新作者出于自身的阅读经验等原因,也使用了上述的"模块化"写作,但是,并没有哪一个新作者成为下一个唐家三少。除却唐家三少自身的勤奋更新,他在《斗罗大陆》中设置的一些特殊情节为读者阅读提供了关键作用。

通常的穿越小说都是简要介绍主角穿越前的身份和能力，便立即启动接下来的剧情。《斗罗大陆》与之不同，唐家三少在序章里用相对较长的篇幅叙述了唐三穿越前的情节。唐三在前世因偷学宗门绝学为唐门所不容，在唐门长老的围堵下选择跳崖以死明志，却带着上一世的记忆来到斗罗大陆，以一个婴儿的身份开始新的生命。然而唐三还是原来唐门的唐三，从一开始便有着成熟的心智，并牢记上一世修炼的玄天功心法和唐门暗器的制作工序，而这上一世的宿命使得唐三立志在斗罗大陆创建属于自己的唐门，专门制作曾让自己付出生命的唐门暗器。唐家三少虽然采用穿越这个俗套的模式开启了故事，但他致力于让穿越这一行为发挥出它最大的作用，穿越不仅仅把唐三带到了斗罗大陆，同时上一世的经历也渗透到唐三性格、命运的发展中去，意在塑造两世为人的唐三。

这样的穿越设定为主角奠定了人物性格和行为逻辑的基础。除了穿越前的特殊情节，唐家三少还合理地安排了人物情感的爆发点，通过女主角小舞为唐三献祭、唐三死而复生等情感爆发点的描写，保证每一卷中读者的情绪可以随主角人物起伏，而不会因为持续刺激而疲惫或长时间的平淡而弃书。这种精心的设计在全书前几章表现得尤为明显。在主角穿越之后，按照原文顺序先后交代了先天满魂力（主角第一项特殊能力"内功"的体现）、双武魂（主角第二项特殊能力，也是后文交代母亲身世的伏笔）、暗器（来自穿越前的知识），然后引见的人物有主角的父亲、老师、爱人。一直到第六章都保持着高质量的背景展开和人物互动，以至于足以吸引读者决定阅读全书。

随着故事的发展，尤其是男女主之间的互动成为吸引读者的另一个主要情节点。女主角小舞作为魂兽的身份揭开后，选择将自身献祭,成为唐三的第六魂环。这个突发情节在前期并没有埋下特殊的伏笔或进行特别突出的描写,直到战斗中的意外突发,为了保护唐三,已经变为魂环的小舞自主现身,成为一个强烈打动读者的情感激发点。这一部分叙事出现在第一百七十六章,而之后经过多个战斗情节推进才安排了小舞的复活。情节铺排错落有致,疏密得当,稳稳地牵引着读者,保证每一卷都能够留住读者的心。

《遮天》的一个与 n 个、现实与想象

一、一个与 n 个

可以说,中国网络小说带有英雄传奇的天然基因,英雄传奇是中国网络小说创作的重要母题。从《悟空传》起,网络作者对古代神话体系以及一切中华优秀文化中的英雄故事情有独钟,津津乐道。也可以说,正是因为如此,才使得网络小说的盛行起于同人。一时间,万千文学青年在网络上仿写、改写、续写那些从小耳濡目染、耳熟能详的英雄故事。从《后羿射日》《精卫填海》到《封神演义》《西游记》《水浒传》,直至近现代英雄传奇,都是网络作者创作的灵感和素材源泉。而这也正是网络小说正能量的具体表现。这一写作母题在二十年的书写中被完好地保留下来,特别是在玄幻、修真、仙侠、武侠类型的小说里成为常态。是的,凡人总是有英雄情结。英雄主义是中华民族价值观的重要体现。

在网络小说中描写英雄、塑造英雄,我想这也是每一个热血青

年寄予写作的英雄梦。唯有如此，才能让英雄起到榜样作用，成为推动人类文明的重要力量，起到引领人类进步的作用。

在众多作者数量庞大的创作中，越来越多的英雄从天上降临人间。越来越多的作者清醒地意识到，真正需要书写的英雄来自民间。如何塑造国民英雄抑或平民英雄，在不知不觉中成为他们的写作理想。哪怕，他们笔下的英雄没有那么神通广大，没有那么气势如虹，但是，他们愿意给凡间的英雄一个成长空间，让平凡的人成就一个英雄梦想。这难道不也是作者自己的人生梦想？

寄予在写作中的理想和梦想总是殊途同归的。且不讲其他类型的创作，英雄主义精神始终是玄幻、修真、仙侠、武侠类小说创作中的最鲜明特征。特别是，随着创作理念、写作手法的成熟，英雄书写成为这几类小说创作的常态。而更多的英雄和作者自己一样，来自民间，有着平凡人所拥有的一切。在生存变故中，他们的英雄顺应时势，壮大自己，通过自身的努力，拥有了从前所不能够拥有的超人的力量、智慧和勇气，成为万人瞩目的亮丽星辰。在这一过程中，英雄得以成长，作者何尝不是经历又一次成长？在这一过程中，读者与作者一道，经历了小说中英雄成长的艰难险阻、酸甜苦辣。如果说网络小说的读者黏性来自小说强烈的代入感，那是因为作者在创作中先有了更强烈的代入感。作者与读者在这一层面上相互认同，获得了内在的同一性。这才是一部弘扬英雄主义精神的网络小说吸引读者的根本。

我曾讲过，《遮天》的人物是众多的。如果没有一张详细的人物关系图，写作过程中一定会出纰漏。我们读过多少这样的书，作者挖了坑并没有及时填上，有的甚至一直都填不上。情节跑偏跟人物设置有重大关系。在这个层面上，我想到了剧本写作。我一直觉得，网络小说创作与剧本创作有一种天然的联系，写作过程中对人物关系是重度依赖的。

辰东的人物设定颇具特色。在《遮天》里,延续了他独有的风格,以细腻的描写和人物的鲜明特点串起情节,完成整个故事。在《遮天》中,辰东有意把这个特点发扬光大,有意放大了这个英雄的群体。

(一)主角叶凡的英雄之旅

故事开篇就是主角叶凡出场。大学毕业三年后,同学们相约聚会。出场的叶凡是淡定的、冷静的,虽初获成功,却不事张扬,有着成功人士低调的行事风格和特点。在饭局上,在与一干同学的彼此交往中,叶凡显示了他的不卑不亢、不势利、不世故。不错,同学会就是一个名利场,一个小社会。现实社会中的一切在这里都原形毕露。各色同学都有不同表现。在此间,叶凡堪称实力派,在追名逐利的同学当中自成一体,不可小觑。看到这里,你可以毫不怀疑这就是一部现实题材小说,作者以冷静的笔触和犀利的眼光剖析现实生活中的真善美与假恶丑。人性在这里袒露无遗。然而,聚会被延长了。场景转换到了泰山。这为接下来发生的重大变故埋下了伏笔。与众同学登临泰山之前,同学之间的远近亲疏、生旦净丑都有了一个清晰交代。登临泰山之巅,一众同学在五色祭坛上被九龙拉棺带离地球,进入星空古道,途经荧惑古星,来到北斗星域。在生死之间,叶凡表现出超人的智慧和胆识。辰东的英雄观特别接地气。自古英雄多磨难,磨难当中见豪杰。历史是人民创造的,也是英雄推动的。叶凡不畏强暴,同情弱者,勇于除恶安良,具备了一个英雄的基本素质。在经历了铜棺当中的初次生与死之后,九龙拉棺降落北斗星域。在荒古禁地,他们再次经历生与死、青春与衰老的考验。神山中的神果为叶凡在新大陆赢得了第一次胜算的机会。然而得知自己是荒古圣体的叶凡,并没有向命运妥协。虽然在当时,所谓荒古圣体已是不可造就之废柴。叶凡表现出了一个英雄所具有的最大特质:不信天不信地,改变命运靠自己。至此,叶凡英雄雏形的第一步塑造已告完结。

　　叶凡与辰东之前塑造的英雄形象多有不同。叶凡多了一些冷静和坚忍。这一点从故事起始的同学聚会,直到泰山之巅的历险,又到荧惑古星的生死搏斗,再到北斗星域的漫长修炼。叶凡的冷静,让他化解一个又一个的艰险;叶凡的坚忍,让他克服一个又一个的困苦。在漫长的异域路途中,战胜自我,历练自我,强大自我,去拯救众生。

　　叶凡多了一些果敢和刚强。从在泰山之巅,突然遭遇人生巨变开始,叶凡果断地带领同学们进入九龙拉棺,离开地球;在荧惑古星,也是叶凡带领大家一同战胜神鳄的袭击;初临北斗星域,还是叶凡,果敢地处置了三位欲置他于死地的昔日男女同学;依然是叶凡,在得知自己是荒古圣体无法修炼时,不信天不信地,选择了果敢和刚强,相信自己,和命运赌一回。

　　叶凡多了一些深情和厚谊。从地球到太过遥远的北斗星域,叶凡没有忘记地球上的亲故。他历尽万难重回地球,尽管已不可能再见到父母双亲,但是那份深情任谁看到都会唏嘘落泪。还有深藏于心的那份恋情,不能忘,不会忘。叶凡用自己的方式怀念、感念、感怀。对待好友,他不失两肋插刀的义气,更多了一份惺惺相惜。对待弱者,他尽显关心救助,端的是侠骨柔肠。

　　叶凡多了一些激情与豪情。这是辰东在《遮天》里表现最充分的地方。漫长旅途中,如果不是因为激情,有谁还能忍受住那份孤独?激情让叶凡穿越千万年的孤独,勇往直前守住执念;如果不是因为豪情,漫漫修仙路上又怎能放下小我只为众生?唯有豪情才有博大心胸,装得下宇宙万物,任内心承载爱恨情仇。

叶凡更多了一些智慧与远见。在突如其来的变故中,叶凡很快摆脱了最初的慌乱,于镇静中思考办法,快速采取行动。他在全然陌生的星域中,用智慧适应环境,用远见布局当下,不轻言放弃,不肯向困难低头。他坚信,通过他的努力,众生一定有生存之上的更好所在。那个理想国有他的奋斗做根基,这便就是他自己的理想了。

然而,英雄走过黄金盛世,当回首过往,那份热血与抗争、辉煌与残酷,使其内心深处充满感伤。孤独,只有孤独,让英雄卓然而立,让帝者独自品尝。

正如辰东所讲:

这是一个让人疯狂而又黯然的年代,狂欢与悲歌一同上演,如那飞蛾扑火,是在长生的路上还是在聆听自己的葬歌?不能自拔,近乎癫狂,或许生命的意义也正是因此执着而美丽。

《遮天》的世界设定和英雄出世注定了这份孤独的执着。黄金盛世,群雄争帝。叶凡带着上天给予的桎梏,坚守内心,严守己道。书中无数次提到"道",何谓"道"?是谓天道,是谓人道。上天没有法则,上天没有悲悯。叶凡生为凡人,天道限制修行,那么就用自身的道逆天而行。

当叶凡踏入仙域,成为叶天帝,曾经的辉煌都变作了过往,那些一同战斗的伙伴和至亲消逝在万古悲凉之中。那刻骨的孤独吞噬着坚硬的心灵。这是作为天帝的悲壮,也是仙域的悲凉。然而,成仙成帝的初心不变。临高远望,众生景仰,贵为帝尊,永恒的是守护弱者的责任。

　　这就是英雄的情怀。所以说,英雄历来是生长在现实的土地上。是现实的磨难催生了英雄,是众生的痛苦让英雄成长。这样的国民英雄,无论在哪里,都是众生的希望和寄托。而英雄自己也背负着一个至高无上的理想。英雄是凡人,又不是凡人。他有超越凡人的情怀,也有超越凡人的意志。英雄如叶凡,如辰东所讲,历险禁地,习得源术,斗圣地世家,战太古生物,重组天庭,叶凡辗转四方得到许多际遇和挑战,功力激增,眼界也渐渐开阔,最后以力证道,更是以智慧取胜,获得各族认可,成为天帝,率领天庭举教成仙。成仙,更是实现了凡人的长生梦。叶凡作为一名英雄,由凡而仙不稀奇,带领众生一起登临仙境才是硬道理。

　　然而辰东在《遮天》里寄予的理想,绝不是塑造一个孤胆英雄。他是要通过对叶凡这一个绝世英雄的塑造,映衬英雄群像。因此,在故事架构中,辰东不仅要把叶凡置于英雄顶峰,同时要塑造星辰璀璨的英雄群像,以英雄的浩然英气洗涤星辰仙域古道。

(二)叶凡与女性角色

　　不能不承认,《遮天》之所以好看,女性角色的高度介入起到了一定的作用。

　　首先要提的自然是狠人大帝。作为绝世女帝,见出辰东的设定极为用心。狠人大帝无疑是所有成道帝者中最令人同情也最为血肉饱满的帝者。"不为成仙,只为在红尘中等你回来。"也只有狠人大帝道出了成仙背后的奥秘。也只有狠人大帝,让成为天帝的叶凡顶礼膜拜、心生景仰。

　　其次要提的是姬紫月。作为北斗星域的世家传承,紫月小姐被赋予了很多金手指。虽被叶凡劫持,一同经历了青铜古殿历险,但她依靠自己的智慧借力解除了禁制,以其人之道还治其人之身,挟持叶凡一同进入太玄派寻找秘术。叶凡当然会逃离是非之地,而姬紫月在孔雀王之乱中被华云飞追杀,叶凡充当了护花使者。紫月对叶凡渐生好感。后经历一番磨难,两人结成神仙眷属。姬紫月古灵精怪,玲珑剔透。在几次大型战斗中,紫月不畏强暴,勇于拼搏,挑战权威,同情弱者。这些英雄的标签在紫月身上充分显现,与她个性的张扬和行事的果断结合在一起,不免让读者对她寄予更高的希望,希望她与叶凡比翼同心,共创仙境。辰东给了读者一个满意的结局。

小说中最有女性魅力的人物无疑是安妙依。妙欲庵当代传人,外表圣洁淡雅,拥有无尽魅力。其功夫可追溯到狠人大帝传承。她与叶凡一见倾心。叶凡受伤时,她送佛家经文予他疗伤,后远走西漠修佛。她与叶凡约定,成仙后再续前缘。然而世事难料,安妙依冲击仙路以失败而终,就这样与叶凡天人两隔。

安妙依与叶凡更像是不食人间烟火的一对神仙眷侣。他们为了各自的成仙之梦,相遇、相爱、相知,却不能相守。他们把深情藏在心底。特别是安妙依,当叶凡出现,她却不能陪伴左右。辰东写出了那份情感的缱绻旖旎、伤悲唯美。特别是后来,在辰东笔下出现了一朵相似的花,写出了那份爱而不得的凄绝。

通常,男频特别是这一类文的作者不擅写情。然而,辰东在《遮天》里却写出了很多情意。友情、爱情、亲情,都有动人心弦的摹写。这是《遮天》技高一等的最动人的地方。

另外与叶凡关系不同寻常的女子还有三位,其一是李小曼,作为叶凡大学时期的女友,毕业出国,三年未见,已成陌路。和叶凡一同来到北斗星域后,因其自私势利,与华云飞成为盟友,与叶凡为敌,后掉入荒古深渊成为荒奴,因鳄祖附体,对叶凡有未言之隐。李小曼究其人性,代表了自私绝情势利的一类人。这个人物作为配角出现在叶凡身边,增加了一份人性的丰富。但究其根本,与"英雄"二字无关。

秦瑶亦是如此。作为一名妖族女子,美丽惑人。因爱上叶凡,自紫微星回归后拼命修炼,不幸走火入魔而亡。秦瑶的可怜之处在于陷入了不对等的爱恋。妖族与人族的恋爱注定是一场悲剧。

另有一位女子值得一提,她就是姚曦,摇光圣地圣女。容貌美丽,甜美诱人,然而性格谨慎,心机颇多。与叶凡多次交锋,试图控制叶凡反被轻薄。这个情节的设置是有争议的。我个人认为,这是古代传统文化中男尊女卑、男权至上的一种文学书写。尽管这是叶凡在千年修炼过程中的偶然行为。而姚曦终是洗刷了污名,以自身的努力,于六千余年后加入天庭,成为一名仙女。这也是要仙得仙的一种套路吧。换个角度说,姚曦代表了一类女子的奋斗。她们与男人相比,为成功付出了更多的代价。这也是英雄的一种,可歌,亦可泣。

(三)叶凡与男性角色

《遮天》作为一部修真仙侠小说,男频属性是显见的。辰东在这部小说中塑造了一群男性豪杰。首先说庞博,叶凡大学时最好的朋友。外形壮硕魁伟,性情直率义气。与叶凡一同到达北斗星域后,因在荒古禁地与叶凡一起服用了圣果,被修仙之地——灵墟洞天封为仙苗,意即最有潜力成仙的学员。在接下来的妖帝坟冢,被青帝十九代孙附体离去,在隐秘处修行,炼至四极境界。在后来的战役中，在叶凡与黑皇协力镇压老妖神识的助力下，庞博重新掌控了自己的身躯，取得妖帝古经和老妖本体祭炼成的青莲法宝，习得妖帝九斩和天妖八式。彼时的庞博几乎已是无妖可敌。待他出关后，与叶凡多次并肩战斗共历生死。然而如此剧终肯定不是辰东的风格。立志塑造英雄群像的辰东定然会给庞博更多的磨难。庞博在羽化王朝祖庙内因妖神血脉意外觉醒而腾空而去。后来被叶凡从妖皇墓中救出，得叶凡授予"者字秘""一气化三清"，与叶凡同闯试炼古路，一起建设天庭。最可圈可点处在于，在妖神附体时，庞博无时无刻不在用自己强大的神识与妖搏斗，显示出不同寻常的意志力。在叶凡遇到危险时，庞博拼尽全力保护叶凡，友情的力量战胜了一切邪恶，在星空彼岸开出了绚丽的花朵。

作为璀璨星辰中亮丽的一颗，庞博的配角身份是特别的。身为叶凡最好的同学、朋友，他有义气、有胆识、有担当，又不乏机智。在危难时刻奋不顾身，挺身而出，不惜一切代价捍卫正义。他与叶凡出生入死，誓死共同闯出一条生路，完成了英雄的伟业，树立起另一块丰碑。

自古英雄多悲壮。如果说，《遮天》中的配角，哪一个让人最为感伤，我想应该是虚空大帝了。太平盛世时，人们总是容易忘记那些奠定鸿基伟业之人。当黑暗来临，众生再次忆起被遗忘的虚空大帝。上天赋予虚空大帝的使命就是为众生而生、为众生而死。虚空大帝注定要背负众生的希望浴血奋战。时间流逝，圣皇的传承和血脉已了无痕迹。可当黑暗动乱来临，为了众生，虚空大帝拼尽残留的战意，为他的人民洒下最后一滴血泪。

在英雄群像里，还有一颗耀眼的星辰是姜太虚，姜家的东荒神王。风华绝代，一世凄凉。作为叶凡的恩人和导师，他被叶凡从紫山中救出。叶凡突破四极秘境时受到大道之伤，神王为救他洒下神灵血。这个人物的形象刻画非常精细。三个场景，一袭白衣。第一次树下奏响《神之序曲》，用自己生命的血花儿，助叶凡逆天；第二次在人族受辱之际，他从远处走来，一袭白衣护得人族尊严；第三次，黑暗动乱之时，人族绝望之中，他选择了最壮烈的方式，结束一己生命庇护众生。

姜神王名震天下，一世英名不辱。叶凡将其复活，成就不死神王，完成了一个旷世神话。

老疯子，悲情英雄的化身。他的出场绝对吸引读者的眼球。那快如旋风的天璇步法，名震天下。作为天璇圣地进攻荒古禁地唯一的幸存者，孤独一人活过了几千年的孤寂岁月。看似英雄末路，那个时代已告终结。然而英雄终归是英雄，老疯子的功力深不可测。他救叶凡于荒古禁地，又出现在极远之地魏国太玄派，后竟蜕化为年轻模样，与叶凡相见于天璇遗址。叶凡领其前往圣崖，取得"行字秘"秘法，功法大进。后来到紫微星域，得到太阴古皇传承，再次蜕变，大战来犯的太古生物并得以全身而退。老疯子一路开挂，在人族古路参与战乱，依然智勇无敌。后以英雄之躯化为天庭柱石，庇护众生。至此英雄落幕，英名永存。

再如涂飞，江洋大寇传人，个性鲜明，口无遮拦，以做贼为荣，立志偷一个圣女为妻。与叶凡结识后，一正一"邪"，互补互助，在多次相互救助中惺惺相惜。涂飞的结局颇具喜感。他于不死山被黑皇误传至北原以北的雪域中，封于神源内。涂飞以其神勇智谋修炼寂灭天功，大成后成为准帝，与叶凡重逢，汇入天庭。英雄不问出处。我想，辰东在这个人物身上寄托了一种平凡的理想。

最有意味的人物当属段德，一出场就以无良胖道士示人。然而这道士却太不一般,实是九大天尊之一,拥有的功夫太过惊人。他亲创渡劫天功、渡劫纹,做过冥皇、地府开创者,试图再造轮回。胖道士塑造得十分成功,虽形象猥琐,但功法了得。他不断地破而后立、立而后破,不断修炼,循环上升。他用阴阳天眼刺探古墓,盗墓成瘾,臭名昭著。他与叶凡有过太多交集,相互算计,相克相生,然而总是胜叶凡一筹,让叶凡防不胜防。但面临共同的敌人时,又秒变战友。段德通过多世演练终将死生大法练至大成觉醒,与叶凡一同,以精进的功法和无上的智谋与力量,破灭帝尊阴谋,开创了天庭新纪元。某种程度上说,修炼高深、身世诡异的段德才是叶凡势均力敌的损友,是实力派英雄。

还有黑皇。黑皇的身份是极为特殊的。他几乎是一个二次元的存在,一个永远充满了喜感,与"死胖子"段德相爱相杀,贪婪奸诈又有所担当的"黑皇"。

姬紫月的哥哥姬皓月也值得一提。他天生稀世神体,修成了"海上升明月"的轮海异象。在全书轮海异象的描绘中,"海上升明月"最为耀眼,最为神奇。姬皓月不仅被姬家器重,也被修仙各派忌惮,堪称一世英杰。然而姬皓月自视甚高,心高气傲。当他踏上人族古路后,被神族击败,之后娶妻生子,归于平淡。姬皓月作为一代英杰,极具英雄潜质。然而终究功亏一篑,英杰未能成为英雄。

另外一个特殊人物是华云飞。这是作者施以浓墨重彩的人物。身为星峰之主的幼孙,狠人大帝吞天魔功传人,其人生被赋予了多重色彩。外表恬淡飘逸、人畜无害,但心机深沉狠毒。姬紫月、姬皓月甚至叶凡都是他追杀的对象。后被天下追杀多年,华云飞终于魔功大成,与叶凡大战而死。临死前,华云飞不无感伤,道出自己不过是狠人一脉弃子,吞天魔功传人只为成就不灭天功传人。他欲摆脱命运，终究失败，从反面成就了一世声名。然而这时峰回路转，后其弟出生，与其极为相似，然而行事却大不同。华云飞总算有了转世的契机。辰东对其命运的安排，见出对华云飞这一角色的看重，显露出作者的悲悯情怀。

以上所举，只是《遮天》英雄群像的一部分。更有那登临巅峰的帝者，与叶凡都有或多或少的关联。"仙路尽头谁为峰，一见无始道成空"的无始大帝，还有那傲视群雄的恒宇大帝、万古不败的虚空大帝，以及太阳圣皇、太阴圣皇、青帝等，更有那些不曾问道但依旧敢与天命一搏的平凡修士。他们，构成了星辰璀璨的英雄群像。英雄远去，万民犹在。《遮天》英雄群像的塑造，让读者深切感受到英雄的壮烈情怀和感伤情绪。这是来自英雄历尽沧海桑田后，抬眼望天下无敌的孤独和空留万丈豪情与谁诉说的落寞，真是让人唏嘘不已。

辰东在长达几百万字的篇幅中，在这样一个气贯长虹的故事里，着力打造的就是一群英雄，一群改写了历史的英雄，一群生活在星空彼岸，然而与我们人类、和我们地球有着千丝万缕关联的英雄。是他们，创造了星域文明，并指向为人类所向往的长生仙境。当然，为了那个终极理想，战斗，殊死的战斗才是唯一的路径。一位读者的诗概括了《遮天》里的英雄：

天道无始亦无终，万法尽头见虚空。
一株青莲惊万古，九圣凌霄破苍穹。
太阴太阳孰弱强，混化太极便称王。
麒麟掌兵征仙路，天蚕十蜕证神皇。
斗战压塌九天界，不败不灭不死皇。

> 荒古之前话天帝,世界为鼎帝中尊。
> 禁区炼兵始恒宇,龙吟道喝震伏羲。
> 九尊九秘九道极,生命古树话道衍。
> 妖皇有憾遗万古,冥尊九死终成仙。
> 斩我明道唯乱古,太皇龙剑敌万夫。
> 阿弥陀佛慧慈苦,道胎天证西皇出。
> 飞升羽化长空耀,九黎王图显神通。
> 狠人横扫三千界,轮回尽头见老疯。
> 白衣神王惊艳久,盖世九幽傲骨风。
> 红颜青丝怜紫月,凡尘一叶遮天中。

是的,英雄就是创造奇迹。英雄这个符号,他们值得拥有。

二、现实与想象的交互

辰东用他的世界设定,给我们出示了一个大世界观。从地球到浩瀚星域,故事就在这样的时空架构中发生了。

(一)从现实出发,横渡浩瀚星域

故事起于一次同学会。辰东用冷峻的笔调、写实的视角平静地进入了叙事。

故事开篇就是现实社会。辰东笔下的真实地球人叶凡,毕业几年后参加同学聚会。这一次同学聚会上表现出来的复杂多面的人性,给日后在遥远星域上发生的生死对决,做了一个很好的铺垫。然后在泰山之巅,辰东一行被九龙拉棺带离地球,虚空横渡,去往一个未知的世界。这里妖魔横生,险恶重重。人族经历了前所未有的磨难,同学们一路历经生死劫难,面对人性的拷打、情谊的考验,在另一片遥远而陌生的星域上,这无异于一次重生,生命从零开始。

所有人都在修炼,看似以求强大己身,追求长生,实为成为最强大的人,战胜邪恶力量,保护亲人和族群。开篇几章对同学聚会的现实描摹,以及在离开地球之后,与同学们关系的亲疏分合,都没有脱离地球社会伦理。亲情、友情和爱情,哪一种故事推进都带着中国社会的现实基因以及古老传统文化的现实观照。

辰东在这部小说里,实则用了穿越的手法,从现实横渡虚空,这个开篇的情节张力足够强大,为接下来的故事,注入了强大的情节推动力。

特别是开启星空古路之后,一路凶险奇绝。面对不可用常理推测的未来,辰东用了极大的耐心和信心一步一步地推进,把握着情节的节奏,使剧情和读者心理紧张度完美契合。

张弛之中,古老的太极八卦图出现了。辰东用这么一个引人遐想的谜,联结了太极八卦图与时空的关系。

他写道:

在横亘在空中的巨大太极八卦图的周围,空间扭曲,光线迷蒙,与乾、坤、巽、兑、艮、震、离、坎对应的八卦符号先后发出光芒,像是一组神秘而又古老的密码在闪耀。太极图中的两个阴阳鱼宛如两扇奇异的门户,不断颤动,缓缓打开一道缝隙,似连向遥远而未知的星空中。

就在这不可预知的巨大恐慌中,叶凡和一干同学进入第二时空。一个神秘莫测的世界在他们眼前打开了。

(二)荧惑古星之战 —— 现实的残酷抉择

从被困铜棺中到重新走出,不过一刻钟的时间,但是眼前所见景象却彻底大变样,气势雄浑巍峨、可俯视万山的泰山不见了,前方是地势起伏平缓、覆盖砾石的无垠荒漠。

叶凡和同学们乘九具龙尸拉着的铜棺,来到了荧惑古星。在这片暗红色的大地上,昏暗空寂。控制众人的,是他们自己绝望、恐惧的情绪。远处的一些光亮,给了他们继续探寻的勇气,但路上的人头盖骨,又在暗示即将到来的危险。

> 就在前方五十米远处,一间古庙静静地坐落在那里,青灯古佛,一点灯光如豆。
>
> 古庙前,一株菩提古树苍劲如虬龙,通体干枯,只有离地两米处零星点缀着五六片绿叶,每片都晶莹别透,绿光烁烁,犹如翡翠神玉。

故事进行到了这里,一定是要再发生点什么了。

废墟的尽头,一座古庙显现,寂静无声,规模很小,根本谈不上恢宏。仅仅一间古殿,内立一尊石佛,蒙着厚厚的尘埃,旁边一盏青铜古灯摇曳出点点光华。

这就是传说中的大雷音寺。虽似破败,却有强大的生命力在此间流转。就如同小说里讲,一灯、一佛、一庙、一树,亘古如一,不在意时光流逝,长存世间。

辰东写到这里,预设好的节奏感显示出了潜在的威力。

那么这大雷音寺也果然不负读者的期待,给了叶凡一行最初的依靠,也引发了一场更大的杀机。

众人从大雷音寺里得到了日后可以用来保命的各式法器。叶凡手里的青铜古灯、庞博手里的大雷音寺牌匾,还有那颗佛陀天成的菩提子,这些在日后都将发挥巨大的作用。

死神就在这时正式登场。大雷音寺倒塌了,镇压在地下第一层的神鳄出来袭击众人。最先的死亡带来的恐惧再次笼罩了这片赭红色的土地。节奏再次加强,彰显了强情节的力量,也见出辰东对情节的把控力。

在由荧惑古星通往北斗星域的星空古路上,生死之战更为残酷。人与人、人与神鳄之间,展开了殊死拼斗。其实,何止是人兽之间,人与不可把控的自然、与看不见的神祇之间的关联和紧张的情绪,一直没有消失,并随着情节的推进而变得时隐时现。神鳄的出现,让剧情具有了强悍的爆发力。

判断一部网络小说是否好看,我想,与判断一部电视剧是否好看是一个道理,那就是故事为先。具体来说就是剧情能否吸引读者,是否具有爆发力,是否在推进情节上有精心设置,是否具有足够的起承转合的情节张力。

(三)初踏北斗星域 —— 现实极限挑战

九龙拉棺,要到何方,哪里是彼岸,哪里是天堂,光明未曾见到,苦海却已无边,是在沿着神祇走过的古路前进吗?众神归处,那是怎样的一个地方?

青铜古棺在枯寂的星空古路中穿行。焦虑和惶恐的情绪蔓延在铜棺里。无论是谁,都无法得知青铜古棺要去往宇宙何处,在那遥远的前方,真的会有神祇吗?真的会到达一个神秘的世界吗?每一个人都开始思考现实的问题。

虽然见识过九龙拉棺,又亲眼见到传说中的大雷音寺,与神话中的鳄祖交过战,但是,让这样的一伙地球人接受这种现实,依然太过突然。三皇五帝,泰山封禅,上古神祇飞天遁地,登临泰山,远离地球,进入浩瀚宇宙深处。

正如小说中所讲:也许,地球只是一个驿站,是那些亦人亦神的存在短暂的驻足地,是他们漫长生命中的一段旅程。

也许,在那更遥远的古代究竟发生了什么,没有人能够说清,一切都只是"也许",只有一点不可否认,上古先民已经打开星空之门,探索进无垠的宇宙深处。

太极八卦、大道天音、道家典籍、玄奥古经,这些是辰东架构故事主线的内设"金手指"。

叙述到此,辰东完成了向读者说明写作这本书的动机,也给读者阅读提供了一个指向性的启示。这个宏大的故事至此有了一个讲下去的理由。

那片荒古星图,直指北斗七星所在方向,未来在哪里?是到达了终点,还是来到众神的归处,抑或是传说中的仙界,又或者是极尽辉煌的文明国度?

无尽的可能,未知的命运,让叶凡一行人的神经变得极其紧张,恐惧的情绪、惊悚的气息深深地攫住了他们。在近乎崩溃的煎熬和无助的焦虑中,他们在奇异的旅途中冲破极限,来到星空彼岸。

在这片未知的荒古禁地,先是遭遇人性的凶恶与残杀,再遭遇岁月的侵蚀。九座圣山围聚成荒古深渊,那是远古的"荒"之所在。九龙拉棺落入那无尽深渊之中。神异的果子和泉水让叶凡和庞博回到少年,让一众同学变成衰颓翁妪。未老先衰,韶华白首,又怎是一个情何以堪?这个伏笔特别精彩,为即将到来的修仙提供了一个现实的理由。

　　主角叶凡与生俱来的金手指开始发挥作用,叶凡以不可想象的速度和力量力劈五米高的黑色凶兽。此时,这片仙域上第一个仙人出现,虹芒中的少女将众人带离这里,来到这片东荒所在的修炼之地。

　　尘世间,统治荒古禁地这片地域的国家名为"燕",南北长两千里,东西长三千里,而如此疆土在东荒不过是沧海一粟,像这样的国家数之不尽。东荒、西漠、南岭、北原、中州,当中以中州为最,可谓浩瀚无边,神秘无尽,修士都难以横渡。

　　辰东的宏大架构在此初露端倪。叶凡的荒古绝伦、盖世圣体就此揭开,为下一步故事的展开再次埋下伏笔。

　　(四)修行之始——现实生存对决

　　叶凡与庞博来到灵墟洞天。吴清风老人教他们修行。在这里,叶凡领悟了修行的要义。在此,初次出现《道经》,这是修行的基础法门。仙路艰险,唯有心志坚定,持之以恒,才能有所成就。渡尽苦海,修出神脉,祭出天桥,到达生命彼岸,那是无数修行人的终极向往。

　　叶凡与庞博神力远非常人可比,在东荒日见其长。特别是叶凡,虽不能开辟苦海,但力量和速度无与伦比。在灵墟洞天也是一种现实修行,于是,绕不开的争斗出现了,这是无法回避的生存挑战。面对权势霸凌,二人联手力压长老之孙,首次挑战威慑权威。虽然取得阶段性胜利,但是他们产生了强烈的危机感,只有苦修让自己更强大,才能最终战无不胜。至此,辰东的伏笔算是告成,故事向着更深远开阔处发展。

　　人与人的较量从不会结束,人族与妖族的对决也拉开了序幕。

第三章　从人物到故事

在废墟深处，在妖族大帝的坟冢外，妖族与人族展开了殊死争斗。在妖帝古殿里，叶凡亲眼见到庞博被妖族附体，一人一妖在一具身体内抢夺神识。庞博却巧妙地将人族仙典《道经》最重要的一卷送给了叶凡。那是一页真正的金书。更为奇异的是，它居然沉入了叶凡的苦海，在体内自行运转起来。妖族大帝的妖力源泉——心脏，裹挟着无尽的妖力与强大的生命气息，破空而去，所向无踪。

摇光圣地与荒古世家姬家、瑶池圣地也在这一章华丽登场。正如辰东在书中所说，摇光、姬姓、瑶池，在中国古神话里都是著名的存在。在这个仙侠的世界观架构里，依然接续了中国古代神话体系。还有像东荒的燕国，这片星域的修仙之人所说的古中国语，无不意味着这片北斗星域与地球的联系。这也是现实与想象交互的另外一种解读。

在这种思维体系中，就不难理解，摇光、姬姓、瑶池这些字词本都非同一般，在中国古代神话中留有浓重一笔。因此，在星空彼岸的仙侠世界也是一脉相承。人与仙之间的距离，就是一条成仙的路途。

（五）幻境与真实——现实与想象的距离

叶凡与庞博所在的灵墟洞天，正如同叶凡感知的那样，是一处奇异所在。那片原始废墟深处，藏匿着妖族大帝的坟冢。那颗威力无比震慑众生的妖帝之心，虽所向无踪，但留给人无限猜测。庞博先是被妖族大能附体，后在妖族仙府现身，显见，妖与他自身两相妥协，合为一体。叶凡凭直觉感应，穿越道纹和势力的时空扭转，来到妖族之地。在庞博自我的神志里，是保护叶凡。妖族顺从庞博的意志，送叶凡脱离这片所在。可见庞博，严格说是庞博体内的不明之物对妖族很重要。不难猜出，庞博的身上，一定被迫承载了更重要的使命。附在庞博体内的是不是那颗妖帝之心？这个悬念的设置恰到好处。自此，朋友天各一方，星空异域的生存现实摆在了首位。

这正是玄幻、修真、仙侠等类型小说的本体特征。角色超越了人的自然属性，被赋予了极大的想象和因之而生发的种种异能。也正是因为如此，故事在巨大想象力的空间穿行，将人妖神魔汇聚在一起，那么故事的好看也就在于人性、妖性、神性与魔性之间的交互抗争与降服。

在这个过程中，现实或者说现实经验再次发挥了强大到不可战胜的作用。在情节推进中，人性的光辉与黑暗、妖性的邪恶与狂野、神性的宏阔与博大、魔性的血腥与暴烈，或揭露或彰显，在现实经验与想象之间交互叙事，在互为观照中彰显人性的伟大与坚忍。这是现实与想象之间的距离。

叙事游走在现实与想象之间。对于600多万字的篇幅来说，通常开篇的20万字可以说仅仅是拉开了序幕，这是全书的奠基，也是全书最重要的部分，通常会决定整部书的成色。无疑，辰东《遮天》的开篇是成功的。这就决定了后面故事的阅读黏性。对于一名网络作家而言，这见出其在故事架构、叙事策略、剧情铺展方面的功底。

作为全书重要人物之一，庞博，叶凡最好的朋友，形体强壮，智勇双全，不仅是被灵墟洞天掌门指定的"仙苗"，同样也引起妖族的注意，特别是他们所在的灵墟居然还是妖族祖陵。因此，庞博是一定要发生些重大的变化的。不想这变化居然与妖帝之心有关。这个剧情设置就是意料之外、情理之中了。至此，剧情的进展就锁定在人性与妖性的搏斗当中。庞博在这个过程中定然是痛苦的、抗争

第三章　从人物到故事

的,又是注定要与叶凡分开而孤军奋战。

当各路人族纷纷会聚在这片原始废墟,期待在即将打开的妖帝陵殿里,得到他们梦寐以求的人族至宝时,叶凡,一个被认为没有任何修行可能的凡人,作为旁观者,却深度介入了这场大事件。随着妖帝陵寝被打破,无数的光华冲出陵寝,消散四方。通灵武器四散,引起一片慌乱。辰东渲染情绪、营造场面的能力可见一斑。

叶凡与书中另外一个重要人物的交锋开始了。

一道青霞洞穿岩壁,让叶凡轻易获得一件至灵武器。天下没有免费的午餐,轻易得到的宝贝总是危险的。那么,接下来的夺宝人物一定会出场。

果不其然,贯穿整部书的重要人物之一胖道士段德驾虹而至,用至上的功夫把妖帝之冢中的这件武器攫取到手。不出所料,第二道红光一闪,第三道紫霞射来,接二连三的宝贝都被这无良道士轻易拿走。三次巧合,三次失手,叶凡与胖道士的交锋会以完败告终吗?

妖帝至宝的真面目还没有展露,终是被那完美女子以聚宝盆收走。通灵武器凝聚成的光雨中,巴掌大的生锈铜板落在了叶凡手里,锈迹斑斑,平淡无奇。这块破铜板和通灵武器无可比拟,甚至就连胖道士也没有探出绿铜的神奇。叶凡就这么机缘巧合地得到了妖帝坟冢中的人族至宝。当一件武器竟然能够自我隐匿,它的神奇和强大,肯定是无法想象的。至此,叶凡的金手指有了一个强大的资源根基。

不出所料,这块绿铜和那页金书一样,主动藏匿到叶凡的金色苦海之中。这种剧情看似巧合,但不失情理,竟也显得奇巧。

然而捡了三次便宜的无良道士,旋即转身回来寻找绿铜块。胖道士懊悔不迭,恨自己有眼无珠。叶凡虽然不知这绿铜块的作用,但见它与金书一样自动藏身金色苦海,那么自然是知道绿铜块的价值。而胖道士再次回转,也证明了绿铜块不同寻常的意义。叶凡来到黑冰潭前,无良道士久寻未果,却发现活火山和黑色寒潭正是妖帝的两座坟冢。一阳一阴,抱守太极,力量源泉心脏葬于阳墓,真正的冰冷尸身葬于阴坟。无良道士脸色阴晴不定。

剧情发展到这里,显露了更深的寓意。

(六)悬念与伏笔——挖坑与填坑的现实依据

如果要问,什么是辰东叙事的最大特点?我认为首选就是设置伏笔和悬念。"坑神"的称号就是这么得来的。

辰东在《遮天》里设置了更多的大大小小的坑。篇章之间,大小情节之间,无不在挖坑和填坑之间游走。开篇的同学聚会,叶凡的实力本身就是一个硕大的坑,为他日后崛起星域埋下了第一个伏笔。再到九龙拉棺、荧惑古星,直到北斗星域的各种动乱,"坑神"的杰作举目皆是。挖坑与埋坑的距离,有时竟长达数百万字。

比如前面提到的被妖族附体的庞博,喝令妖族放走了叶凡。那么庞博的命运如何?此处按下不表。这个坑在日后的叙事中一定会以一个适当的情节点再次展开。

辰东的"挖坑"与"填坑"有其现实的依据和逻辑。没有违和,没有生涩,尽管也会有一些自顾不暇、不尽完美处,但是,读者依然愿意跟着辰东一起成长。挖坑和填坑构成了情节的引人入胜,而这也正是辰东小说最吸引读者的地方。

在写作历练中,辰东善于在剧情的设置中以"挖坑"为先,在"填坑"的过程中体现人物的成长轨迹和内心的养成,以此循环往复,让读者产生强烈的情感共鸣和深层的代入感，这种代入感并不是指读者在阅读过程中觉得哪个角色就是自己，而是指深度参与作者创作，跟着作者一起来决定作品中的人物命运和情节走向。在这种猜测和求证的过程中，在读者的内心里实现了二度创作，并以此验证与作者辰东的创作匹配度，从而获得巨大的阅读满足。特别是辰东严谨的写作态度，使得他挖的"坑"具有高度的现实感和逻辑性。也正因为如此，才更好地调动并提升了读者的参与度。"挖坑"并"填坑"本是网络小说作为通俗文学创作的本质特征，辰东精准地领会了其要义，继承并发扬了这一手法。这也是辰东的鲜明标签。

在之后的故事中，叶凡自强不息，一次又一次面临强大于己的对手，一次又一次战胜对方。同时，也不断地挑战自己的极限，不断加持，不断进阶，修炼自我，是为了更好地拯救身边的人。他与胖道士的因缘这么奇巧地开始，也必将有一个奇妙且合理的结局。叶凡在陌生的星域，在修仙的路途中，结识了一个又一个朋友，见证了人神妖魔的殊死搏斗。亲人的离去，朋友的分离，孤独的旅程，无尽的煎熬。在这个旅程中，又总是有意想不到的收获和惊喜。于是，强大如叶凡，必然更加强大。修仙从为一己生存的现实需求，转变为为众生的未来。

剧情在"挖坑"与"填坑"昂扬向上的基调中发展。辰东尽量注意到了张弛结合、舒缓有度。前半部的叙事因故事元素的铺陈，有时略显拖沓，后半部也会有细节的过度铺陈而忽略情节发展的紧凑。这些，对于一部几百万字的作品而言，几乎是可以谅解的现象。我只是想说，辰东没有做到最好，但他试图做到更好。剧情的起承转合见出了用心，也的确是尊重了读者的要求并试图带领读者朝着一个更高的目标和方向行走。这一切，都是在《遮天》里能够看得到的努力。

希行的传统与现代

网络文学是具有强烈人民性、网络性的文学。医疗领域与人们的生活息息相关，对于读者来说，日常生活中层出不穷的看病难、看病贵的医疗问题，与医闹困扰、医患纠纷等社会新闻，都是颇具讨论性和关注度的话题。对于穿越类型来说，医疗问题又是一个能够打通古今的选项，借由另一个时空，讨论今日的困境，是一个可以摆脱形而下的限制，产生形而上的探讨的有效方式。

但是放眼整个网络文学，能够拎得清"医学"的少之又少。因为这一领域既需要高度的专业性，将知识恰当地融合在情节之中，又需要深度的共情，感同身受地体认作为医生的喜怒哀乐，讲述他们在生命和利益间的取舍。希行的家学渊源，让她积累了很多医学知识，也格外关注医患问题。她不但可以将中医、西医作为话题引入文中，也可以将药学、巫蛊信手拈来。她不是探讨具体的医学问题和医生生存状况，而是以"医学"作为饵料，创造出人们在生老病死的关键时刻，对生命的敬畏，对利益的取舍；创造出作为可以掌握稀缺资源的知识分子，对民众的责任心，对国家的使命感。特别是《诛砂》这部作品，希行在大幅的创新之中，能够跳出自己的舒适区，从熟悉的现代医药转向全新的民间巫医，从而带来了特殊的角度与思考。

一、现代化的医学与现代性的规训

中国传统文化教育中，没有严格的学科分界，追求"君子六艺"

式的通识学习。因而中国古代的士大夫阶层,虽然不能亲自诊脉断病,但对于医药知识也并不陌生。晚清文学家中,《老残游记》的作者刘鹗便对医学十分精通,小说中的主人公老残,也借着江湖游医的身份,一边展示医药方面的知识,一边以此作为窥探人性、体察社会的线索。《红楼梦》的作者曹雪芹,更是博闻强识,在医学方面广泛涉猎。段振离在《医说红楼·前言》中指出:"《红楼梦》中的医药学就是一个伟大的宝库。其中涉及的医药卫生知识共290多处、5万余字,使用的医学术语161条,描写的病例114种,中医医案13个,方剂45个,中药125种,西药3种。一部小说包含如此丰富的医药知识,在中外文学史上是绝无仅有的。"中国古代文学中,还有很多富有文人闲情雅趣、以中草药名称写作的药名诗,关心社会流行病情况和人民疾苦的疫病诗,感叹自身怀才不遇、病痛交加的咏病诗等。

中国传统文人阶层所接触学习的,一般是中医与中药,部分少数民族、西南地区的文人,熟识的则是民族医药或者地方巫蛊。到了明末清初,西方医学知识开始逐渐进入中国。在西医进入中国的早期阶段,是伴随着西方的基督教传教士而来的,介绍的也大多属于西方古典医学,与已经形成体系、具有广泛群众基础的中国本土医学无法抗衡。

但是,扭转中西医力量对比的时刻很快到来。1805年,葡萄牙医生哈威脱将牛痘疫苗带到中国,对于从平民百姓到王公贵胄都深陷牛痘困扰的中国来说,可谓及时雨。另一方面,19世纪至20世纪期间,中国富裕阶层的青年一代开始留学海外,接受西方教育,其中一部分还是留洋学习西方医学,在精英知识分子头脑中,西医的影响日趋重要。在上下层的夹击之中,中国国内西医的地位逐渐高于中医。

鸦片战争之后,西方列强入侵,将中华民族带到了生死存亡的边界,中国的有识之士开始大声疾呼、呼吁变革。在这样的背景下,中国文化与西方文化,开始被塑造成一对相互对立的二元化选择对象,一方代表落后、愚昧、陈旧,一方代表先进、科学、新生,两者成为线性历史观中后者必将取代前者的历史存在物。而中医中药,作为中国传统文化的代表,在中国整体面临从封建帝国走向现代民主国家的历史进程中,进一步失去了人心与地位。

现代性内含一种线性的时间观念,即时间是不断向前的,是一种持续进步的、合目的性的、不可逆转的发展的时间观念。因而,后发的、具有先进生产关系的西方资本主义制度,必然会取代先发的、生产关系落后的中国封建主义制度。然而,随着现代社会的发展,特别是后现代的出现,对这种线性时间观提出了质疑。历史的前进并不一定是直线上升,也并不一定只有唯一通路。现代发展中,技术与资本大大激发了生产活力,创造出了大量物质财富,但是与此同时,人类的精神世界并没有日益丰富,个体并没有走向普遍的安乐幸福,甚至在社会总财富的增加中,大量个体因贫富差距的加大而愈加贫困。后现代的价值体系也基于对现代性的批判而产生,为现代社会带来了多种价值尺度与意义空间。毫无疑问,"多元"的出现,让现代性产生了新的光彩,人们逐渐开始认同,在现代社会中,不是绝对的线性发展,而是呈现螺旋上升与相对性,不是二元对立,而是多元共存、相互碰撞。多元价值体系为人类的发展提供了更多的可能,每个个体的价值和意义得以重估,人们的自由意志得以体现。

也正是在这一变化的基础上,中国传统文化成为当今中国发展与进步必须直面的问题。彼时二元对立下,因矫枉过正而做出的批判和抛弃,此时被重新捡了回来。中国传统文化中存在着有其独特价值的部分,是西方现代文化价值体系的另一维度补充,不但能够成为中国社会继续前进的动力,而且能够作为中国向世界输出的文化资源。

  在现代社会面临多元价值与意义重估的当口,医学自然也被作为需要重审的论题而被翻出。以这一极具开放性的话题作为现代性问题的切口,的确极易引起双方激辩。特别是中国女科学家屠呦呦,利用中医理论和西医技术,从中草药中提取了青蒿素和双氢青蒿素,成为第一个获得诺贝尔生理学或医学奖的中国人,更是引发了人们的热论。在实际的论辩中,西医的支持者指责中医没有科学依据,只凭借粗浅的人工经验积累,这一奖项本质上是西医技术的成果。中医的支持者则认为,大量诊疗病例证明其治疗有效且具有可重复性,这一奖项本质上是中医原理和药材的成果。其实,如果只将中西医的论辩作为形而下的讨论,这一讨论本身就是过时的。借由这一问题应当打开的空间是,我们日常所说的"现代"与"科学",并非天然如此,而是后天建构而成的一套目前可以自洽的理论体系。中医也好,中国文化也罢,不必强行令其符合这套已有的标准与价值,而应看到它们所包含的另一套自洽的理论体系。也就是说,"中医"只是一种策略,更重要的是,如何让我们借由不同文化背景带来的文化资源和文化体系,发现更多的现代性空间与可能。

二、中西之辨而非中西医之辩

  从第三部作品《回到古代当兽医》开始,希行尝试在作品中引入

"医学"元素。新元素的加入和融合,不是一部作品能够完成的,尽管希行本人对医疗领域颇熟悉,但是如何将这种元素与穿越、重生类型融合,在知识性和趣味性之间取得平衡,同时借助医疗来探讨更深层次的话题,则需要不断调试。

在成长期的创作中,希行最先下笔的是她最为熟悉的中医中药领域。《药结同心》的开篇,主人公沈刘梅在短短3000字的第一章中,就遭遇到三重放逐。

第一重放逐是看到自家中医药铺被摘了牌子,换成了西式药房,她毕生热爱、学习的药学与时代格格不入:

> 沈刘梅走过去时,小工正将那古朴味道的木挂牌子扔下来,以换上新鲜时尚的招牌。
> "哎,小心点……"小工看到有人在自己的脚手架旁弯身捡东西,忙带着几分不高兴提醒。
> 沈刘梅晃了晃手里的木牌子,"顺和堂"三个字沾了沙土,再抬头看了眼亮亮的新招牌。
> "康宁大药房……"她喃喃地念了遍,抑制不住心头的酸意。
> ……
> 站在重新布局的药堂里,沈刘梅有一瞬间的不适应,熟悉的中药味中混杂着装修漆的味道,新增加的几个药柜上已经摆满了各种西药,曾经占据主要位置的中药柜摆在西北角,显得很是落寞,掉漆的柜面在这里格外不协调,就如同自己。

第二重放逐是重组家庭之中,父亲、后妈和弟弟是一个亲密的三口之家,而自己却如同一个多余的人:

第三章　从人物到故事

　　　　沈刘梅的父亲还没说话，厨房的珠帘子唰啦一响，走出一位胖乎乎的女人。
　　　　……
　　　　"阿姨。"她不咸不淡唤了声。
　　　　这是她的后母，这么多年了，沈刘梅始终这样称呼她，为此小时候没有少挨打。
　　　　对于女儿和妻子之间的关系，沈刘梅的父亲一向是视而不见。正如妻子所说，女儿始终是要外嫁的，没必要过于计较。

第三重放逐是父亲为她安排了有编制的中医院工作，她却因揭穿医院药房为降低成本以次充好而被开除。沈刘梅被编制、人情、利益，被现代社会的秩序和规则排斥了：

　　　　"爸，不是我辞职。"她提高声音，看着院子里的二人，"是我被辞退了。"
　　　　……
　　　　"念了几天书，就当自己无所不知啊？"沈父气呼呼地打断她的话，看着一声不吭的沈刘梅，"就你自己是个明白人？就你自己有能耐？别人都看不出是假的？充什么大尾巴鹰！"
　　　　沈刘梅一言不发向外走去。
　　　　"……药房采购的规矩你还不懂？……竟然劝着病人不要来这里抓药……你是脑子烧糊了还是……你去哪？"沈父提高声音在后问。

以上三处是希行在《药结同心》第一章中写道的内容。短短

3000字不到的一个开头,便简洁明了地勾勒出了主人公在现代社会遭遇的几重困境,涵盖了家庭、事业与价值观。而主人公所遭遇的这些困境,和她所热爱和捍卫的中医中药又具有高度的同构性,读者轻而易举就能调动自身的日常经验,发现现实生活里中医发展停滞不前的种种因素:在本国民众心目中并没有主导地位,现代医学体制中没有对应建制,中医领域内部也充满了鱼目混珠之人。因此,主人公沈刘梅,和她所擅长的医药学,在高度同构性下完成了绑定,这既为沈刘梅穿越到古代后,没有忘记专业知识并以此谋生立足取得了逻辑上的合法性,也充分展现了沈刘梅对医药的认真和热爱、为人的真诚和正直,她充满古典主义色彩的匠人精神和侠义气质,成为她在古代社会获得尊敬的原因。

《药结同心》之后的《名门医女》,希行就调转笔头,开始写起西医与手术。如果说《药结同心》的穿越,是古典化的沈刘梅终于找到了她的归宿,让现已断裂的珍贵品质在茫茫的历史中多延续了一代,那么《名门医女》的穿越,就是现代化的齐悦点燃了蒙昧中的火光,提早唤起了人们探索真知、追求平等的现代理念。

《名门医女》当中,外科医生齐悦在出诊途中车祸穿越,成为古代侯府有名无实的世子夫人齐月娘。但还好有医药箱,青霉素、消毒水、手术刀,让病患起死回生,也让齐悦在这个陌生的时空重新站稳脚跟。现代社会提供的"器",让齐悦生存了下来。

但是,药品会用完、工具会损耗,怎么办?齐悦凭借原理与知识,重新提炼药物、制备仪器,更重要的是,普及卫生常识,培训医生护士。现代社会提供的"术",让齐悦获得了尊重与敬佩。

然而,当药品可购、弟子出师、卫生常识也逐步普及,还剩下什么能让齐悦这个现代人标记自己的身份?这就是现代性的"道":自由、平等与正义等现代精神。因而,齐悦敢抛弃名利走出侯府大宅,敢坚持一夫一妻而不惜和离,敢面对强权始终不卑不亢,这份执拗而非顺从,让现代人与现代性,在前现代社会中,显示出了自身的力量。

齐悦的穿越,是一场回到古代的启蒙运动,更是一场反思现代的溯源之旅。当"现代"已经成为这个时空的本质化存在,那么不妨换个时空,剥去外表,寻求核心。那些让人们沉溺其中的先进工具,不是让人异化的理由;那些让人们引以为傲的科学知识,与蒙昧之间也只有几本书的距离,真正值得人们珍视与坚持的,恰恰是被忽视和搁置的现代精神、现代观念。

因而,希行对于西医的态度,也不仅仅只是认为这是科学,是进步,而是透过西医看到了在"器"和"术"背后的"道",看到了现代性的根本不在于现代化的事物和方法,而在于支撑这一体系的价值观念。而观念本身是没有国界的,是人类文明之间所共通的。

在《诛砂》的创作中,为了突出表现这种对历史进步的向往,对现代性理念的追求,对多元文明和自主创新的信念,希行不再引入现成的医学知识,而是转身沉潜入更为原始的巴蜀巫蛊文化之中。

在中国古代文化中,巫医不分家,人们肉体与精神的痛苦,能够解决的,诉诸求医问药;不能够解决的,诉诸求神问鬼。现代性的发展中,往往重视技术的提升,却忽略了人心的抚慰,因而现代科学始终无解的问题是,即便科技知识已经到了十分普及的地步,人们依然需要宗教。《诛砂》中创造出来的巴蜀丹女巫蛊体系,恰恰是针对此点生发。在中国本土的地方文化之中,混沌合一的巫医,综合了医学治病救人的技能与宗教抚慰心灵的功用。她们的神秘力量,来自两个方面,一是知识的学习,让她们谙熟天文地理、矿脉分布,可以准确点出朱砂矿而避免塌方事故和人员伤亡,并且能够在发生矿难时找准支撑点,减缓塌方速度。二是经验的积累,通过与矿工的交谈,了解人民的所思所想,与他们产生共情,并将这种情感投入巫舞的表演之中,让艺术的魅力感动人民、激励人民。只有这样综合的关怀,才能够让人们为之信服和追随。

也正是在这层层递进的讲述之中,希行试图带领我们发现,我们所认为的外来的西方现代科学,本质原理广泛存在于人们的日常生活之中。在《诛砂》创造的架空世界里,人们没有任何西方现代科技知识,但是仍旧在观察与实践中有所总结并形成经书,具备了独立发展中国本土化现代性的土壤。只要没有外界力量强行中断,假以时日,中国可以自主产生一切后来称之为"洋"的事物,甚至会比现有的体系更加完备,更加适合本土语境。所谓中西,不过是极为狭隘的相对之说,中西共融、多元并存,才能一起创造更丰富灿烂的现代。

三、身体残缺与灵魂完整

在《诛砂》的创作中,希行将所擅长的医学领域完全抽象化,而进入了对身体、精神和对医学与现代性伦理的探讨之中。《诛砂》开篇,未来成为一家之主的"丹女"只能有一位,只能属于嫡出长女,但是几乎同时降生的双胞胎姐妹谢柔惠与谢柔嘉,却在接生时被混淆。奶妈隐约记得,长女眼中有颗红痣,但是日渐长大的大小姐谢柔惠,眼睛清澈见底,反而是二小姐谢柔嘉,眼底隐约见红。

"丹女"是沟通上天鬼神与凡间世人的桥梁,应当是接近神明的完美之人,在肉体上至美,在道德上至纯。然而奶妈的这个秘密,却让这个"完人"在出生起就产生了缺陷:第一重缺陷是肉体上的,眼中血痣有妖气,而且未来也有恶化失明的风险;第二重缺陷是道德上的，两个女婴、一个身份，相互混淆之中，谁也无法判断是否错承其位。

没有红痣的柔惠，为了保住自己的丹女之位，不惜痛下杀手，将奶妈推入河中溺死。但是令人意外的转折发生了，就在一番激烈的权力斗争之后，大小姐柔惠眼中出现了红痣，而二小姐谢柔嘉眼中的红痣反而消失了。

希行在《诛砂》第四卷第八十六章中写道：

> 镜子里双眼大半的鲜红已经褪去，只有左眼中残留一片较深。
> 她伸手抚上眼。
> 胎里带来的。
> 原来她也有。
> 不，原本就是她有，那个死鬼奶妈没有看错。那长红痣的大小姐就是她，只不过如那太医所说，这个叫眼内痣的东西，有的长着长着就不见了，比如以前的她；有的则长着长着会出现，比如谢柔嘉那个贱婢。

眼中的红痣、出生的顺序，看似是一旦确定就不会更改的标志，但是希行恰恰就在此大做文章，人们习以为常的事物与规则，其实也会发生变化。没有经过思辨，而顺从继承的东西，本身就是充满不确定性的。看似"没有争议"背后，恰恰已经沸反盈天。当这些依靠血脉、顺序来授予身份的方式不再有效，那么我们靠什么来确定自己的身份？对于丹女来说，是她与上天沟通的能力，这看似是个玄学，但实际上则是生产实践中的矿脉探测水平、舞蹈表演中的艺术感染力，更确切地说，是后天习得的知识技能与逐渐形成的道德修养。

柔惠一直自诩丹女，但是她却本末倒置，拼命维护自己肉体上、形式上的长女特征。殊不知人们对"丹女"的尊重，不是对虚无缥缈的传说与法力的畏惧，而是对丹女能为人们带来美好生活能力的崇敬。而谢家长久以来垄断丹砂矿业，家丁爪牙无恶不作、鱼肉百姓，已经让这个庞大家族岌岌可危，全靠谢家外婆与母亲两任丹女勉力维持，此时已经再容不下一位高高在上、无视子民的继任者了。

而柔嘉从未追求形式上的长幼之分，甚至戴着面具、假扮长姐之时，也尽心尽力为民众谋求福利。她依靠自己的技能，让百姓将"丹女"的桂冠交给了她。天下世道乱，谢家人心乱，在这种关键时刻，人们将确定"身份"的标准，从先天改为后天，从前现代的血缘关系变更为现代范畴的知识技能与价值观念。

除了在形而上的层面，希行促使我们叩问现代个体主体身份的评判标准；在形而下的层面，希行也在思考物质与精神、技术与信仰之间的关系。对于医学来说，西医和中医之间的二元对立，其实是将原本可以相互补充的医疗体系强行拆分。西医唯技术和数值是论的诊疗体系，让病患感觉自己是物而不是人，中医望闻问切的综合诊疗，又将绝大多数的判断建立在医生的个人经验之上。在《诛砂》中，希行没有贸然将中西医并列而出进行讨论，而是将我们现在均已熟知的、充满经验主义与封建迷信的巫术提出，与太医的中医诊疗并列，观察为何这种前现代的行为能够得到人心。

老夫人谢珊郁结于心，太医们判断她已经凶多吉少，谢家众人也开始准备后事，但是谢大夫人怀着对母亲强烈的爱，坚持为母亲做大傩驱厄施法。谢柔嘉挺身而出跳傩。她充满表现力的舞姿，让人们为之沉醉，也进入了酒神降临般的迷狂状态，柔嘉附身在谢老夫人耳边，终于听清老夫人念念不忘的是年少时的她与杜望舒的一段故事。

柔嘉力排众议,前往已经世代不相往来的杜家,请来杜望舒与谢珊见面(《诛砂》第三卷第五十一章):

> 谢老夫人转过头平躺着。
> "信不信又有什么。"她说道,"无所谓了。"
> 她说到这里又笑了笑。
> "所以我怎么可能觉得对不起庞佩玉,我才没有对不起她,倒是她对不起我。等我死了见了她,我非亲手把她打死一次不可,也不枉我担了一辈子害她的名。"

而独身一生的杜望舒也敞开了自己的心扉:

> 杜望舒坐正身子,长叹一口气。
> "谢珊,我说我对不起你。不是说怀疑你杀了庞佩玉。"他说道,抬起头看着床上的老妇人,"谢珊,我们一辈子都不分开,出了什么事都不分开,都要一起面对。"
> 听到他说出这句话,平躺的谢老夫人头微微动了下,嘴边浮现一丝笑,似乎是苦笑又似乎是嘲笑。
> "是我说话不算话。"杜望舒看着她,继续说道,"我和你分开了,我扔下你面对这一切。"
> 谢老夫人转过头看着他。
> "如果我当时和你站在一起,就算是被世人当作一对狗男女又如何。你说过,和我在一起,什么都不怕。"杜望舒看着她,"谢珊,对不起,是我怕了,我逃了。"
> 谢老夫人的眼里有泪流下来,渐渐地越来越多,在枯皱的

脸上交错纵横。

"嗯。"她张口说道,"我知道了,杜望舒,我原谅你。"

两人在生死关头,终于将往事澄清,本被视为油尽灯枯的老妇人,在柔嘉的再次大傩中猛吐出一腔黑血,郁结于心的气血因此彻底通畅。虽然身体孱弱不堪,但是人却有了重新生活下去的希望和意志,获得了生的可能。

医生治病,从来不是简单地判断一个肉体还具有多少延续的可能,而应当是将每一位患者作为具有情感和意志的人来对待。现代性带来的不应该是人成为技术的附庸,不应该是人的异化,而应当是借助技术,帮助人们有尊严、有价值地活下来。填补身体的残缺强弱不是目的,灵魂的完整、精神的追求,才是判断是否为人的标准。希行以"医学"作为原点,衍生出了种种讨论"现代"的维度,带领读者不断反思究竟什么是社会现代的价值标准和行为准则,什么是作为现代个体的立身之本和意义所在。在此基础上,我们才能够跳出单纯的中西医学之辩、传统与现代之辩,在二元对立中开辟新的空间,得出现实社会中可以遵循的新的行为准则,找寻到自己的人生信仰。

关心则乱的"理性"与"完美"

一、齐衡:虚幻的钻石级痴情者,男主角的"镜像"

在《知否》中,与主角盛明兰有感情纠葛的共有三位角色,其中最早出场、对明兰情根深种的小公爷齐衡不仅是翩翩佳公子型的"高人气男配",也在某种程度上起到了贯穿全文情感进展的暗线作用。直到全文时间线结束后的番外里,已经老去的齐衡仍然对少年时的白月光不能忘怀,做主让自己的二孙子娶了明兰的六侄孙女。除了她长得和儿时的明兰有些相似并且也是庶女,还有就是弥补"齐小二和盛小六没有在一起"的遗憾。作者在后记里并不讳言:"这个故事,起始于一位盛六姑娘,也结束于一位盛六姑娘,最后她们都很幸福。所有的情感纷扰,起始于一个齐姓少年掀帘而入的一个下午,也结束于这个少年的过世。他最后是否幸福,谁也不知道。"齐衡一生都保留着被明兰拒绝接受写着"小二"和"小六"的两个大阿福泥人,作为对一段未果情愫的意难平,并在离世后将其留给了孙子和孙媳妇。因此,许多读者在被这样的深情感动后,都做出了关于齐衡的设想,认为如果他在关键的时间点迈出一步,比如更强势地反抗母亲,冲破两个家族地位的壁垒,可能整个故事就会改写。由于顾廷烨的优点和缺点都相当鲜明,与之对比齐衡似乎更加完美无瑕,拥趸也不在少数。

事实真的如此吗?作者对齐衡的塑造,实际上具有一定的虚幻性。或者说,他相当于男主角顾廷烨的"镜像",二人各自代表不同的感情观。在《知否》所设定的世界中,顾廷烨和明兰的感情被作者认为是最完美的,虽然少了一些花前月下的浪漫,但二人都是成熟的、懂得利害和取舍的,有着相近的价值观,因此可以组合成最佳家庭。而齐衡相对来说,对爱情的追求更为明确,将爱情置于更重要的位置,这是和明兰的价值观无法相容的。明兰始终强调的是"我从来未对齐衡有过男女之情",因为她和齐衡的考量无法一致。顾廷烨是世俗生活的合适伴侣,齐衡的作用,更多的在于对照,具有一定的不真实性。在两个角色的塑造方面，和《飘》中与女主角郝思嘉有感情纠葛的两个男人——瑞德和艾希礼略有相似。顾廷烨人物塑造类似瑞德，强悍，目的坚定，为了成功可以对规则进行一定的破坏，能够在黑白两道之间顺利游走，代表对所在阶层的掌控和入世。齐衡则除了感情关系相反之外，人物塑造类似艾希礼，服从所处社会的规则，具备浪漫情怀，缺少主观能动性，代表对所在阶层的顺服和出世。

齐衡父亲是齐国公府的次子、盐使司转运使，母亲是襄阳侯独女平宁郡主。其出身显贵，本人也外貌英俊、性格温和，又是家中独子，少了诸多牵绊，堪称钻石级别的少女心仪对象。齐衡和明兰诸姐妹在盛家家塾中认识，墨兰和如兰很快对他产生了好感。尽管齐衡被明兰的聪慧灵巧吸引，不断赠送礼物、时常示好，但明兰对他却唯恐避之不及，装作混沌未开，不敢有丝毫回应，明兰作为灵魂成熟的现代人，在深思熟虑后，早早地下定了决心：因她是功利的现代人，那齐衡和她一不沾亲二不带故三不可能娶她，在这礼教森严的古代，难道两人还能发展一段纯洁的"友谊"不成？明兰一直坚定地认为和齐衡的姻缘绝无可能，实际上两家的地位差距并没有她强调的那么悬殊。盛家也算是中上层官僚，而且盛家祖母身份高贵，不然也没有男女共同读书的可能了。她下这样的断语更深层的原因是齐衡有一个强势并且手握大权的母亲，自己不会是她为儿子选择的对象，并认为这将成为决定性因素。"平宁郡主连盛家嫡出的女儿都看不上，何况我！齐衡明知如此，还想要我如何？与他花前月下互诉衷情，还是私相授受？等到他日他另娶名门淑女，而我暗自伤怀，感痛一生？！"明兰的避嫌行为，得到了祖母的赞扬和认可，认为是"不行差踏错"的典范，没有破坏已有的规矩。《知否》全书中，对自由恋爱的态度基本倾向于"鬼不成鬼,贼不成贼"的否定,也是出于对规矩的维护和建设利益共同体的考虑。

按照《知否》设定,穿越成明兰之前的姚依依在法院工作,熟知各类家庭纠纷,认为强势婆婆是多数家庭不幸的主因。她所秉持的观念,实际上折射了作者及大部分读者群体共有的"中产阶级焦虑",担心阶层固化、所在阶层下滑,对底层和上层都抱有疏远和恐惧的心理,这也是《知否》受众颇多,并被读者视为世情箴言代表作的原因之一。对于生活在现代社会的小康家庭来说,由于家庭原子化,封建时代的大家族已经基本不再存在,夫妻和公婆或岳父岳母组成的家庭已经是大部分矛盾的源头。作者尽管在描摹古代,由于自身思想的局限性,经常会将人物关系一定程度上赋予现代化的表达,再加上对古代人治社会的想象,以及参考自民国张爱玲小说里"儿媳妇每天去婆婆房里立规矩"一类的设定。《知否》中的"婆婆"形象,少有完美,经常对儿子和媳妇过于指手画脚,且掌握生杀大权,甚至超出了原本的"三从"中"从子"的观念,其实是将城市独生子女一代遇到的婆媳矛盾放大化了。若认真深究,《红楼梦》中贾母可曾认真干预过儿子和儿媳的决策?

齐衡的母亲平宁郡主对儿子不仅爱如珍宝,而且时时处处管控着能够决定儿子前程的大事,要求必须读书上进,不能有任何迷恋声色犬马的行径,儿子身边不能存在有勾引可能的女子,甚至连丫鬟也不乏被打杀的。婚姻的重要性更是显而易见,她为儿子选择的配偶是能够给齐家带来助力的勋贵,因为齐衡之父只是次子;自己的郡主身份也不是皇室血脉,只是因为父亲救驾有功,所以他们的靠山都不够强大。齐衡的优秀在同僚之中有目共睹,六王爷之女嘉成县主和富昌侯之女荣飞燕都对齐衡投以青眼。但六王爷一派和富昌侯站队的四王爷一派是对头，在搅进了朝堂争斗之后，飞扬跋扈的六王爷一脉让荣飞燕付出了被凌辱后自杀的惨痛代价。嘉成县主固然如愿嫁给齐衡，但婚后不久就遭遇"申辰之乱"。四王爷逼宫欲夺位，兵败被俘，富昌侯和女儿小荣妃却在发难前宣召了一些王爵之家的女眷进宫为质，兵变中六王妃和嘉成县主被荣家报复，凌辱致死。这一场惨剧过后，平宁郡主虽然对儿子求娶盛家庶女的看法有所转变，但得知明兰已经议婚，并且对自己家族更有助益的晋南大族申家有女待嫁，便再一次阻止了齐衡娶明兰，对儿子推心置腹："如今种种，不都因了那'权势'二字吗？若你有亲舅舅，若你爹是世子，若咱们够力量够能耐，你爱娶谁就娶谁，娘何尝不想遂了你心愿，便是叫盛府送庶女过门与你为侧室，也未尝不成？可是……衡儿呀，咱们如今只是瞧着风光。你外公百年之后，襄阳侯府就得给了旁人，你大伯母又与我们一房素有龃龉，咱们是两边靠不着呀！"齐衡一方面对命运感到绝望，另一方面也因为明兰丝毫不曾有回应而悲痛。他曾经向婚前的明兰质问："我今日指天说一句，但凡你有半分回应我的心意，我也拼死争一争了！可你初初便看死了我，觉着我是那不堪重信的，觉着我会连累你、害了你，避我如毒蛇猛兽，这，这到底是为何？"明兰答道："你太好了，事事都想做最好，我要不起，你心太大了，也放不下。"实际上，明兰所说的"事事都想做最好""心太大"，是意有所指，是齐家对未来儿媳的门第要求。齐家要的是在官场上能支撑自家的强大世家，而非盛家这样出身不算显赫的文官。即使齐衡在婚前拼死一争，婚后也将面临更多的风波，这是齐衡很可能无力抵抗的。所以，明兰反复强调的，就是"断不会叫不该之事发生"，因为她已经看到，朝堂风波之中就算贵为亲王妻女也不能保全，和自己穿越过来后只想活得好的理念相差太远,风险太大。

齐衡和申氏婚后育有一双儿女,名字中皆有一个"明"字,这一举措被明兰嗤之以鼻,认为是"发神经""连累自己"的不理智行为,甚至当面怒斥齐衡,这也是他们在文中最后一次交流。虽然后来知道这是齐家辈分,仍然担心会被丈夫知晓后不快,给自己带来麻烦,难免引来夫妻之间的一场冷战。申氏后来随齐衡赴任闽南时遭遇疫病,母子三人病亡。齐衡的第三位妻子是庆宁大长公主的嫡孙女,也早早过世了,此后齐衡一生未娶。

齐衡虽然"勤学不辍,洁身自好,在京中锦衣子弟中,可算首屈一指的好儿郎",但他和顾廷烨最大的差别,就在于他无法像顾廷烨那样真正把握自己的命运,只能依靠家族外在的势力。固然,顾廷烨的成功一定程度上有"主角金手指"使然:被皇帝信赖,军功显赫,但他对规则的掌控程度,要高于必须为家族和爵位付出的齐衡。顾廷烨没有家族的过多牵绊,特别是没有齐衡那样处处管控的母亲,因此他对前程和婚姻的把控,都有更多的自主性,不需要等待别人去规划和干预。《知否》文中这方面对比的母本,可以观照《飘》中沉浸在旧时代美好之中,不愿做出改变的旧式庄园主少爷艾希礼和敢于冒险拼搏获取财富的新资本家瑞德。艾希礼虽温文尔雅、富有才华,在南北战争后却无力重振家业,只能依赖郝思嘉的援助。瑞德却是不折不扣的冒险家,敢于偷越封锁线大发战争横财。所以,齐衡对婚姻、对仕途的不能自主选择,可以衬托顾廷烨多方面的独立抉择。作为后来的命运走向,齐衡的家事多舛,也可以衬托顾廷烨的妻贤子孝。

有的读者认为,明兰放弃了齐衡选择顾廷烨是一种"慕强",也不尽然。在文中,盛家被顾廷烨算计,将原来议婚的如兰换为明兰时,塑造的舆论是对顾廷烨未来家庭一派贬低的：本人爱好声色，未婚先有外室，前妻死因蹊跷，家族中名声败坏。而且明兰对自己的婚姻并没有选择权，只能在接受命运之后，把婚姻当作职场来经营。《知否》作者在后半部分尽力铺陈的，正是明兰在顾家苦心经营，和顾廷烨劲往一处使，成功扭转这一僵局，将原本不被人看好的婚姻改写成人人羡慕的婚姻的过程，用来证明全书的中心思想：人如果在规矩允许的范围内做到最好，就会收获应得的成果。

二、"经济适用男"贺弘文：不是归人，是个过客

《知否》的主角"魂穿"到小女孩盛明兰身上后，正文主体的时间跨度有十余年之久，这意味着作者必须写出主角的成长与变化。尽管作为现代成年人，在思想成熟和综合能力方面已经天然具备了"金手指"，但毕竟身处社会规则不同的古代，主角仍然需要做出改变，一步步从头学起，才能达到"在这个世界好好地活下去"的目标。因此，结合主角自身所处环境，书中最能够体现主角成长历程的，就是对和现代婚姻观颇多相悖的古代婚姻的接纳、适应和为此而做出的改变。

在和顾廷烨成婚之前，明兰的交际圈中除了"齐大非偶"、一直被避如蛇蝎的齐衡，还有一位几乎到谈婚论嫁程度的男性角色贺弘文，严格说起来是明兰第一个真正接触的外男，也是被盛老太太认真挑选后觉得各方面都适合明兰的订婚对象。贺家"曾老太爷创白石潭书院，为天下读书人之先，领袖清流数十年"，是清贵的书香门第；贺弘文的祖母是盛老太太少年时的手帕交，可称知根知底，而且其人开朗热情又不乏心机，喜爱明兰，也能在后来的风波里维护明

兰；贺家人丁不旺，父亲早逝，母亲多病，并无兄弟姐妹，亲族关系简单，婆母也不会干预家事；本人端方稳重，精通医术，承袭执掌太医院的曾外祖父衣钵，是术业有专攻的典范，未来可保家庭衣食无忧。明兰总结为"贺家的好处不在于多么显赫富贵，而是综合起来条件十分平衡和谐"。盛老太太因为自身婚姻不幸福，对官场中人颇为忌惮，觉得专攻医道的贺弘文可以免去宦海沉浮时的许多应酬之累，真正做到"白首一心不相离"，又给明兰增加了两人相处的机会，杜绝了盲婚哑嫁。即使用现在的眼光来看，贺弘文可称"经济适用男"，虽然并不是样样顶尖，但综合素质也颇为优秀。贺弘文对明兰一见钟情，在不逾礼的前提下，经常向明兰赠送调养身体的药物、清心避虫的香囊配方，嘘寒问暖，关怀备至。还曾对明兰说过很合她心意的能体谅"女子不易"的话，二人能有一些共同语言，在时人中也属难得。对于一直认为自己胸无大志、只想安分过好穿越后的日子的明兰来说，选择温厚平凡的贺弘文，要比如兰的不顾男女大防追逐爱情、墨兰的挖空心思一心攀高枝都更为实际也更为可靠。贺家是在她所处的环境里能够找到的最合适的，和贺弘文的相处也颇为和谐，又不像和齐衡见面时那样处处自我防备，虽然没有如火的激情，倒也不乏静水流深的温馨。不过两人的婚事却并未能尽快定下，因为"申辰之变"宫变、"荆谭之乱"兵乱和盛家长房大老太太病危、明兰随祖母回乡探望等事一拖再拖，最终让平静水面下的暗流渐渐显现。

在贺家看似美满的未来背后，还埋藏着一颗"隐形炸弹"。贺弘文的姨父因官场获罪被流放凉州，表妹曹锦绣曾在当地因家道败落，嫁给卫所千户做妾，被正妻算计堕胎并喝下不孕药物，失去生育能力，无法再有新的姻缘。被大赦回京后，曹家一心要把曹锦绣嫁给贺弘文,手段无所不用其极。曹锦绣将贺弘文视为自己经历过种种苦难之后唯一的救赎,这是她可悯命运里的最大希望。明兰并无心去将曹锦绣视为除之而后快的敌人,因为她觉得曹锦绣并不像林姨娘为了争抢利益,使出手段嫁给盛纮,对贺弘文确实只是如丝萝托乔木一般真心想找个依赖,并非用心机的可恨之人。但在目睹了曹姨妈和曹锦绣对贺老太太的哀求和威胁,以及曹锦绣并非"完璧"而被贺老太太揭穿后,明兰和祖母对于贺家的婚事失去了一些原本的积极态度,更多倾向于再做观望。明兰的态度也出现了一些摇摆,她时而对贺家的暧昧不明感到忧愤,表示"曹姑娘再可怜,也不能让步。凭什么? 凭什么要我们退让?",时而又觉得贺弘文毕竟是古代男人,不能用现代的一夫一妻对他加以约束,贺家的优势还是大于劣势,"不用看婆婆脸色,不用应付四面八方的复杂亲戚,经济独立,生活自主,在这种种的'优点'之下,曹锦绣的存在似乎就没有什么了"。在这种情况下,贺弘文的态度就显得至关重要,但他对曹锦绣一再心软,甚至在桃林与之单独密会,倾听曹锦绣的诉苦和甘愿做妾的心声,又让明兰感到失望。她不惜自己的名声,也要当面与曹锦绣对峙,这对一向藏锋守拙的明兰来说,已经是难得的主动出击。在这之后,明兰又在随祖母拜访贺府时,和贺母、曹姨妈、曹锦绣等人再次交锋,直接说穿一旦贺弘文纳曹锦绣做妾,不仅名分、尊卑将有所混乱,也会影响贺弘文未来的夫妻关系。顺带讲明了自己和贺弘文尚未有订婚之实,且曹家又有擅自回京的把柄被盛家拿捏,因而不敢造次。

贺弘文为了挽回明兰,也一再承诺:"我自小当她是我亲妹子,以后也是我亲妹子!"在明兰重申了自己不许未来的丈夫纳妾的要求之后,贺弘文还是做出了努力,包括冒着母亲震怒的风险,向有司控告曹家私自离开流放地,将曹锦绣的父母逐出京城。但得知曹锦绣不能生育,难以再嫁后,贺弘文难免心软,原本收她为义妹的打算改变了,变为含糊的"有生之年必叫她吃喝不愁,但有个条件,便是从此以后,帮忙救急行,却不算正经亲戚了",仍然留下了纳妾的口子,但也立下了不许曹家纠缠的字据。对这个结果,盛老太太虽然不完全满意,但觉得已经算是可以接受的情形了。明兰甚至也勉为其难地接受了这一点,把他们之间无论怎样都会插着曹锦绣作为未来的"不好不坏的开头"。明兰对贺弘文的感情与其说是恋爱之情,不如说是对未来合作伙伴的期待,更多理性的思考而非对男女感情的期待。盛家嫁给贺家,并不算高嫁,明兰优势更足,因此也对这段婚事寄予了较大的希望,愿意苦心经营,过上自己期待的安稳生活。所以,她对贺弘文的期待更为明确,既然自己愿和他成婚,最大的要求就是贺弘文不能另有他想:不纳妾,不找通房丫头。贺弘文确实做到了,但他没法对曹锦绣做出拒绝。而且曹锦绣身为贺弘文表妹,仍有主子身份,即使做妾也是地位尴尬,这也是明兰对曹锦绣的哀求做出反驳时说给贺弘文听的弦外之音:"你不是寻常丫头,也不是寻常妾室,你是与弘文哥哥青梅竹马的表妹。我是个大大的俗人,也想着花好月圆,也想着一生顺遂,可若在我孝顺长辈、教养子女、操持家务之际,我的夫婿却在和什么人倾诉小时候的石榴花莲花灯还有小兔子灯什么的,那我岂不可笑?我算什么,一件摆设点缀吗?"她在意的仍然是自己身为主妇说一不二的地位,而不是对曹锦绣的"吃醋",这和黛玉仅仅因为看到宝钗的金锁就发出含酸调侃是有本质上的不同的。

在与明兰议婚未遂后,一方面贺老太太迁怒于曹家,另一方面曹锦绣经常暗中给娘家送钱挥霍,触犯了贺老太太的逆鳞,将其送回白石潭老家软禁，直到贺母故去、贺弘文生儿育女后方才允许回来。贺弘文后来的婚姻虽然不像齐衡那样遭遇不幸，但也因为曹锦绣的时常作梗，和妻子之间客客气气而不失冷淡地过完了一生。

明兰和贺弘文婚事的失败，一部分出自内因，另一部分则是婚后才知的外因。就内因部分来说，贺弘文和齐衡其实都有来自家庭的牵绊，使他们不能真正自己做主。但齐衡的牵绊是家族的名誉，个人无法与之抗衡，更多的是外在的；贺弘文固然没有齐衡那样的强势母亲，但他的牵绊是自己的心软，因为不能让表妹无处可去而做出的妥协。他向明兰剖白心事时，坦承自己为何不能不管曹锦绣："她若就这么死了，就会变成一块疙瘩，一辈子梗在我心头，叫我永远记着她！……我，我不想老记着她，我的心里只应放着我的妻子！"这虽然体现了他的仁心，但并不符合明兰想要的决断。在作者看来，这两人都有主动性不够强、自我主宰命运能力不足的缺点，因此也必须承担这一后果。

另一部分直接的外因，则是顾廷烨背后对明兰婚事的干涉。除了设计算计如兰的恋情被撞破、逼着盛家将明兰李代桃僵嫁给自己，顾廷烨还亲手清扫了一系列可能的"障碍"。曹家被大赦后从凉州回京至少需走上一年，为了让曹家及早在婚前出现，对贺家的婚事造成影响，顾廷烨动用了自己的漕帮势力，通过沿江水运将曹家提前送回京城，算准了曹家一旦与贺家纠缠，明兰和祖母必然不会轻易应允，可以为自己的求婚争取来更多的时间。所以，贺弘文的心软和习惯妥协，也衬托出了顾廷烨心机深沉冷硬、为达到目的不择手段的特点，和齐衡一样，这两个配角都是从不同角度衬托了男主角的特质，并起到了草蛇灰线的伏笔效果。

明兰得知顾廷烨设计贺家的真相后，更多的愤怒是来自自己在不知情的情况下被暗算和掌控,来自既定的轨道被人横生枝节,而基本没有对自己与贺弘文的感情有太多的惋惜,顾廷烨也没有像对待齐衡那样将贺弘文视为如鲠在喉的假想敌。所有的可能,都终结在最后一次见面时"天光明媚,日头平好,山石静妍,一切景致都那么淡然从容"的一个冬日午后。

三、顾廷烨:"瑞德"类型男主角塑造的挣扎与妥协

顾廷烨作为《知否》的男主角,具备亦正亦邪、毁誉参半的特色。虽然不乏读者质疑他和女主角的感情线铺垫不足、出场较晚,但若纵观全文,顾廷烨的转变线索一直穿插文中,与明兰的成长线索明暗交织,并且数次在关键时刻出场,与明兰或是正面交锋,或给予意外援助。作者对这一人物的性格、成长环境、外界看法、与女主角的互动方式等方面的设定,都和名著《飘》中男主角瑞德的设定颇有类似之处。并且,作者在顾廷烨身上寄托了较为矛盾的双重理想:顾廷烨既代表着事业成功、能够主宰个人命运和全方位庇护妻子的理想型男性,又体现了对爱情不完全信任、将婚姻的稳定置于爱情的热烈之上的观念。和从现代穿越过来、对世情洞若观火并采取身居闺阁远观世事态度的盛明兰不同,顾廷烨因其入世而成长,因其成长而形象较为饱满。这个人物的塑造,体现的是在理想和现实之间、传统与现代之间的挣扎,是作者能够给出的一条妥协路径。

在网络文学作品中,将"少年时孤独叛逆,为所处环境不容"和"青年时迎接机遇和挑战,终于拥有世俗意义上的成功"相糅合的经典人物不在少数,尤其在男性作者的作品中更为常见,如紫川秀、姬野、徐凤年等。顾廷烨的成长之路,也经历了这样先抑后扬的途

径。作为宁远侯的嫡次子,顾廷烨一方面有着显赫的出身;另一方面,由于生母出身海宁盐商白家,身份低微,和父亲的婚姻又是顾家基于维护家族的目的做出的利益交换,并且造成了父亲的前妻大秦氏之死,导致夫妻感情不和,最终生母早逝,也构成了顾廷烨与生俱来的"原罪"。顾家是一个典型的封建家庭,秉承"严父"观点的父亲和次子的关系极为僵硬,父对子只有打骂,子对父也缺少爱戴。顾家续娶的正妻小秦氏为了保住自己儿子的地位,对顾廷烨的养育以娇纵为主,试图将其惯成废人,并将顾家其他人做出的坏事都设法安在顾廷烨头上,离间父子关系。加之顾廷烨自身性如烈火,行事虽有任侠一面,却不无荒唐嚣张、无法无天之处,纵马闹市、眠花宿柳、结交江湖中人,最终成了不折不扣的"长安恶少"。"十岁敢骑着烈马在市井里横冲直撞,一路上伤了十几个百姓,老侯爷赔钱赔礼无数;十二岁敢揪着堂兄顾廷炀的领子往粪池里按,险些没把人淹死(不过拖上来时也熏晕了);十三岁,众人从屋顶上把吊了半夜的顾廷炳救了下来,人已冻吓得半死;十四岁就敢把令国公的世孙拴在马后,拖着在校场跑了三圈,令国公差点没把官司打到御前去;到了十六岁,更是见天儿地跟老子叫板,敢回嘴,敢动手,一脚下去,把多少个不长眼的奴才踹得吐血。"顾廷烨刚出场时的跋扈纨绔名声,就由这些教科书一样的事例打造而出。此时的顾廷烨,虽然劣迹斑斑,但所作所为更多的是试图"博关注",企望以好勇斗狠的天性令家族中人畏惧、服从,以得到父亲的重视,但只能适得其反。"被父亲绑了差点送去宗人府的是我;顾廷炀污了父亲房里的丫头,逼着人家自尽,被冤枉的是我;顾廷炳欠了嫖资赌债,跟青楼赌坊串通好后,写的是我名字的欠条,父亲几乎打断我的骨头,我气不过,去寻青楼赌坊来对质,反惹了没完没了的麻烦。"后来虽在家族之中有所澄清,一些劣事并非他本人所为,是堂兄弟们栽赃,但也不能说顾廷烨全无污点。这样声名狼藉、千夫所指的少年顾廷烨,是和原生家庭的缺乏温暖、缺乏正面管教分不开的。在一定程度上,这甚至决定了他未来的与现实近乎相悖的基本婚姻观。

《飘》的男主角瑞德出场时,伴随着同样的评价:"他的名声坏极了!"也有诸多劣迹斑斑的佐证,如被西点军校开除、被家族除名以及和未婚女子通宵共处却拒绝结婚,并在决斗中打死她的哥哥等。但这些比起他对所在阶级的背叛,比起他揭穿南北战争真相而遭到的怒视,都只能算是小事了。出身查尔斯顿上等家庭的瑞德,没有走同类人安分地当庄园主的老路,而是在洞察了美国南方的种植业终将被新兴资本推动的工业化取代后,致力于从中攫取利益,做一个真正冲过封锁线的投机者和冒险者,也不乏违背公序良俗乃至当时法律的行径。瑞德曾经向郝思嘉解释过自己背叛家庭的缘由:"为什么成了巴特勒家族中的不肖子呢?原因不是别的,就在这里——我跟查尔斯顿不一致,也没法跟它一致。而查尔斯顿可以代表南方,只不过更加厉害而已。有许多事情仅仅因为人们一直在做,你也就不得不做。另有许多事情是完全没有坏处的,可是为了同样的原因你就绝不能去做。还有许多事情是由于毫无意思而使我腻烦透了。"顾廷烨对家族规矩的看法,似乎也是异曲同工。但和瑞德背离家族以及它代表的城市、代表的南方有所不同,顾廷烨虽然也曾愤世嫉俗、肆意妄为过,也曾在江湖中结交草莽豪客,但并未真正地远离仕途经济之道。他的叛出家门、游走江湖,最终用"气昂昂头戴簪缨"的衣锦还乡来收梢。

顾廷烨在年少时,凭着热血冲动,与来自底层的曼娘结下一桩孽缘。但二人从一开始就没有站在对等的位置上,曼娘期待和顾廷烨书写英雄美人救风尘的佳话,顾廷烨却并不将曼娘视作自己合适的婚配对象。由于第一段婚姻以正妻余嫣红蹊跷之死告终,父亲死时又被继母阻挠未能见上最后一面,顾廷烨对顾家几无牵恋,甚至宁愿冷眼旁观宁远侯府的覆灭,让家传的丹书铁券被褫夺方才快意。在家事多有波折时,顾廷烨的仕途却以剑走偏锋之势越来越顺利。通过帮助石氏兄弟的叔父夺得漕帮帮主之位,顾廷烨扩展了自身的人脉,并随漕帮南下入蜀。因对在蜀地就藩、不受重视的八王爷出手相助,顾廷烨得到了八王爷的信任,并与其心腹"蜀边五虎"结为兄弟。八王爷其母地位不高,势力较弱,一直在偏远封地韬光养晦,但也不失野心,暗中扩张势力,认为顾廷烨其人其才,可以收作羽翼。不久,申辰之乱爆发,原本皇位的有力竞争者或是被矫诏赐死,或是在宫变中被杀,或是被贬斥,皇位最终落于八王爷之手。在这个过程中,顾廷烨传递消息、护卫新皇颇有功劳,迅速成为炙手可热的新贵。随后,顾廷烨又在平定"荆谭之乱"、北征羯奴中屡奏凯歌,立下汗马功劳,一路加官晋爵,晋位正二品左军都督佥事,可称"烈火烹油"。顾廷烨原本计划对顾家报复,也最终收手,与其兄顾廷煜临终前的交心不无关系:"我知道你为生母不平,为人亲子,这也无可厚非。可你不只有母,还有父,身上有一半血肉,是姓顾的,是宁远侯府的。……你想出气也罢,想雪恨也罢,终归能有别的法子,别,别,别毁了顾氏这百年基业。"当然,这也与顾廷烨自身的利害考量不无关系,毕竟自己过往的名声并不好,为了避免他人弹劾自己不顾亲情,避免失去皇帝的信任,顾廷烨最终妥协,保住了宁远侯府。

所以,顾廷烨的发迹,和瑞德"从南方的濒死挣扎中捞到了足够的金钱,来赔偿我所丧失的与生俱来的权力"在本质上是不同的。顾廷烨尽管辅助了新的皇帝上位,但改天换地之后此一家一姓的统治依然继续,朝纲依旧运转,他并没有否定自己所处的国家、时代和阶级。

在顾廷烨和明兰从陌生到成为夫妻的情节转折中,也隐隐可以看出瑞德和思嘉的影子。瑞德和思嘉的初次相见就带着火药味,瑞德目睹了思嘉向艾希礼告白未果,自己的好整以暇和思嘉的恼羞成怒形成鲜明对比;明兰在未曾和顾廷烨直接对话的前提下,先帮助自己的闺蜜余嫣然舌战曼娘,将原本顾廷烨和余嫣然的婚事阻断。随后又因在广济寺偶遇,恰逢明兰用污泥扔脏墨兰裙子,阻止了她私会梁府小王爷,让顾廷烨注意到明兰,二人的一个咄咄逼人一个一步步为营也形成了鲜明对比。

顾廷烨一歪嘴角,讥讽道:"如此待自家姊妹,不好吧?"

明兰低着头,依旧恭敬的语调:"清官难断家务事,若侄女做错了,自有爹爹来罚。"

在二人就曼娘之事唇枪舌剑后,顾廷烨虽然仍站在维护曼娘一方,但也被明兰的分析触动,只是面子上不肯做出让步。在这一回合的交战里,好整以暇的是明兰,顾廷烨倒是因恼羞成怒而处于下风。

明兰看着顾廷烨面色阴晴不定,赶紧放柔了声音,一脸真诚道:"表叔,您是磊落之人,便当明兰是小人之心罢,都因明兰与余家大姐姐自小要好,为她不平罢了。兴许那曼娘真有难言之隐,也未可言说呢。"

顾廷烨正心里一团乱麻,听了明兰这番言不由衷的言语,更是恼怒,低声咆哮道:"还不快滚!"

其后再次相逢,则是申辰之乱结束,赴京探查消息的顾廷烨去明兰的大姐家赴宴,再次与之相遇。顾廷烨对明兰的印象更加深刻,认为她不同于大多数刻板无知、循规蹈矩的闺秀,在谨守礼法的外表下,不失心机和决断,这激起了他的好奇心和占有欲。这类似于瑞德对思嘉的欣赏和追求:"这是个万里挑一的女孩子。她不像旁的小笨蛋那样专门相信妈妈所说的一切，并且照着去做，也不管自己心里感觉如何。奥哈拉小姐是个有独特精神的姑娘，她知道自己需要什么，她也不害怕说出自己的心事。""我一直想得到你，思嘉，自从我头一天在'十二橡树'村看见你又摔花瓶，又咒骂，使我觉得你不是个上等女人，我就想得到你。我想不论用什么办法我也要把你弄到手。"顾廷烨眼中的明兰，也和此断语颇有相近之处，顾廷烨发现了她与众不同的主见，认为这种独特精神是自己所需要的，明兰的谙熟礼教和个性兼备，可以让顾廷烨真正建设起一个少年时缺失的完美家庭，不会让子女重走缺乏教养的老路。明兰遭遇水贼被顾廷烨率人救下的情节，更是可以类比思嘉在亚特兰大被围困时得到瑞德救助的情节。但明兰不同于思嘉，她作为身处世界的局外者，对顾廷烨的择偶观看得更透彻，知晓他一定会选择能相夫教子的高门淑女，却故意用带刺的话挑衅："您虽瞧着一身反骨，满京城里最瞧不上世俗规矩，其实骨子里却是个最规矩不过的。"顾廷烨回敬："你的一举一动虽瞧着再规矩不过了，其实骨子里却嗤之以鼻，平日还能装得似模似样，可一有变故，立时便露了马脚！"这样的相互交锋，一直延续到二人婚后。顾廷烨为了娶得明兰，使出多种手段，破坏了原本盛老太太为明兰定下的贺家婚事。明兰纵然气愤不已，但在愤怒之余，更多的是一种得到理解的释然。在这个前世成梦、处处惊心的古代，"因为清醒，所以痛苦，因为明白，所以惨淡，希望尽头总有绝望，她不敢希望，不敢期待"，能够说出她无懈可击外表下的憋闷和不甘的顾廷烨，已经算得上某种程度的知己了。"我不敢说叫你过神仙般的日子，但有我在一日，绝不叫你受委屈！我在男人堆里是老几，你在女人堆里就能是老几！"

当然，顾廷烨和明兰的婚姻并未像瑞德和思嘉那样面临分崩离析的结局,这和作者的人设有莫大关系。瑞德爱思嘉的生机勃勃、恣意妄为,也敬佩媚兰的高尚文雅,以及这种贵族风范代表的"富有魅力的、圆满完整的旧时代"。正如研究者的共识:思嘉代表了他现实的欲望,媚兰代表了他不可触及的理想。在女儿死后,对家庭失望的瑞德开始重拾曾经嗤之以鼻的过往,珍惜年轻时轻易抛弃的"绅士们生活中那种安逸尊严的风度,以及旧时代温文尔雅的美德"。仍然对此不能理解的思嘉,也很难和瑞德再成为同路人。和《飘》的人物塑造不同,《知否》的作者将明兰塑造成了把思嘉和媚兰的特质融为一体的形象,她既能承担贵族家庭主妇理家和生育的职责,也能在精神层面一定程度地了解顾廷烨。作者认为,爱情等同于不会长久的激情,而顾廷烨和盛明兰之间,虽然互相不乏隐瞒,不乏相互设防甚至不乏失望,但能够维系两人白头偕老的,是以共同利益为目标构建的相互信任、互利关系。二人在经过了侯府动乱、祖母遇难、曼娘作梗等诸多风波之后,结成了相当稳定的联盟。虽然明兰也会对顾廷烨有意难平:"真心所爱,不是看他做了多少聪明事,而是看他做了多少傻事。"但也冷静地定义自己对顾廷烨的期待值:"他对自己很好,专心一意地好,爱孩子,爱家,全力让他们母子安稳太平,这就足够了。"这是一种经过考量后的"最优选择",也是作者能给出的冠以理智之名的"最优婚姻":利益的稳定高于爱情的维系。这一观点一直不失拥趸,被拥护此观点的读者认为是"真正成熟的爱情观",当然是否成熟见仁见智。

四、宁远侯府煊赫背后的糟烂,仅仅因为三个女人?

男主角顾廷烨的家庭,是《知否》后半段中女主角重要的生活环境。在全文中，也和女主角盛明兰的娘家盛家形成参差对照的效果，为明兰营造了更高段位的"打怪升级"之路。顾家官拜宁远侯，拥有"开国辅运"丹书铁券，是比盛家地位更为高贵的簪缨世族。但在明兰嫁进来之前，却呈现一片"金玉其外、败絮其中"的景象，族人声名狼藉有之，兄弟阋墙有之，子孙不成器有之，侵吞财富有之，充满"骄娇"二气。顾廷烨和家庭的关系也是近乎反目，父母兄弟之间几乎无亲情可言。与之相比，盛家的妻妾不宁、庶出女儿不安分都只能算"茶杯里的风波"了。

　　造成顾家危如累卵的原因是什么？作者给出的答案是，顾家一切悲剧的根源在于顾廷烨之父顾老侯爷的三位妻子，她们或只爱吟风弄月不遵礼教，不适合做封建社会贵族家庭的主妇，或早早逝去留下隐患，或心术不正不行善事，屡屡挑拨离间坑害他人。至于后来扭转这一局势的解决方案，也是明兰和顾廷烨成婚后夫妻一心，兴利除弊，在明兰的谙熟主妇治家教子之道和顾廷烨的仕途亨通共同作用下，顾家终于走出低谷，子孙功名长盛，又成为人人歆羡的世家大族。而之前和顾廷烨继母小秦氏沆瀣一气的顾家旁支四房、五房，由于妻子不贤惠、丈夫不争气，继续向败家破落的路上滑落。所以，作者认为顾家的挫败在于主妇的不称职，而明兰这样的主妇才是振兴家族的最好原动力，归根结底仍然在于女人，真是"成也萧何，败也萧何"了。

　　事实果然如此吗？不妨先看顾老侯爷三位妻子在文中的形象。

　　老侯爷顾偃开原配大秦氏，是东昌侯的嫡长女，二人不仅门当户对，而且感情是当时贵族夫妻中少有的如胶似漆。但这一段姻缘在文中并不被他人肯定，因为大秦氏在《知否》塑造的世界里，不符合合格主妇的要求。她虽然才华出众，精通琴棋书画，却不擅长理家处世之道，全身心都投入在和丈夫的二人世界中，不理会宁远侯府的诸多事务。更严重的是，大秦氏体弱多病，婚后无子，每逢公婆为丈夫指派妾室，便以眼泪攻势让丈夫对此拒绝，导致顾家多年没有嫡孙继承人，这在文中被不无刻薄地形容为"长房就比较落魄，目前成年男丁只有顾廷烨和顾廷炜两兄弟，未成年男丁也只贤哥儿一个，这情形源自顾老侯爷的严重失职，由于深深眷恋着一块贫瘠的盐碱地，无论怎么施肥浇水都不见效，有近十年的光景颗粒无收""长房这一代会输在起跑线上，追其根源，都是那块地不好，属于占着啥啥不啥啥的行为"。因此，顾偃开和大秦氏的夫妻恩爱，某种程度上被顾府上下视为笑柄。因为在旧制度下，婚姻的最大意义是繁殖后代，其次是实现家族互惠互利的目的，爱情是不合规、不被接纳的。顾廷烨更是将其上升到不能胜任家族责任的高度，认为大秦氏柔弱、不识大体。"他能理解父亲的一往情深，可她毕竟是宗妇，嫁入顾门近十年，只知风花雪月伤春悲秋，夫家的隐患她竟一点不知。这样柔弱的女子就不该嫁给长子嫡孙，就不该为宗媳；若是个有担当的聪慧女子，绝不会一味成为夫婿的负担。"与之相比，能处处维护家族利益的盛明兰自然是"有担当""聪慧"的象征，这种特质在作者看来是"强者"应有的，性格脆弱的大秦氏则是"弱者"的代表。作者借顾廷烨之口还有没说出来的一重意思，大秦氏多年未出，又阻挠丈夫纳妾，是严重违背"无后为大"礼教的，无怪乎在文中被嘲讽为"贫瘠的盐碱地"，而盛明兰生了四个事业有成的儿子，对家族的繁衍大有功劳，这是大秦氏再有才华也比不了的。

  顾廷烨所指的隐患，实际上是他生母嫁入顾府的根源，当时宁远侯府多年摆阔，树大招风，已经成了空架子，加之家中财富来历不干净，国库大量银子亏空，导致皇帝震怒，而有关联的官员又因卷入纷争遭诛灭，全府面临被褫夺爵位的危机。顾家最需要的填补亏空的钱，只有海宁盐商白家可以提供，白家的条件是将独生女嫁给顾家嫡子做正妻。当时顾偃开已官至左军都尉，即便没了爵位也不至于没有前程，但他为了世代传承的丹书铁券，为了家族荣耀，只能和大秦氏和离迎娶白氏，这一打击对产后身体愈发病弱的大秦氏是灭顶之灾，她临终前指了一个丫头给丈夫做妾，便扔下和自己一样体弱多病的长子顾廷煜撒手人寰。

顾廷烨生母白氏陪嫁带来了百万两白银，扭转了宁远侯府的危机。但顾偃开一心思念亡妻，草草成亲后与白氏一直夫妻不睦。白氏因商人出身遭遇歧视，加之在娘家被娇纵惯了，性格急躁，导致她在府里处处不如意。而顾偃开放任对她不利的谣言传播："想她一个商家之女能入侯府为偏房已是天上掉下的福分了。可白家偏不肯答应，定要做正室，威逼之下，生生逼死了头位秦夫人。"最终白氏心力交瘁，死于早产血崩，老父也被气死。这段短暂的婚姻让白氏除了生下顾廷烨，在顾府中几乎没有留下什么痕迹，甚至顾家族人大都认为顾廷烨是后娶的小秦氏所生。顾廷烨辛辣地评价，顾家的富丽尊荣是靠吃着白家血肉存下来的，做娘的平白一盆污水泼在身上，死了还不太平，做儿子的被逼出家门，孑然一身。大秦氏和白氏的先后死去，铸就了顾廷煜和顾廷烨的相互仇恨，成为后来宁远侯府内讧的开端。顾廷煜因多病，长期居于后宅，不能出仕，联合四房、五房对顾廷烨极尽煽风点火之能事。

顾偃开的第三任妻子小秦氏，是大秦氏的妹妹，彼时东昌侯家已不复往日盛况，她从嫁给姐夫那天起，就决心要让自己的儿子承袭宁远侯之位，前妻留下的两个儿子势必成为绊脚石。顾廷煜身体孱弱短寿，不足为虑，顾廷烨就是小秦氏最大的敌人。"恶毒继母"

的设定不胜枚举，小秦氏虽心怀恶毒，但她的做法并不是常见的虐待，而是一派和善可亲，让顾廷烨将她视为亲生母亲，随即使用"捧杀"之法，一味纵容顾廷烨游手好闲、沉迷酒色，希望顾廷烨成为撑不起家族的废物。另一方面则挑起顾廷煜对白氏和顾廷烨的仇恨。随着顾廷烨年岁渐长，读了"郑伯克段于鄢"等历史故事后，渐渐认识到其中用心，对小秦氏失去信任，加之与余嫣红夫妻不和，开始离家闯荡。小秦氏步步为营，在顾偃开死后，勾结四房、五房，将白氏遗产暗中扣下。但顾廷煜却在临死前将这一行径公之于众，并公开了父亲的遗书，明确爵位由顾廷烨继承，承认了顾家娶白氏背后不可告人的用心。虽然顾廷煜和顾廷烨兄弟至死并未达成真正的和解，但顾廷煜已经明了自己的弟弟将是光大顾家的不二人选，并且也是自己孀妻幼女唯一可靠的托付者："我是快死的人了，不过遵着父亲的嘱托，极力维护顾氏门楣罢了。你想出气也罢，想雪恨也罢，终归能有别的法子，别，别，别毁了顾氏这百年基业。"

顾廷烨和明兰成婚后，小秦氏发觉明兰和余嫣红不同，颇有头脑，将会成为顾廷烨的贤内助，便将她也视作一大对头，一方面处处下绊，试图买通明兰孩子的奶妈，在明兰院中放火，勾结康姨妈给顾廷烨找贵妾离间其和明兰的夫妻关系；另一方面联合顾廷烨前妻余嫣红的母亲余方氏，设法将曼娘引入府中和明兰见面，将曼娘所生的儿子记为余嫣红所生，成为顾廷烨的嫡长子，进而拿捏顾廷烨夫妇。这些措施都未遂之后，小秦氏孤注一掷，趁叛军作乱，浑水摸鱼，让顾廷炜带人攻入顾廷烨院中，试图趁乱杀死明兰母子，攻入院中的叛军却被侍卫射死，顾廷炜也身败名裂。小秦氏被剥夺从一品诰命，顾氏宗祠将顾廷炜一支除族，子孙三代不许出仕。最后，小秦氏试图再和余方氏合作，想用疫病死者的疮毒粉末毒死明兰母子，却未料到余方氏在引入曼娘后导致自己被休,已心怀仇恨,再加上顾廷烨早已识破,顺水推舟营造余方氏在余家还有分量的假象,让小秦氏得以继续与之联络,最后被疫病毒死的反而是小秦氏无辜的孙子孙女。一无所有的小秦氏急火攻心,瘫痪在床,在顾廷烨告知其被余方氏骗了的真相之后万念俱灰,不久便在污浊病榻上凄惨死去。

作者对顾家的塑造和盛家异曲同工,机关算尽的都是女人,做出不齿行径的也大多是女人,即使是沆瀣一气的四房、五房老太爷,也只是两个模糊的被小秦氏玩弄于股掌之上的影子。作者对顾廷煜的心机并未过多着墨,反而因为在将死时做出了维护家族的举措而博得了不少读者的好感。如果仅仅将顾家的波折怪罪于大秦氏的不善理家、不生子嗣,小秦氏的心术狠毒、害人害己,甚至认为白氏之死是她自己不够精明强干,不会对自己和儿子的未来统筹规划,恐怕并不能深入挖掘其本质。正如鲁迅曾经写过:"我一向不相信昭君出塞会安汉,木兰从军就可以保隋;也不信妲己亡殷,西施沼吴,杨妃乱唐的那些古老话。我以为在男权社会里,女人是绝不会有这种大力量的,兴亡的责任,都应该男的负。"大秦氏的悲剧在于她所在的时代让女人没有其他的选择,一切不能服从礼教需要的都是离经叛道,都是被风花雪月迷得忘了规矩,女人的自我价值必须让位给生育机器,对爱情的追求和付出被认为不值得、不正确;小秦氏的悲剧固然可以说是她被爵位诱惑,对他人毫无善心,不择手段,但也不能忽视外在环境的压力对她的影响,只有儿子继承爵位才是人生唯一意义,内心因扭曲的价值观变得畸形;白氏更是将青春和生命投入一场骗局,最后被顾家彻底吞噬,无声无息。归根到底,并不是三个女人让顾家遭遇危险,而是顾家吸干了三个女人的生命。是顾家引以为傲、全天下只有八个家族保有的丹书铁券,让这些女人最终化为一个牌位,或是一个骂名。

《知否》中顾家兄弟唯一的一次交心就是在祠堂打开祖传的丹书铁券时,这一幕其实是非常讽刺的,因为它代表皇帝虚无缥缈的"圣恩",是爵位的化身,它所象征的君权,被顾家这样的封建家庭视为至高无上,顶礼膜拜,甚至身为现代人的盛明兰也将之视为家族的尊荣,把它作为丈夫信任自己的象征,并以此作为压制其他房的重要手段和与小秦氏交锋的底气:"如今,丹书铁券、御敕匾额,俱在我这儿。他们若不走,我就不拆澄园的墙。想并府,做梦。"它被顾家誓死守护,乃至夺走了大秦氏和白氏的生命,但它又是如此的脆弱,多少功臣被夺爵、被诛杀,也不过出自皇帝的好恶,顾家再忠心耿耿,再才干杰出,又怎能确定百年之后还能稳如磐石地拥有它呢?这正是《知否》再现的封建时代的悲剧所在:无论男人还是女人,自身价值都只能靠遵循礼教的守则而实现。男人要忠君,女人要恪守妇道,以此获得暂时的稳定。但实际上,所捍卫的、所依赖的、所坚持的,都是如此不堪一击。"乱哄哄你方唱罢我登场……甚荒唐,到头来都是为他人作嫁衣裳!"

五、曼娘:来自底层的威胁——"阁楼上的疯女人"

《知否》塑造的世界并不是完美的桃花源,它在一定程度上再现了中国封建社会统治阶层的家庭生活,揭开了父慈子孝、三从四德背后阴暗丑陋的一面。但对根源的深挖并不足够,大部分停留在人物自身的性格缺陷或者命运方面,缺乏更深刻的思考。而除了作者精心塑造的上层社会官宦人家诸多角色外,底层人物往往显得形象单薄、脸谱化,其存在的作用就是为主角家庭和其他贵族家庭的活动充当必不可少的"忠仆"或者不守本分的"奸仆"。女主角所在的朱门深宅的环境，与江湖草根是陌生的、泾渭分明的。但在这样的大氛围内，有一个来自底层的人物，像一根钉子一样揳入了上层阶级，搅动了原本外表平静的水面，并像飞蛾扑火一样留下了存在过的痕迹，她就是男主角顾廷烨的外室——曼娘。

曼娘的所作所为，具有极其明显的"恶毒女配"特征：她出身低微，哥哥是戏班子的小旦，是被贵族阶层无法接纳的"下九流"，但她颇具心机手腕，在偶然结识了年少任侠的顾廷烨，被英雄救美之后，青春少艾的二人很快产生了感情。曼娘还自导自演了一场"哥哥卷走银子，丢下孤女无依无靠"的戏，让顾廷烨将其安置后顺理成章与之产生了露水姻缘。出乎顾廷烨意料的是，曼娘并没有表现出贪图财富的样子，而是以柔弱的态度依靠于他，再步步为营实现自己的计划。多年后，世情练达的顾廷烨也忍不住感叹："她胆识过人，素有急智，能忍人所不能忍。想扮出什么样子，就能叫旁人深信不疑。"能够被这样评判，曼娘的本事不可小觑。她与顾廷烨纠葛十余年，生下一双儿女，其间痛苦不能向外人道，包括被顾廷烨的奶娘视为眼中钉而派人来下药。而顾廷烨看来，出身低微的曼娘始终是外室，能够让她入府当妾已经是极大的恩典。为了和顾廷烨紧紧绑定，曼娘做出的举措在古代可谓惊世骇俗。

顾廷烨与女主角明兰的闺蜜、出身高贵的余阁老孙女余嫣然议婚时，刻意隐瞒了自己已有外室和子女的事实，没料到曼娘带着一双儿女，直接来到余家一番哭诉，令余家颜面蒙羞。最终，余嫣然和顾廷烨刚有苗头的婚事告吹。曼娘的行为遭到明兰一番"义正词严"的训斥，算是为余家挽回一点颜面。这是曼娘在文中的第一次露面，也是曼娘和明兰的第一次交锋。

第三章 从人物到故事

你的出身虽低却也并无大过，安安分分地嫁个平头百姓也能平淡一生。可你明知自己出身难以被豪门望族接纳，明知顾府不容你，又为何要做人家外室？既做了这外室，便何必来这里哭哭啼啼要死要活！难不成当初你是被逼无奈而至如此境地？……哼！你叫我姐姐接纳你这不为顾府所容之人，陷我姐姐于不孝；你惊得余府上下鸡飞狗跳惹人指点，陷我姐姐于不义；你开口闭口主母妾室的，我姐姐清白的金玉一般的人儿，却无端被你坏了名声！你与我姐姐非亲非故，你这么没头没脑地摸上门来，就让我姐姐不孝不义，还败坏清誉，我今日便是一顿巴掌把你打出去也不为过！

虽然和余嫣然的婚事并未成功，但顾廷烨以其侯府之子的身份，仍然成功娶得余嫣然继母之女余嫣红。曼娘也成为顾廷烨登堂入室的妾，随即开展了一系列搅局行为：她挑拨顾廷烨和父亲的关系，和余嫣红处处作对，成为让顾廷烨与父亲闹翻离家的幕后推手，自己俨然是顾廷烨众叛亲离后的唯一依靠。而余嫣红成了曼娘手下的第一个牺牲品，她和他人产生私情怀孕后试图打胎，被曼娘教唆用了猛药，母子双亡。顾廷烨察觉到曼娘的行径后，逐渐与她绝情断义，但顾及子女，并未揭穿。曼娘将女儿留在顾府，自己带着儿子千里迢迢追随顾廷烨，即使一再被拒，也未曾甘休。顾廷烨在漕帮结交众多兄弟时，结义弟兄的妻子车三娘想给顾廷烨娶妾，曼娘设计将其骗出，其遭辱后自尽。后顾廷烨让曼娘留下儿子后嫁人，未果，便不再见他们母子。

顾廷烨和明兰成婚后，曼娘勾结了顾廷烨的继母小秦氏等人，要求将儿子过到余嫣红名下成为嫡长子，被明确拒绝后试图一头撞向已怀孕的明兰,被顾廷烨命人送到庄子中软禁,要求此生再不入京。曼娘的儿子昌哥儿也被顾廷烨清出族谱,相当于顾廷烨和亲生骨肉彻底断绝了关系,斩断了昌哥儿成为长子的最后可能:"到宗人府出具了文书,言明他的确有个外室之子,不过是年少妄为。其母卑贱,顾廷烨不堪宗族受辱,已将母子二人做了妥善安排,叫他们衣食无忧。但昌哥儿将来不得以顾氏子孙自居,也不能分到侯府和父亲的半分产业,类似于提早逐出家门。"

最后,曼娘再一次试图携子进入顾府而失败,被驱逐出去后,儿子也被夺走送给他人抚养。曼娘联合哥哥设法抢回了儿子,千里跋涉去战场找顾廷烨,要求与他生死相随,再次被冷酷拒绝后,落得个儿子病亡、自己疯癫的结局。女儿蓉姐儿则完全不认这个"卑贱的生母",被明兰认为是识时务的对象,栽培成新一代标准闺秀。

在曼娘两次入府时,明兰和曼娘再度交锋,此时明兰由于已是顾廷烨正室夫人,对曼娘的鄙视和讥讽更加明显,直接点出了曼娘的野心。

> 听说你最爱唱的是《琉云翘传》?便是后来跟了侯爷,衣食无忧后,依旧时常在家里唱这支曲儿?一段段拆开了唱,尤其是那段"探花郎雪夜追佳人,琉璃女泣血表心迹",于无人时,你更是一字一句反复地唱。
>
> 高学士舍下一身锦衣荣华,抛却恩师和双亲的期许,众叛亲离也要娶了琉璃夫人,真是羞煞我等一干平庸女子了。观你行事,也不像那贪图舒适安逸的,携子几千里追随侯爷,是个有大志向的呀。莫非……莫非你想效仿琉璃夫人,叫侯爷也不顾世人成见,明媒正娶了你?

第三章 从人物到故事

　　明兰点出的,是曼娘的心结,也是她的梦想。曼娘想要赢得的,不只是富贵的生活,不只是明兰所代表的阶层安排给她的甘心做一个妾的人生目标,她向往传奇中的琉璃夫人,期待得到丈夫舍弃荣华、众叛亲离也要捧给一个人的真心。她爱的是顾廷烨,但又不完全是顾廷烨,而是她"倾注了全部人生热情的男主角"。作者曾坦白表示塑造曼娘的灵感一方面来自《霸王别姬》中"不疯魔不成活"的名旦程蝶衣,程蝶衣对虚幻的戏中霸王的爱超越了对现实中师兄的爱;另一方面来自对利益有所算计的袭人,向顾廷烨索取自己的利益而忽视了他的感受。这两方面都体现了曼娘极度自我的特质,甚至可以说,虽然她的诸多行径令人不齿,手上更有无辜人命,但她的追求,是超出了所在时代传统女性的守则的。但即使是身为现代人的女主角,也只是把她视为一个痴心妄想的恶毒女配。作者塑造曼娘,很可能是将她作为女主角的对立面来写,以她的狠毒、不本分,衬托明兰的完美、适应规则。顾廷烨和顾母奶娘常嬷嬷的态度,很好地说明了这一点。在他们看来,曼娘是不老实、不规矩、耍心机的典型,罪有应得。常嬷嬷甚至对曼娘无辜的女儿蓉姐儿都心怀怨怼。

　　曼娘存在的意义,在超出了作者赋予的衬托女主角的作用之外,很类似西方文学研究者定义的"阁楼上的疯女人",这一形象出自《简·爱》,用来指代不遵循男权社会的行为规范、道德准则以至于遭受摧残的女性,"疯"显示了女性遭遇的矛盾和冲突。与之相对应的,能够接受男权社会赋予的准则并以之约束自己行为的,被定义为"房间里的天使",显然,《知否》肯定的是"房间里的天使"类型的贤淑女性,"疯女人"类型的曼娘,乃至与之有部分接近的林氏、墨兰,都是遭到否定的。

在《知否》中可以找到许多文学母本，曼娘和顾廷烨、明兰的三人纠葛，也有些类似《简·爱》中罗切斯特发疯的前妻伯莎和罗切斯特、简·爱的关系。曼娘和伯莎的作用，除了陪衬主角，就是为故事情节的曲折发展服务。简·爱和罗切斯特的相知相爱里，伯莎带来的恐怖气氛始终若有若无地弥漫其中，是二人走向婚姻的最大障碍，最后伯莎亲手放的大火让故事进入新的转折。曼娘的出场催动了明兰和顾廷烨的针锋相对，无形中促成了二人后来的姻缘，在顾廷烨和明兰的婚姻中虽然没有起到疯女人那么大的阻碍作用，也是顾家不可忽视的一根刺。罗切斯特定义自己的这段婚姻是"我从来没有爱过她，敬重过她，甚至也不了解她""如此长期受苦，如此败坏名声，如此侵犯荣誉，如此毁灭青春"。顾廷烨的表述何其相似："她样样了得，偏心术不正，做起事来，全无顾忌。我该对她说的都说了，能给她的也都给了。""将来再有谁敢危及你们母子，别说曼娘，就是天王老子，我一定叫她死无全尸！"所不同的是，勃朗特赋予疯女人的意义不是一味的批判，而是用她悲惨的命运和极端的发泄手段，表现了女性在男权社会的生存困境和被男权社会压抑到极致后的抗争。这是《知否》所不及的。

第 四 章

时代与艺术

网络文学被时代塑造

网络文学在三十年的发展历程中，从创作到传播到接受，无不深深地留下时代的印记，为前行的时代所塑造。这个科技日新月异、迅猛发展的时代，其正能量价值观、快速高效的社会生活深刻地影响了网络文学内容，并影响到传播方式和接受程度。尽管男频与女频创作有差异，但在这同一个时代面前，创作的传播方式与接受程度对创作本体的交互作用是相同的。时代的本质特征影响了网络文学男频及女频创作的发展。

以唐家三少《斗罗大陆》为代表的创作，深切体现了网络时代的艺术风格：阅读体验快速化、人物形象模式化、情节设计道德化。不仅是《斗罗大陆》，以上"三化"也成为市场化背景下网络小说的主要的艺术风格，大而言之，也是网络时代文学艺术作品的主要的艺术风格。

网络小说究其根本是一种在网络上生产、传播的以读者需求为主要目的并具有商业价值的娱乐向文学作品。如果要用一个已有的文学标准来衡量网络小说，那么，我认为，它离通俗文学更近。网络小说的这一特点，使其具有大众审美属性，最能体现一个国家、一个民族的人文精神。也可以这么说，大众审美才是网络小说的生命力和时代性,也是文学应该具有的正确方向。

辰东的小说在叙事策略上体现出来的,充分验证了与时代的紧密关联。其中华传统文化认同、作者与读者的情感共鸣、故事与大众审美的趋同、主角的绝对主导地位以及叙事的商业策略等,都指向了网络小说的时代特质和艺术特征。

至于希行的《诛砂》和关心则乱的《知否》,在穿越和重生包装下的故事内容,在人物的成长曲线中,我们也还是见到了当代社会的影子。以古喻今、古为今用的现代意识首先凸显于女性作家的创作动机中,其次才是主人公的一言一行。如宫斗和宅斗的设定,虽然不能摒弃传统儒家文化的影响,却也折射了当代女性在职场中遇到的上下级和同级压力,同时体现了女性不再寄希望于爱情的时代与社会文化心理趋向。

网络文学具有文学性

文学源自生活。文学与生活的关系,是一个古老而又常新的话题。它值得不断被重申,因为不断有新问题出来。网络文学成长于商业环境,具有商业属性。在市场经济和消费文化语境之下的网络文学发展迅速。它与文学的关联在很多作者与读者的眼中并没有多么密切。假如有读者表示,我就是用业余时间看一本好看的网络小说而已,你却要和我谈文学。这话题过于严肃,而我只想从网络小说里得到一些快乐,体验一回我无法实现的梦想。如果是这样,那么我就会重申,网络小说的文学性,不会因为网络文学类型化写作的特殊性,受巨大的想象力以及感受力的左右而不再存在。那么网络文学的精品创作就是我们这个时代的中国梦。这在男频和女频名家名作中体现得比较普遍。

网络文学作为面向大众的艺术形式,一个重要的指征便是其可读性,以网络文学的行话来说,就是够不够"爽",能否让读者在阅读过程中获得酣畅淋漓的满足感。在"爽本位"中创作出来的小说,其高潮部分的情节设定,以及为了达成高潮而层层递进的结构设计,被泛称为"爽点"。

网络文学中的种种爽点,以及特别专注制造爽点的爽文,最初都指向满足基本欲望和低级趣味,它们用简单粗暴的方式,直接弥补读者在现实中被压抑的欲望。在网络文学发展的早期,爽文的确以极低的门槛,吸引了大量的创作者,也以短平快的欲望满足方式,吸引读者,营造生态。但是随着网络文学的发展,人们的初级需求已经在海量的作品中得到了饱和,于是对于爽文升级的要求也便产生出来。"爽"更多地开始作为一种结构网文的必要元素,而不是唯一元素,渗入各种类型的网文之中。于是,早期屡试不爽的低级爽点"打脸"模式和"后宫"设定,逐渐被高级模式"知识"传授和"情怀"营造取代。如果说初级模式的爽点,集中在量的堆砌,用接连不断的刺激让读者感到过瘾,那么高级模式的爽点,则集中在质的提升,爽点层次更丰富,方式更多元,带领读者站在更高的视角,体会"一览众山小"的宏阔豪迈,探索"手可摘星辰"的寰宇气魄。男频和女频名家名作普遍具有"爽文"特质。希行的"爽而不俗"独树一帜。在对写作技巧、主题立意的探索中,她对作品的可读性、通俗性的追求达到了一个新高度。

女频作家不遗余力设定的"嫡庶"文,某种程度上是对稍早时期的"玛丽苏"文的反其道而行之。大开金手指、被所有男人宠爱的"玛丽苏"情结被视为不切实际,以庶女为主角的网文侧重于强调女主角身为庶女遭到的一系列不平等待遇,在逆境中翻身,凭借自己的智慧和运气,最终爬上高位。"嫡庶神教"文中对女性的活动空间给予了更多的压制,缩小为高墙内的宅院,所以这一类庶女流网文选择庶女为主角的目的是给主角营造一个无依无靠的低起点,当然这个低起点是相对而言,比起丫鬟奴仆、贫家女子、青楼女子,庶女主角们至少还具备一个富有的家庭。在这个相对较低的起点上,主角需要展现自己的能力,战胜在这个嫡庶差距极大的世界中天然压自己一头的嫡女,以婚姻作为跳板实现人生价值。为了能够满足读者的"爽点"和自我代入,并且在剧情安排中显得更为合理,以《知否》为代表的这类"庶女文"通常将女主角的逆袭之路和现代职场有机结合,将外在矛盾尽可能简单化而内在矛盾尽可能复杂化。如是,在漫长的故事中浸入了文学性。

网络时代的艺术风格

一、阅读体验快速化

作为一种实时的、能与读者互动的网络文学创作,大都采用章节式的创作方式和体例。网络作者们每天固定写一定字数(如两到三个章节,每个章节三千到五六千字,因人因书而异),然后由作者自己把这些章节放到专门的网站上供读者阅读,读者会提出修改意

第四章 时代与艺术

见,甚至会对下一个章节的故事发展给出自己的建议。可以说,这种互动式的文学创作从很大程度上限定了网络文学作品的语义表达不可能太过复杂。在商业化运作的网站,相当多的签约作者们要完成每日规定的更新字数。唐家三少正是以保持每天的大量更新而出名,并在这一模式下取得了成功。

《斗罗大陆》的语义表达是直白的,很少会出现简单的句子表达更深层次的含义,因此读者在阅读时更有"速度感"。所谓"速度感",不是指作者写作速度的快慢,而是指小说叙事节奏的快慢。就像前文所讲述,在开篇十章之内将故事的背景和主要任务交代完成。在正文中,如果是具体的战斗,前因后果加上具体的战斗描写基本会在两三章的篇幅之内解决掉,然后再进入下一段剧情。

比如在第一百七十一章,引入后来成为唐门主要组成的御之一族介绍,在紧接着的三章之内,迅速完成了其对主角的认同和对族内主要角色的介绍,正式加入了唐门。节奏推进非常紧凑。这样的节奏感决定了读者的阅读体验。说到底,以《斗罗大陆》为代表的网络小说创作都是以消费主义为潜在逻辑,受众的需求决定了创作者的选题方向和技术特点。

二、人物形象模式化

小说事件离不开人物的演绎,在每一个叙事文本中,人物往往以异彩纷呈的形象特色置于故事层的中心位置。在《斗罗大陆》中,以唐三为核心的"史莱克七怪"正是本书的中心人物,这七个人物形象塑造过程充分体现了模式化的"降级"塑造。角色"降级"是指网络小说中人物的"降级"结构:主角唐三是相对完美的理想型化身,几乎参与了故事中所有发生的事件，具有最强烈的参与感。以唐三为制高点向下降级，距离主角越远，人物形象越薄弱，存在感也就越低。在本书中除主角唐三外存在感最高的角色就是女主小舞，除了和唐三分别的那几年，二人几乎寸步不离。小舞以唐三的伴侣和助手的身份参与整部书所呈现的事件中。小舞代表唐三忠心的爱人与伙伴形象，在后续几部《斗罗大陆》系列作品中的女主角几乎都沿用了这一模板。

另一类重要的人物形象则是长辈。在《斗罗大陆》中使用了许多网络小说中通用的角色模板，其中具有代表性的就是"诙谐的长辈"这一模板形象。在与《斗罗大陆》齐名的另一部小说《斗破苍穹》中，代表性的长辈形象"药老"具有诙谐性、知识性和神秘性的特点。这一特点在《斗罗大陆》中的大师这一人物身上也几近完美重现。二人同样都是主角的老师，在前期都具有神秘的背景，以渊博的知识指引主角成长。但是随着情节的发展，其所在层次逐渐被主角超越。这一类人物形象在故事的前期发展中起到作为联系主角与强者世界的纽带作用。

同时，唐家三少还有一个属于他的写作"惯例"。他习惯将身边的朋友以化名的形式写入书中。典型的就是《斗罗大陆》第一部中的奥斯卡，借用了另一位网络作家的笔名"天使奥斯卡"。在《斗罗大陆》第二部中，主角的同伴名为"和菜头"，借用的正是另一位网络作家"和菜头"的笔名。这样的独特做法，也可说是唐家三少的人物形象模式化的一种表现手法，在客观上起到了吸引新读者的作用。

三、情节设计道德化

网络玄幻小说构建的虚拟世界打破了现实社会生存的界限。

在这里，人们可以进行天马行空的想象，无论是对现实生存的补充还是颠覆，在玄幻的世界里都可以得以实现。而文学作品带来的不同人生体验对满足人们的精神需求具有极大作用，一些生存的困惑及深藏于心的欲望也以文字为载体赤裸裸地展现出来。因此，来自作者内心而反映在情节设计中的道德判断更加简单粗暴也更加真实明确。

亲情的主题，在《斗罗大陆》系列作品中始终占据重要的地位。这是来自作者的判断，也是最稳妥的商业选择。唐家三少没有因为从事玄幻小说写作而放弃对传统伦理道德的接续与扬弃。相反，他的小说中总是充满了道德激情，而这种道德激情在《斗罗大陆》中的体现尤为明显。在最为经典的第一部中，全文的主线正是为母亲复仇。在复仇的过程中，对父亲的寻找和对父亲宗门的误解与认同体现了传统文化中的"认祖归宗"思想以及民间认同的"复仇"思维。这一主题相对于许多网络文学作品中赤裸裸的强者为王法显得更加温情，同时和许多在异世界发动社会变革的作品相比，虽然放弃了更深层次的思想深度，但是明显更加稳妥。

爱情的主题，在《斗罗大陆》系列作品中更为亮眼。《斗罗大陆》系列作品中，均出现了一夫一妻但是存在多个爱慕者的人物关系模式。这种模式，一方面极大地满足了以女性读者为主体的阅读心理代偿，另一方面得以实现传统小说中"开后宫"想象与现实中道德约束的兼容。事实上，不仅是《斗罗大陆》，唐家三少在他的大部分作品中都表现了这种艺术风格或者是创作理念。有些读者喜闻乐见的"开后宫"幻想则在配角身上得以体现，比如，《斗罗大陆》中戴沐白出场时的形象，左拥右抱一对双胞胎美女，为其找寻的"正当"理由是身上有隐疾必须定期通过交合来舒缓，这也是许多网络文学作品中为方便"一男多女"形式而创立的设定，但是在《斗罗大陆》中，这样的设定并没有出现在男主角身上。唐家三少的道德化写作更多地演变为作品的主要艺术风格，同时为他的作品和作者本人赢得了更多的拥趸。

从《遮天》回到文学

一、《遮天》的叙事策略

（一）《遮天》中的中华传统文化认同

《遮天》作为修真仙侠小说的优秀之作，它结合了网络流行文化的各种元素，并基于中国本土的道教修炼文化，杂糅了古代游仙小说、仙侠小说、神魔志怪小说以及近代武侠小说的叙事策略。

单纯的修真小说比较注重修为境界的级别递进，依各家各派有不同的划分，虽各有不同，但终极追求有趋同性，都是讲述小说人物通过秘法修炼或者在金手指的作用下，达到更高境界。

如此一来，这样的小说非常考验作者创作的能力，巨大的想象力和奇崛的世界观架构往往决定一部修真小说的成败。而仙侠小说通常可以理解为关于侠和仙的故事，可以是武侠加上修仙的设定，在思想上要体现侠义精神。

《遮天》从内容设定来讲，修真和仙侠的元素都是显见的。通常而言，一部修真仙侠小说，架构世界观、铺展剧情一定要有一个合理的根基。这个根基，必定是文化传统。在辰东的小说里，体现为对中华传统文化的认同。

首先,对中华传统文化的认同最主要的是体现中华民族的人文精神。中华民族的精髓基本可用"自强不息""厚德载物"来高度概括。自然,这种民族文化精神有它理性的一面,强调人与自然的统一和个体与社会的统一,然而在艺术想象空间,尽管自然界的上帝、救世主是不存在的,但彼岸世界的存在和对长生的追求成为植根于俗世的梦想。其次,民族文化精神的另一个重要内容是对自由的崇拜。通俗来讲,就是有压迫就有反抗。与天斗,与地斗,与人斗,并在这种战天斗地的斗争中,生成英雄主义精神。最后,中华民族文化推崇求实精神。这是一种与天马行空相向而行的方法论。正是因为如此,中华民族英雄伟绩历来源于吃苦耐劳、勇于拼搏并克服千难万险,哪怕是修真修仙也要一炼千万年,完成百折不挠的精神求索。在这几种精神支撑下,还要恪守仁、义、礼、智、信的道德准则。

(二)《遮天》建立了作者与读者的情感共鸣

对于情感共鸣,更多的文章将其归结为代入感,而我更愿意将其总结为情感共鸣。而设法做到情感共鸣是网络小说叙事策略中的重要一环。作者在小说中塑造的人物形象能否引起读者的认同,并感同身受,与作者产生强烈的情感共鸣,是一部网络小说文学接受的关键。这是读者的个性要求与小说人物及内容的高度一致所获得的结果。读者、作者与作品三方产生了情感共鸣,显然能够在推动故事走向、精心塑造人物、增加读者黏性、强化作者创作动力方面具有极其重要的作用。

我们会跟随叶凡的足迹,穿越星空古道,来到北斗星域,与他一同经历生死危难,一同体验成功的快乐和失败的痛楚;我们跟随庞博经历了妖族附体的痛苦和以一己神识痛苦挣扎的努力;我们和安妙依相同,感受着对叶凡爱得深沉却遭阻隔;我们和狼人大帝一样,经受了亲人永远离去的痛苦和哀伤;甚至,我们会痛恨胖道士的那副嘴脸,恨不能帮助叶凡提升功力;我们也宁愿助力辰东,享阅更精彩的情节,一同感受更深的情感互动……

是的,一个作者是否成功,要看他是否成功地把握了读者的愿望,把读者的认同当作自己的认同,为他们双方的书中人物开辟文学想象的路径。当读者、作者与书中的人物相逢、相知,对书中人物的愿望与动机、情感与伦理倾向产生了认同感,一起体验酸甜苦辣,一起实现人生梦想,并在这个过程中发生了移情效应,体验到巨大的快乐和震撼,产生三位一体的情感共鸣,那么,这样的创作不能不说是一种巨大的成功。

那么,在这种情感共鸣的支撑下,书中人物进入下一个修炼等级,进入下一个目标的螺旋上升阶段。在这个过程中,读者与作者一样,体验到强烈的阅读/创作快感,对小说本身遂产生严重的身心依赖。读者和作者之间就建立起这样一种情感共同体,再与小说人物一起,建立起命运共同体,进入"阅读 — 快感实现 — 再阅读 — 快感再次实现"这样一个循环往复过程中。由此,这样一个扣人心弦、欲罢不能的故事的创作者,实现了情感共鸣这一叙事策略上贯穿始终的重要一环,就实现了第一步的自我成功。

在这一过程中,作者与读者相互之间的情感互动便显得尤为重要。作者受到了读者的鼓励,产生了更强烈的创作冲动;而读者从阅读中感受到更强烈的快感体验,增强了阅读黏性,对作者的激励更为持久。作者与读者的创作与阅读进入一个良性循环。作者作为故事的主宰者和架构师,主导了这个过程。所以,在不否认读者对创作的积极作用的同时,更不能低估作者的主导作用。在相互的良性刺激下,读者希望故事永远不要完结,作者希望自己的笔力更为强劲。这就好比一枚硬币的两面。事实上,天下没有不散的宴席。再好的故事,也会完结,如同凡人,即便成了仙,无生无死何尝不是一种完结?假如不加节制,作品越写越长,回头看,笔力再好的作者,也会有"水"的时候。

(三)故事与主角的同一性

《遮天》讲述了一群凡人在异域大陆历经生死终于建立天庭得以成仙的故事。所谓"遮天",在文中取"一手遮天"的意思。是谁一手遮天?当然是主角叶凡。这就见出主角叶凡和故事最直接的关联。这也是网络小说取得读者认同的关键:塑造一个读者心目中的主角。从这个意义出发,我们来考量叶凡与读者诸君的匹配度:

情感认同。叶凡作为地球人,有地球凡人的一切特征。大学毕业三年,事业小有起色,然而校园里的初恋女友远渡重洋,叶凡至今形单影只。同学聚会,莫名被黑。人不出名处处被欺,这是地球人都知道的铁的定律。叶凡作为一个平凡人,不慕虚名,不炫耀物质,这么一个品行端正的凡人,自然在开篇就引起许多读者的认同。叶凡和他们一样,作为凡人,不那么耀眼,不那么有钱,甚至,也没有女朋友的陪伴。但是,就像太阳照样升起,每一个凡人也要快乐过好每一天。叶凡不是废柴,他没有那么不堪,他具有我们每一个普通人都有的喜怒哀乐。这样的一个人物,却也遭受敌对,遭受白眼,遭受这个污浊世界的所有不公正的待遇,必然会激起读者的强烈同情和认同。

道理认同。这样一个叶凡,莫名其妙地遭遇了命运巨变,被不可知的力量裹挟,来到异域大陆。在穿越星空古路的过程中,与阴险的同学斗,与无比凶暴的怪兽斗。虽身心俱疲,然而哪一个凡人没有过类似的体验?你一切皆好,却未必换得来好的回报。老子在《道德经》里讲:"天之道,损有余而补不足。人之道,则不然,损不足以奉有余。孰能有余以奉天下?唯有道者。"意思我们都明白,指自然的法则,用损减有余来补充不足,而人类社会却是损减贫穷不足来供奉富贵有余。而又有谁能让有余来供奉天下呢?只有有道之人。这个道理被辰东运用在《遮天》中,收获了众多读者的强烈认同。叶凡,就是在这个道理体系中完成了形象塑造。

  现实认同。前面我一直在讲,现实观照是辰东这部《遮天》的写作基础。开篇的那几章,与都市现实题材小说无二。在这样的铺垫下,人物关系是现实社会的人物关系,事物发展依据了现实关系而生成。在北斗星域,叶凡的"不足"被无限放大,放置于凡人与修仙、生与死的关头。然而,凡人的一大特点就是命运奈我何。我既已是凡人,争与不争无区别,与其换得个行尸走肉,不如将天捅破!"我命由我不由天!"叶凡喊出了天下凡人心底的誓言。由此与读者诸君达成思想上的高度一致。

  理想认同。进入异域的叶凡,在生死关头,别无选择,只有用尽全身心的努力才能立足于这个陌生的大陆。在这妖魔人神混杂的世界,生存又谈何容易!没有一个远大的理想或梦想支撑,一个凡人是难以走得更远的。叶凡在异域的"现实"生活中很快就悟到,成仙,也只有成仙,才能拯救自己也拯救人族。这个理想信念支撑他一路前行,不管遇到多么大的挫折,从不言败。作为与读者一样平凡的叶凡,凭借坚定的信念和励精图治、百折不挠的精神,于潜移默化中影响了读者。成仙,作为中国古老文化之现世救赎,不但是叶凡生存下去的最大理由，对读者诸君又何尝不是彼岸的抚慰呢？万里独行。活下去就是真理，就是最大的理由。而活着，就不能不指向那最终的结局。于此，读者与叶凡达成现世理想的认同。

逆袭认同。叶凡作为一介草根，在那万人争相成仙的异域里太过渺小。那么多的苦痛，那么多的曲折，叶凡的遭遇引起读者的深深同情。想爱不能爱，想聚不能聚。甚至，活着都变得艰难无比。在这种命运的全力碾压之下，主角反扑的力量就变得格外强大。叶凡一直走在这条荆棘密布的路上。靠着自身的力量积聚，靠着顽强的意志力，叶凡做到了。他一步一步完成了修炼的全等级，在每一层级战胜看似无法战胜的困难，为众生，也为自己，走向那问鼎长天的升仙路。每一个人心里都有一片芳草地，每个人心里都有一个美好的梦想。这个世界有太多的凡人，也有太多的星光闪耀的梦想。叶凡在那里，用自身的逆袭，带领众人走向了一个辉煌的幸福结局。

（四）故事与大众审美的趋同

网络小说重在大众审美。如果没有作者与读者的审美同一，没有读者与主角的审美同一，这样的小说肯定是无法赢得读者的。这样的小说要么走了严肃文学的路线，要么成了"扑街"作品。而辰东的《遮天》，之所以获得众多拥趸，大众审美趋同起到重要作用。网络小说的审美属性在于它的大众性。网络小说大众审美有这样几个方面的特征：

审美的真实性。审美的真实性，要求作者和读者作为社会人，在小说中代入的审美观点和阅读角度首先是真实的。这是审美真实的出发点，也是落脚点。《遮天》的故事架构完美契合了这一审美特征。故事从现实社会开始，真实的人物关系、真实的环境表达，甚至在故事发生逆转之时,也是有诸多真实的元素支持。在读者阅读接受中,真实性审美发挥了重要作用。

　　审美的自由化。尽管网络文学发展已有二十余年历史,但是在历史长河中,这无非是短短一瞬间。尽管目前网络小说创作带有很强的商业属性,但从创作本身看,创作审美的自由度依然保留下来;从读者接受层面看,非功利性占据了主导地位。这为网络小说审美的自由化预留了富足的空间。随着创作的成熟,这种审美的自由化被保留下来并得以强化。

　　审美的通俗化。网络小说作为通俗文学传承,在类型化方向实现了创新。通俗审美特性被保留下来并日益平民化。网络小说受众已多达几个亿,大多为年轻人。作者有可能是专职写作,读者却鲜见专业。在一天的紧张工作之余,所需要的不是严肃文学的心灵滋养,而是网络小说带来的身心愉悦。这种审美的通俗化的内核,在于小说内容的通俗化。以故事为原点,大开大合的情节设置,大开脑洞的巨大想象,主角出人意料的逆袭,都具有鲜明的白日梦色彩,使人产生强烈的精神愉悦和快感体验,因此吸引更多读者。

　　审美的社会化。网络小说大众审美的趋同还表现在社会化层面。故事的发生与发展,情节设定,都是一个民族人文精神的体现,带有一个时代、一个民族的精神烙印,带有社会的不足和进步,因此是社会化的产物。一个时期的社会热点和社会问题,在快速生产的网络小说中总会有各种各样的呈现,尽管对某些类型来说,比如修真修仙,看似离现实社会很远,但离不开现实社会的人文观照和文化心理养成。

　　审美的交互性。这是网络小说脱离传统文学最大的亮点。虽然网络小说接续了通俗文学的传统,但因为生产机制的改变和进步,作者与读者不再是作品发表之后的隔空书信式的交流,而是变为作者与读者几乎同步的互动,在科技基础上建立了文学交流的创新模式。作者与读者的交互跟帖、在线阅读与即时评论等动态模式,打破了传统阅读方式,改变了文学接受的传统。作者在线解说,读者随时参与,甚至参与故事创作,这种交互式的审美特征促进了网络小说的快速发展并达到新的阅读自由。当然,这样的自由也会出现负面的作用,基于商业杠杆作用,读者的作用过大,有可能对小说审美价值产生拉低的影响。

列宁曾说过:艺术是属于人民的,它必须在广大劳动群众的底层有其最深厚的根基,它必须为这些群众所了解和爱好,它必须结合群众的感情、思想和意志,并提高他们。他那么睿智地、一针见血地指出了读者与创作的关系。作家阎连科在谈到创作与读者的关系时曾讲,读者喜欢你的小说有三个原因:一是写我,二是吸引我,三是思我所思。但是,如果只是在书斋里向着自己的内心写作,你的读者只能是臆想出来的。只有网络写作,才让读者与作者进行前所未有的零距离交流。这个有效沟通,才能促进审美的交互。

审美的娱乐化。由于网络小说审美的大众趋同,写作门槛低,作者被贴上草根性、民间性的标签,读者也多来自平民阶层,非专业阅读更非专业教育,加之年龄层次问题导致的社会阅历浅、鲜有社会经验,使得审美趋向娱乐化成为必然。多表层叙事,少历史厚重;多轻松愉悦,少深刻严肃,思想匮乏的大众娱乐占据上风。读者追求阅读快感,作者在交互作用下,文字注水的现象也时有出现,甚至成为常态。这种现象一定要引起作者高度警惕。

(五)主角的绝对主导地位

在网络小说书写中,通俗化、类型化的界定,对故事主角的设定具有规定性。

　　主角一定是最强大的。为完成这一设定，必然要下拉人物的设定起点。所谓的废柴逆袭就是这一设定的体现。在《遮天》里，尽管辰东表示要写出一个英雄群体，然而，主角叶凡的光环依然无人能敌。其他人物总是围绕主角的需要而设定。只能是众星拱月，不可能是日月同辉。主角可以短时间不强大，甚至在环境的烘托下显得弱小，但他一定有上升的路径，一定是在一场接着一场的升级中，自我提升加上他人相助，逐渐成为最为强大的人，直至矗立巅峰。也就是说，在这样的故事人物关系谱系中，主角占据绝对主导地位，具有主导一切的力量。主角的愿望决定了故事的发展走向，主角的意志决定了故事的复杂丰富。主角永远处于坏运气刚到，好运气就等着来驱赶的状态。其他人物按照主角的需要而出现。

　　比如叶凡。他在北斗星域，得知自己是荒古圣体，不适合修炼，更无法成仙。这是给叶凡这个主角成长设置的最大障碍，也是埋下的最大的坑。然而，主角必须是要风得风要雨得雨的形象。他可以曲折，但必须前行；他可以受挫，但必须获胜。其他人物的设定都是为主角服务。有庞博，来验证主角的同学情谊；有父母，来成就主角重返地球的孝心；有姬紫月，赋予主角不离不弃的幸福伴侣；有"相见不如怀念"的安妙依，让主角收获挚爱红颜；有白衣神王，树立主角尘世求仙的榜样；有"不为成仙，只为在红尘中等你回来"的狠人大帝，使主角顿悟成仙的意义；还有那众多配角，各自发挥了强大的作用，如姬皓月、李若愚、张文昌、张子陵、涂飞、李黑水、东方野、厉天、燕一夕等，更有龙马、黑皇、王枢、雷勃、姬成道、小雀儿、夏九幽等，征战仙路，助叶凡红尘中成仙。

　　正如书中所言："只有长生，只有打破永恒，才能洞晓一切，不然终是这宇宙中的一朵花,绽放了又凋零。即便是大帝,也只是最艳丽的一朵花而已。一座破碎的仙关矗立在前方,早已被打碎。"

(六)反派对主角的奠基作用

网络小说中一定有非常强大的反派来烘托主角,为主角奠基,凸显主角的绝对主导地位。比如《遮天》中,烘托叶凡的反派人物有若干。同学中的刘云志等人,辰东用他们的阴险、狡诈来烘托叶凡,让叶凡与他们的对决凸显叶凡的正义阳光;用黑皇、段德等角色的无良和算计,来烘托叶凡的正直和怜悯;用小囡囡等孩童的天真可怜来烘托叶凡的善良慈爱;等等,不一而足。

在这些配角的烘托下,主角逐步战胜自我和他人,最终迎来大圆满的结局。在主角的绝对主导地位支配下,配角的设定就容易出现偏差。人物容易走向扁平,性格塑造不易丰满,行为逻辑容易出错。好在辰东的《遮天》在人物关系设定和逻辑推演上是很少违和的。即便如此,不能否认,《遮天》的确也存在主角光环之下配角塑造简单化的现象。

《遮天》中,配角的行动虽围绕主角叶凡而发生,但总是有逻辑可循。比如,庞博,作为叶凡最好的同学,小说开篇时,我曾以为他是男二号,事实上他也应该成为男二号。按照通常逻辑推理,在读者的心目中,可能会希望他在更多的情节中出现。但是为了烘托主角叶凡,在小说开场没多久,庞博仙苗的身份刚确定,修行的功夫还没有取得多少成绩的情形下,作者将庞博设定为配合叶凡得到来自妖帝坟冢的人族至宝废铜片,难以走出这片荒古废墟,误入妖族宝地。他表情举止怪异,只是对妖族说了一句"放走他",再无他。这种表现从逻辑上来说,可理解为被妖族附体后的审时度势、身不由己。后来庞博的出现，也总是和妖族有关联。然而这个人物最终配合了叶凡的尘世成仙。尽管在我看来，庞博本应该有更多的戏码，但是为了主角叶凡的绝对主导地位，作者把庞博的叙事需求放在了次要位置。在这一类小说中，许多配角有不合逻辑的性格呈现，这个问题是最容易被诟病的。作者为了主角叙事的第一需要，而忽略了配角的人物刻画。

再如姬紫月，我曾认为她是女一号，本可以有更亮眼的表现。刚出场时的姬紫月，很有《射雕英雄传》中黄蓉的性格特点，刁钻顽皮、古灵精怪。然而随着故事情节深入拓展，姬紫月的表现如同少女变身妇人，长大成熟了好多，不再那么光华耀眼，她的光环让位于叶凡的一路成仙。

写到这里不得不说，我作为一名专业读者，眼光可能过于挑剔。客观地说，《遮天》作为网络小说，配角和主角的关系处理相对是顺畅合理的，而且，配角不乏亮点。很多配角的表现符合人物自身的规定性，而给包括我在内的读者留下深刻印象。特别是在主角与配角的伦理认知方面，见出作者的审慎用心。

（七）"主角视角"规定故事走向

网络小说的主角是如此重要。正如同创世神话一样，单一的故事主角就是一个完整的世界，他的需求就是整个故事的需求，他的愿望实现就是故事展开的过程，而结局一定是主角收获了故事中最重要的成果及战绩，达到故事设定的巅峰。

网络小说的娱乐化审美决定了主角通常不会像传统文学作品中那样有个悲壮的结局。网络小说的叙事是要给读者一个灰姑娘的幸福大结局，是日常单调生活的精神补药，有人说是"白日梦偏方"。

在这样一个策略导向下,为捍卫主角的绝对主导地位,主角的技能培养和能力加持便格外重要,修炼升级和金手指策略随之诞生。主角从平凡如你我开始,在社会地位、修炼等级上不断开挂,直至无上巅峰。这种叙事策略,严重左右了故事发展的情节设定和故事人物关系设定。说白了,就是主角才是一部网络小说的金手指,也只有他,才能决定这个故事的走向和总体格局。

在这一过程中,主角不断遭遇敌手,不断修炼升级,不断取得胜利,那么就意味着不断有敌手战败死去。在这一设定中,相当多的作者会陷入"丛林法则",为了主角的胜利,甚至不惜牺牲无辜、滥杀无辜。在这里,价值观让位于主角定律,故事走向偏离理性轨迹。甚至到后来,作者自己也无法控制故事的未来,只能一味地杀戮,一味地用牺牲换取主角的一次又一次胜利。这样的作品显然走入了一个误区,流于肤浅化、表面化,走向背离文学意义的纯粹的娱乐。

(八)叙事的商业策略

网络小说生于市场。市场需求是网络小说存活的根本。通常,作者会根据自己的写作特长来选择创作类型,在不断更新、与读者的交互中调适方向,并据此选定读者群体,不断地努力增强黏性,培养目标读者,满足他们的特定需求。

网络小说的类型化特征决定了读者群体的偏好。在我看来,通常修真修仙小说的目标读者群,是那些喜欢快意人生、激情奋斗、梦想无限、挑战现实的理想主义者。在《遮天》的读者群里,那些言论大多是激情澎湃的,心怀理想和梦想,被主角叶凡折服,并仰慕作者辰东。在这个叙事体系中体验到不同程度的阅读快感,得到精神愉悦,于是作品拥有了一批拥趸。

网络小说的读者群体依据男女性别,有不同类型的小说与之对应。这本身也是商业策略的一种。如玄幻科幻、修真修仙、武侠仙侠、军事历史等小说,男性读者居多;古言现言、青春校园、家庭婚恋等小说,女性读者为主。真正实现阅读分级的,其实是以小说主角为主导的人物叙事策略。

这也极易通向商业模式中的差异化叙事策略。在如此众多的网络小说中,如何才能脱颖而出,成为众多类型化创作中的佼佼者?必然要在上述写作策略的基础上追求差异化叙事。

比如,《遮天》的叙事在同类作品中是获得好评的。那么《遮天》使用了哪些方法取得了成功?首先是商业策略的总体成功。网络小说读者中的青年男性,偏爱类型化中的玄幻修真修仙小说,而修真修仙小说中,辰东在把握基本叙事原则的基础上,依据商业策略做出差异化调适。上面也讲过,这一类小说通常是以主角占据绝对主导地位为叙事核心,而以往的此类小说多是如此处理。辰东的《遮天》在人物塑造上下了功夫,不仅成功塑造了主角叶凡,还让一众配角成功抵达为他们设定的终点。这让读者不仅为叶凡心动,也为一干配角的命运而唏嘘。成仙是这一类小说的终极目标。而辰东,在这个终极目标中稍做偏离,偏偏塑造了一个在红尘中成仙的天帝。主角一路奋斗的价值观体系,与现实生活的基本原则趋同,与读者的现世价值观没有违和。这些,都是辰东《遮天》所追求的差异性策略的成功。

二、从《遮天》回到文学

首先,我们要达成一个共识:网络文学也是文学。这已是无须论证的了。那么从《遮天》说起。我试图寻找其中的文学元素,创新的或是传统的,并试图在这些文学元素与文学之间建立起恒久联系。

(一)网络小说源于现实生活

对于一部网络小说而言,辰东曾表示,《遮天》的创意来自现实素材,是一篇新闻报道启发了他。大意是,美国于20世纪70年代发射了一枚外太空探测器"旅行者二号",直到2010年,它还在向星空深处进发,仍与地球保持着联系。就在那一年的秋天,辰东开始创作《遮天》。

在世界架构中,修炼境界是要有一个体系的。辰东曾经解密六大境界构想的灵感来源:"就是人体各部位的神化。轮海,就是腹部,丹田部位。道宫就是人体五脏,四极就是人体四肢,化龙就是人体的脊椎骨,像是一条大龙,仙台就是头颅,仙境就是前五大秘境登峰造极后归一。"

辰东从现代科学技术汲取灵感,将科幻元素和中国传统文化结合起来,植入仙侠文化,设计了九龙拉棺,与外太空探测器"美丽邂逅"。开场恢宏大气。

随后,小说画风一变,主人公上场。意气风发、血气方刚的叶凡参加毕业三年同学聚会。故事由此展开。

是的,好些网络小说缺乏现实生活的观照。大量的玄幻、修真、仙侠等小说看不到多少现实的元素,也缺乏生活逻辑。文学与生活是一个互为制约的关系。你有没有生活,对一部作品来讲,最直接的表征是明显就能看出的。一是缺乏对生活的细致写实,鲜能塑造鲜活的人物形象、生动的生活细节和精彩的人物语言,那么带来的直接后果就是削弱了作品的艺术魅力,当然也就限制了创作者的成就。二是没有生活,创作生命力肯定不会持久。有的网络作者天天宅,已经写了十年八年,写得还不错。在这个勤奋的过程中,如果说他有了提升我相信,因为技巧的娴熟是一定的。但只怕他的题材类型会越来越狭窄单调,内容表现越来越贫乏,大量自我重复。甚至,有的作者速生速灭,甫一上手就扑了街,或者没写多少就"太监"了。个别幸运的,第一部还不错,但刚有了点名气就不会写第二部了,丧失了创作能力。

网络小说的高度类型化,使得一些类型如历史类、玄幻类,与社会现实相对疏离。是的,然而如果作者真的是缺乏对现实生活的干预和概括能力,缺乏对现实的深刻认识和严肃批判态度,那么我想就没有办法刻画书中人物复杂的内心,也没有办法展现那个时代的精神。因为一个时代有一个时代的传承,没有人能够生活在避风港里。缺乏生活的作品或者游离在生活之外的作品一定是苍白无力的。

对于架空历史类型或玄幻仙侠类型小说而言,现实生活是其写作的基础。对于现实类网络小说而言,是不是情况好了很多?有的作者讲,我写的是现实题材,我还揭露了生活中的黑暗一面。这个的确关乎现实。然而现实题材作品更要谨慎。是源于生活高于生活,还是源于生活低于生活,这是大问题。

表面看,文学与生活的关系并没有疏离,反倒是前所未有的"亲密"。然而,这里的"生活",已不是凝结着生命本质追求和人性深度的生活,而是一地鸡毛的世俗表象和本性欲望。这样的创作,虽没有远离生活,却是匍匐在生活的脚下。在商业驱动下,不再划清真善美与假丑恶,哪个好卖写哪个。我从不否认网络文学的商业属性,但文学创作不是"文学生产",生产是要遵循市场规律,以最小的投入赚取最大的回报,而文学不是这样。

如果创作者没有透过大树的浓荫反射太阳的光辉，只停留在生活表层，思想的无力使得创作缺乏生活的真切感和现场感，甚至还有生硬编造的痕迹，那么这就属于源于生活低于生活，当然算不上是好的作品。可能有作者会认为，我根本没有想那么多，就是要靠写作赚钱，快意人生而已。可我总是选择相信，人类永远需要文学来向我们自己的灵魂致敬。正所谓人要有精神高度，而故事要孕育思想。

（二）网络小说的三大要素是情节、人物和设定

第一要素是情节。

一般而言，一部小说的三大要素是人物、情节和环境。网络小说与纯文学不同，依我看，一部好的网络小说应该把情节放在第一位。

什么才叫好的网络小说？如《遮天》，读者众多，不乏好评。而吸引读者每天追更的定然是故事情节。不错，文学是人学，好的文学作品一定是塑造了典型人物。传统文学理论我们耳熟能详。网络小说的创造机制不同于以往的文学。纵使当年通俗小说也是连载，但那是报媒时代，读者无法与作者产生同步交互。诞生于媒介革命时代的网络小说，拿什么让亿万读者追更？如果像当代纯文学一样，写浮生半日就能成就一部中篇，细腻得如时间一样漫长，像呼吸一样平稳，那样的小说只适合在纸媒上生存。设想一下，如果网络小说如此这般，会有读者追更吗？会有读者粉你吗？恐怕这样的想法本身都是疯狂的。

《遮天》的基本情节是，在泰山之巅的五色祭坛上，九龙拉棺带着叶凡和一干同学穿越星空古路，离开地球来到北斗星域。人妖神魔星际聚战，长河皓月万千变幻。登临仙境茫茫，回归故乡无望。

成仙,只有在红尘中成仙,才能守望你再次归来。

激荡人心的故事情节,瞬间抓住读者的心神,为之向往,为之着迷。前面说过,我也是一枚"东迷"。我在追《遮天》时,试图还原众多读者追更的状态。看过一章又一章,扪心自问:是什么吸引我追文?我会告诉自己:我不知道叶凡能不能战胜那个胖道士,我不知道安妙依和叶凡何时能够再见,我不知道黑皇是否又生出一个坏点子,我不知道叶凡接下来能否进入仙境……而这些,无不是情节在召唤。

与情节密切相关的首先是节奏。网络小说的节奏通常都是快的。所谓强情节叙事,一是指情节内在动力强劲,二是指叙事节奏快。

与情节密切关联的还有结构。这里的结构,专指故事的谋篇布局。好的结构会让故事情节张弛有度,充满内在节奏感。

在网络小说中,离开情节的人物是不存在的。是情节推动人物,而不是人物推动情节。情节要合乎故事发展的内在逻辑,也要在谋篇布局上下功夫,让情节具有适度张力。这个问题搞清楚了,就会明白,一部网络小说的第一要素不是人物而是情节。

第二要素是人物。

情节推动人物,这在网络小说中有非常显著的表现。情节与人物不可分割。情节,是人物所在的情节;人物,是情节之内的人物。

我在前面讲过,《遮天》的人物塑造是成功的。主角叶凡的英雄形象是立得住的,同时,英雄群像的摹写起到了烘托主角的作用,且各有特色。

网络小说的人物写得好,关键在于这个人物的价值观一定是积极向上、正面阳光的。假如一个坏蛋做了小说的主角,最后的下场不管是邪不压正,还是邪恶势力暂时得逞,我想,这部小说都不会取得成功。因为，读者想要达成的情感共鸣一定不愿应验到一个坏蛋的身上。同理，小说塑造了一个凡人，终其一生也没有成功，以悲剧草草收场。尽管这样，假使有读者耐心看完，还产生了情感共鸣，然而没有哪一个读者愿意在自己宝贵的工余代入这样的故事，拉低对不那么美好的现世人生中网络小说带来的代偿与期许。

因此，通常一部网络小说的主角是强大的，强大到脱离了现实，进入想象之中。如叶凡，生为凡人，但是在穿越星空古路后，被赋予了最长最强金手指：他是荒古圣体。这样的体质修炼起来极难，打破禁锢又需要极多的物料和条件，这就为叶凡最终的不可战胜和修炼的突飞猛进制造了依据。

在这一过程中，叶凡一定是遵循了什么，这就是坚持一种人文观念，坚守一种人文情怀。思想的深刻会让一个人更为强大。叶凡身边的配角们为实现一个大一统的人生理想互为背书，各自证道。中华传统文化滋养下的叶凡，终是成就天帝，符合每一个追求白日梦的读者的终极想象。

在这一过程中，读者的心跟随人物而动。喜叶凡所喜，悲叶凡所悲。这里我只是用主角来举例。对于辰东的这部《遮天》，可以用来举例的人物又何止叶凡一个。

那么，一部小说之所以受读者喜爱，一定是塑造了饱满丰厚、人性至深的人物形象，他像你似我，又不同于我们当中的任何一个人。他有人性的弱点，但是他更有一般人不具备的优点。他冲破一切人为的和自然的阻碍，心怀梦想，向自由飞翔。

第三要素是设定。

设定不是传统文学意义上的构思，也不等于结构。如果用一句话来界定设定，我想它应该指的是，网络小说的世界架构以及情节推进的依据和动力。无论是哪一类型的网络小说,凡是写得好的,都有一个出彩的设定。一个好的设定,首先是符合文化传统,有内在同一性。

其次,依网络小说的体量需求,尽可能把设定做到庞大。比如《遮天》的世界设定。从地理空间来看,偌大的异域大陆,四海八荒。光是北斗星域,就有"大到无边的东荒,凡人纵然可以活数十世,也难以走遍""尘世间,统治荒古禁地这片地域的国家名为'燕',南北长两千里,东西长三千里,而如此疆土在东荒不过是沧海一粟,像这样的国家数之不尽"。而"燕国虽然仅仅是东荒一隅、沧海一粟,但它也不是默默无闻,其域内的荒古禁地乃浩瀚无垠的东荒七大生命禁区之一""西漠与东荒,单论地域大小的话,相差无几,同样浩瀚无边""东荒、西漠、南岭、北原、中州,当中以中州为最,可谓浩瀚无边,神秘无尽,修士都难以横渡……"如此庞大的地理空间,还不论那荧惑古星、紫微星域、人族古路等星域。

从时间设定看,《遮天》几乎把时间设定为远古、当下和未来的"无限"。

从族群设定上看,北斗星域共有四十个族群,紫微星域共有十二大门派,地球有十七个教派,永恒国度有二十个族群,在试炼古路里有十六个族群,其他还有十九个族群设定。

在世界观设定中,还要有一系列的器物设定,用以加持人物力道。以《遮天》为例,辰东设定了一系列重兵神器,曾被叶凡拥有过的就有30余种,其他各门派族群的重兵神器、灵株秘药、珍禽异兽等设定加在一起有数百种之多。

在这样庞大又绵密的设定中,辰东要做的就是仔细用好每个设定,提高利用率,尽量不要在故事发展进程中让初始设定废弃。

讲一个好故事，是每一个作者的追求。在对生活的深刻体味和巨大的想象力中，在对人性不可复制的独特体察中，挖掘出藏在生活当中又高于生活的故事。这故事有着所有人的影子，又异于你我自己的人生。故事情节极尽曲折，又荡气回肠。它引导人们向真、向善、向美，它指向人生的梦想，甚至是点燃彼岸的光亮。

最后，情节、人物、设定一定要合情合理，有内在同一性。所谓挖坑、夹私货、梗、桥段和钩子，都要合情合理，丝丝入扣。情节与人物、人物与设定浑然一体，不可拆分。作者带着读者一同抵达他用文字创造的新世界。

（三）《遮天》里有无限的激情

文学首先是和情感相关。它因情而发，为情而生。情感，是个体与社会相连的纽带，是作者与生活相连的神经。激情是作者对生活葆有的热情和敏感，是对生活的审美与"审丑"而产生的情感冲动。激情对于文学作品的作用不仅在于思想的升华，它还赋予技巧以生命。没有激情的技巧是僵化的，只有激情才能使其到达艺术之巅。情感使形式与技巧超越了手段和方法，直接与生活和思想融会贯通。

我常想，一个人如果走上文学创作这条路，甚至要以写作为生，但求首先能感动自己，不然怎么能够感动别人？一名作家，应该比众生更热爱这个不完美的世界和这个世界上形形色色不完美的人。他会因爱而恨、而忧、而喜、而生、而死。说严重了，一个创作者有没有运气写出好的作品，与创作者本人对生活、对创作有没有激情有直接关系。韩少功曾说，小说要"始于情感，终于人物"，讲的就是这个道理。

我在阅读传统小说时对激情深有感触。我常常在阅读后暗自感慨,有的作家只能写中篇,却偏往长篇上凑。写到一半,气泄了。激情不够,撑不住这么大的体量。而像玄幻修真修仙类网络小说,一般来说长达几百万甚至上千万字,体量很大。作者的激情一定会影响小说的质量。

好在,辰东孕育在《遮天》里的情感始终是饱满的。他充满激情的笔触,让读者和他一样受到了感染,产生情感共鸣。

《遮天》里的情是饱和丰盈的,不仅是作者的激情,还有灌注到人物、情节之中的各种情愫。我试图从书中找到几段饱含情感的语句。当叶凡在黑暗宇宙飘浮时,独自一人品味旷世英雄的孤独:"叶凡自始至终的最大目的是回去,再次见到生养他的父母。他同样对这个世界不舍,有生死与共的朋友,有倾世的红颜知己,有可以激人奋发的前路,有让人探索的万古大秘,一切都是如此吸引人,但是他却也不得不做出选择。"

一个来自地球的男人,纵使冲上人族巅峰,踏遍万千星域,可心里的沧桑和悲凉,还有那本已无望中的一线希望,在这段描写中跃然纸上。

《遮天》中叶凡与安妙依的知己情感一直被读者推崇。这也是辰东写感情的一大亮点:

"相见不如怀念。"

这句话一出,让叶凡身体一震,一阵呆呆发愣,久久不能平静下来,他盯着那密闭的石塔,想闯进去。

这是一座圣塔,不知是哪一年代的大圣所留,可关押苦僧,亦可自封,镇压己身,强行打开的话多半会毁掉石塔,伤到里面的人。

第四章 时代与艺术

"红尘缘已断,成仙路上见!"

老僧递给叶凡一张信笺,除前一句话外还有这样一句。

叶凡站在这里,一动不动,难以说出一句话,默默一声轻叹。

这"默默一声轻叹"写尽了叶凡对安妙依的依恋。知音难觅,相爱难守。"成仙路上见",道出了安妙依对叶凡的无限挂牵。

再有,风华绝代的狠人大帝在《遮天》里的地位和作用是非凡的。女帝的出现和等待就是助叶凡成仙。而在叶凡眼里,女帝无异于天地之间的灵魂导师,女帝的存在就是叶凡的精神寄托。叶凡苦苦地追问,寻求成仙的答案。

"一代又一代人为了成仙所走过的路就是成仙路。"女帝终于开口,声音如天籁。

可是听到叶凡耳中却如雷鸣,他身体一震,而后浑身冰冷。

"大帝为何不进仙域?"这是叶凡问的又一句话,带着试探,带着一丝成为盖世高手后仅有的一次忐忑。

女帝神色平静,绝世仙颜没有一丝波澜,眸光清澈如水,注视叶凡,第一次这般仔细看他,似是要将他看个究竟与透彻。

叶凡忽然间坦然,放开一切,与她对视,铜殿中一片宁静……

她,一直在红尘中渡。

俊杰,哪怕是绝代天骄,因执念而不能成帝,更遑论是仙。

可是,狠人大帝却因执念逆世而起,成就无上天帝身,辉煌照耀万古,无人可敌。

青铜仙殿中,没有了一点声息,女帝又若羊脂玉雕了,再无波澜,一动不动,眸子如海又若渊。

女帝与小囡囡化二为一,叶凡像极被掳走的哥哥,安妙依之后来了寇晓晓……这万千轮回,总有一朵相似的花为你开放。

不为成仙,只为在红尘中等你回来。

读到这些文字,不能不为辰东喝彩。这饱满的感情从铺垫到渲染,层层推进,恰到好处。

(四)《遮天》的"傲娇"文笔

文笔可以理解为修辞。凡是一部好的文学作品,文笔本身总是出彩的。根据文体、题材的异同,要么华丽奇崛,要么流光溢彩,要么遒劲有力,要么清澈朴实……

这文笔,和惯用的手法,如同风格一样,易成为一个作者的标识。

辰东的文笔是让读者满意的。不少东粉沉醉于此,轻叹他怎么会有这么好的笔法。遣词造句无不用心。几百万字的长篇巨著,从头到尾,不失水准。不能说百分之百的始终如一,但整体看是值得肯定的。

文笔的得来之于作者,一是要靠学养,二是要靠天赋,三还要靠努力。辰东似乎具备了这三个要素。

有人说,文笔即风格。这话有一定道理。相信那些东迷,在那些年一起追过的书里,一定发现了辰东特有的文笔标记。

在《遮天》里,辰东的文笔越发娴熟了:

不知不觉间红日渐渐西坠,晚霞洒落,将窗外的草坪与梧桐树染上一层淡淡的红晕。

> 叶凡放下手中的《黄帝内经》，准备去参加一个重要的同学聚会。
>
> 离开大学校园已经三年了，叶凡毕业后留在了这座城市，回首往昔，简单而纯净的学生时代一去不复返。

文笔体现作者驾驭语言的能力。上面几段话交代了开篇男主角的状况。简单明了，又饱含信息。叶凡喜欢看《黄帝内经》，说明他喜静不喜动，且善于思考。对古书感兴趣的人一定具有理性思维和果敢的行动力。

那一句描写傍晚户外景色的句子非常有美感，用"不知不觉间"表明叶凡读书的入定；"窗外的草坪和梧桐树"表明叶凡所处的优渥环境。语言简洁干净，极富画面感。接下来简单的两句话，既点明了叶凡的特点，又交代了事件的进展，同时为即将到来的不再那么"简单而纯净"的同学聚会埋下了伏笔。

因同学聚会，叶凡与大学期间的初恋女友李小曼将再次相遇：

> 叶凡驱车回到家中，泡上一杯清淡的绿茶，静静地看着窗外的梧桐树，他想起了一些往事。
>
> 那错过的人，那离去的脚步，那渐行渐远的路，就像是眼前的梧桐叶轻轻地飘落。
>
> 李小曼，这个名字已经淡出叶凡的记忆很长时间了。
>
> 大学毕业时李小曼前往大洋彼岸留学，最开始的几个月两人间联系还很密切，但随着时间的推移，往来的电子邮件与电话渐渐变少，最终彻底中断了联系。
>
> 与其说隔海相望，不如说隔海相忘。一段并不被朋友看好

的爱情,如预料那般走到了终点。

文笔顺畅,一气呵成。有对过去恋情的感怀,也有对逝去时间的怀恋。李小曼,人还没有出现,先出现在叶凡的回忆里。两人能否再续前缘?"与其说隔海相望,不如说隔海相忘。"看来不太可能了。那么这个李小曼在日后的故事中会给叶凡带来什么呢?这段话带给读者的联想和期待是压抑的、走低的。一段不被看好的感情,一次突如其来的命运,两人的再次见面定会不同寻常。

当九龙拉棺带着叶凡和一众同学驶离星空古路,降落在荧惑古星,这片枯寂荒凉的大地上现出一座庙宇:

> 废墟的尽头,一座古庙显现,寂静无声,规模很小,根本谈不上恢宏。仅仅一间古殿,内立一尊石佛,蒙着厚厚的尘埃,旁边一盏青铜古灯摇曳出点点光华。
>
> 在古庙前相伴一株苍劲的菩提古树,六七个人也合抱不过来。古老的主干已经中空,若不是还有五六片绿光烁烁的叶片点缀在上,整株古树就如枯死了一般。
>
> 古庙与菩提树相依相呈,古意盎然,让人似感受到朦胧时光流转,岁月的变迁,带给人以无尽的宁静与苍古。
>
> 走到这里,所有人都难掩惊异之色,后方那片宏伟与浩大的宫殿群早已化为废墟,而这一间小小的古庙却依然长存,让人有一种平淡归真的感觉。

这一段描述让我心动不已。望不到边的星辰异域,死一般寂静无声。叶凡们发现的不只是一座小小的庙宇,还是这庙宇背后的古老的文化,带给他们的亲近感和人气。特别是那一盏青铜古灯,光华如豆,好像穿越了无尽时光,将熟悉的温暖送达心间。还有古庙前的那一株菩提树,古老到行将就木,然而居然还有五六片绿莹莹的叶子,昭示着生命力的存在。这强烈的对比和生动的视觉效果,给读者巨大的震撼。

辰东擅用对比营造气氛。这对于一部修真修仙小说而言,效果更为明显。妖魔共道,人神同炼,美丑善恶酣畅淋漓。是的,无论在哪里,人总是第一位的。对终极理想的追求是每一个人的愿望。在一代又一代人追求长生的路上,黑暗光明对决,生死未明命悬一线,殊死搏斗中那一线希望诞生于绝望之中。是的,万物最大的不同不过在生死之间。有生有死方能生生不息。女帝"不为成仙,只为在红尘中等你回来",不是她不知道,而是她悟出了道。执念长生何尝不是成仙?

如此这般的笔触,在《遮天》里比比皆是。这份文笔带来的视觉和心灵冲击,对于一部网络小说而言,作用不言自明。有读者表明,追辰东的书就是喜欢他的文笔。实话说,我也欣赏。

再好的小说,用挑剔的眼光看,也会发现毛病,何况辰东并非完人。辰东的文笔也还并没有那么老到,词不达意是没有的,技法也是娴熟的,但文本中有啰唆之处,和情节、节奏有关。这就是读者吐槽的"水"吧。好在也并不多。在这里,让我们共勉。

(五)《遮天》的阳光与喜感

如果一部小说围绕生与死的话题,却还阳光,却还欢喜,那么这应该是一部网络小说。辰东的《遮天》就具有这样一种气质。

主角叶凡一路上远离双亲,被迫在另一片星域修炼。尽管他也有短暂失落，但活下去成为心里最坚定的信念。叶凡与庞博等一干人物都是乐观的、阳光的。既已远离地球，那么也只有告别过去，从此才能从容面对未来。

尽管他得知自己是荒古圣体，却认为做一名凡人也未必不好。此为乐观阳光。之后跟随庞博一块修炼，亦是"不以物喜，不以己悲"。从不为自己设限，也不去苛求友人，反而处处为他人着想，博大宽容。

叶凡爱憎分明，有胆有识，智勇双全。在灵墟洞天的灵墟崖下，和庞博联手对付韩长老的孙子韩飞羽等一众少年，简直是一幅充满喜感的画面：

至于叶凡则更是无视他，漫不经心地蹲下身来，从地上提起两个人，而后舒展身体，非常轻灵而又具有美感地挥动手臂。

两道人影顿时如两杆长矛一般划过半空，快速飞向四五十米外，笔直地插入荷塘中的淤泥间，像是两杆长枪没入，只剩下两双脚掌还在淤泥外。

在修炼期间，因叶凡的体质特殊，需要不断加大药量方能打开圣体的禁锢：

在这一日间，叶凡足足喝下十三瓶百草液，如果加上前两日喝的七瓶，到现在为止已经达到二十瓶，除却血脉中精气滚滚沸腾外，他依然没有任何不适的感觉。

看到他这样喝，庞博都感觉害怕了，道："咱先停下来吧，我现在心惊肉跳，眼皮都抖个不停，生怕你'砰'的一声炸开，再也见不到你了……"

第四章　时代与艺术

这样的场景比比皆是，充满了喜感。在荒古禁地里，叶凡和庞博遭遇玉角蛇追杀，却设计引诱玉角蛇攻击韩飞羽一行，也是喜感连连：

> 就在这一刻，叶凡与庞博相互看了一眼，全都嘿嘿地笑了起来。两人快速攀下巨石，而后风驰电掣，向着前方冲去。
> "黎琳，李云兄，没有想到会遇到你们，缘分啊！"叶凡与庞博一副惊喜交加的样子，满脸的感动之色，好像是与许久未见的亲人重逢了一般，快速冲了过来，说不出的高兴与热络。
> "一日不见如隔三秋，两日不见就是六年啊，终于再次见面了。"叶凡与庞博大步流星地走到近前，恨不得扑过去抱住几人，来表达喜悦之情。

尽管对手们异常反感，叶凡和庞博依然跟定了他们，直到玉角蛇带着一股腥臭追来：

> 黎琳、李云、韩飞羽等人刹那间想明白了这一切，恨不得将叶凡与庞博立刻挫骨扬灰。但是眼下却不是发怒的时候，几人转身就逃，狼狈无比。
> "韩飞羽你们真是好人啊……"叶凡与庞博一边逃之夭夭，一边对身后的韩飞羽等人这样说道。

主角叶凡就是在这样的嬉笑怒骂中精进修炼，得到了成长。

在《遮天》里，还有一群配角，他们各具其态，或狡诈，或笨拙，或自私，或顽劣。如黑皇、龙马、花花、涂飞，他们聚在一起，鸡飞狗跳，相爱相杀,为情节推进制造了无数的欢快因子,也成功助力英雄群像的塑造,让读者念念不忘。这个群体的特殊形象和鲜明个性,再次刷新了我对辰东营造喜感的认知。

我一直认为,网络小说就是讲一个好看的故事。在这个过程中,作者和读者还有小说人物一同得以成长。

在密集知识中探索爽文爽感

一、高爽感而不流俗

一直以来,希行就以"爽而不俗"的特点独树一帜,对作品可读性、通俗性的追求和对作品写作技巧、主题立意的探索,达到了一个令人佩服的平衡状态。希行能够充分考虑知识储备,发挥优势和兴趣,并结合不断变化的流行趋势进行调整,使这几者相互适配。对于希行来说,她打开天地的独有领域是医学,特别是中国传统医学,但是希行并没有因此固守一隅,而是在对个人专长的探索上,以一点为中心,不断向四周拓展。

最早写作《回到古代当兽医》中的兽医领域,是以知识的冷门取胜。读者在不甚了解的情况下,一般都会给予宽容。这一部是非常好的试笔开端。继而创作的《重生之药香》《药结同心》,以中医、中药打开天地,展示了希行的医学知识储备。在谈论药材、分析处方、设计诊治等情节上,希行表现得游刃有余,十分自信。而两部作品不断上涨的人气,也让越来越多的人了解到希行的个人特色,信服其专业素养。

在获得进步的两部作品之后,希行为了给粉丝读者带来新鲜感,将《名门医女》的写作放入西医领域。但是取巧之处在于,穿越情境下,读者不能也不会以现代的医疗操作细节来评估小说的专业水平。希行侧重展现的,是西医背后的普遍性原理,比如青霉素的提炼、消毒隔离的必要性、卫生保健的公众传播。这些知识基于医学,但从根本上说,其实已经倾向于公共健康传播和医学科学普及,对于专业化的要求没有那么高,但是读者的接受度却十分高。如果说让希行树立威信的中医领域,击中读者的痛点是对专业知识的敬畏感,那么让希行积累人气的西医领域,击中读者的痛点则是对实用知识的需求度。

这部《诛砂》,希行尝试脱离具体的医学体系,在阅读搜集大量资料的基础上,基于中国古代文化背景,建立了一套具有巴蜀特色的巫蛊体系。上层王公贵族痴迷炼丹占卜、妄图长生不老,而丹药的重要成分朱砂则被谢家垄断,谢家凭借世代积累的采矿知识,以及巫清娘娘的传说,塑造出了无所不能的精神领袖——沟通人间与鬼神的丹女。丹女以摄人心魄的巫舞和氛围浓烈的仪式,对在阶级压迫下艰难求生的民众施以心灵抚慰,从而展开精神控制。建立在中国巫医文化基础上的这一体系,不仅令人耳目一新,而且也为希行脱离形而下的知识传播,进入形而上的理性探讨打开了通路。

从希行对于医学知识的运用可见,知识类爽点的创造,不仅考验的是作者的知识储备,更重要的是作者不断学习、吸收新知识、开拓新领域的能力,以及在知识总结、传播、寓教于乐基础上,对整个知识形成体系、思想意识观念的解析。

二、小人物树立价值观

希行在《诛砂》中建立的，不仅是一个奇异而自洽的巫医文化体系，更是一套基于前现代中国文化中生长出来的、具有现代性色彩的价值体系。而这套体系之所以令读者信服，是因为希行在成功地塑造了柔嘉这一主要人物之外，用精当的笔墨同样成功地塑造出了一批生动的小人物。

小人物戏份不多，但是往往担任着推动情节发展的重要作用，这是因为成熟的作者在讲述故事时，经常会通过小人物的某种言行，制造出新的困境或突破，让主人公在取舍之间将情节推向高潮。因为角色很小，所以对于故事整体而言，充满了偶然性和戏剧感，但如何让这种"偶然"在此前的伏笔中显得顺理成章，达到意料之外、情理之中的效果，则是需要高超的写作技巧。

《诛砂》讲述的重生故事，一个虽未言明但却值得回味的细节是：两世人间发生了什么不同？前世失语、消失的那些小人物，终于在历史中一一浮出水面，拥有了自己的姓名和命运。前世的谢柔嘉，始终假扮着姐姐柔惠，身处锦衣玉食之中，对年少时很多玩伴的命运结局毫无察觉，重生之后反复回忆也回忆不起来。这其实已经暗示，谢家倾覆之前，上层统治阶层与下层劳动人民之间的隔阂，已经达到了怎样严重的地步。而谢柔嘉不知道的是，仇敌邵铭清的杀心，却正是因为她所不记得的柔清而起。柔清是邵铭清感情甚笃的表妹，被谢家选为献祭山神的祭品，邵铭清因妹妹的牺牲悲痛欲绝，也对谢家全族的虚伪冷漠感到愤怒，暗自发誓要置谢家于死地。正是被柔嘉、被谢家忘记姓名、忘记命运的这个小女孩，成为谢家最终灭亡的导火索。

第四章 时代与艺术

希行在《诛砂》第一卷第十一章中写道，重生之后的谢柔嘉，开始不再如前世浑浑噩噩，当她开始重新认识这个世界时，她才发现了与她同一个学堂学习的谢柔清：

"说这些有什么用。"
一个不同于谢瑶那般细声细气的声音插过来说道，谢柔嘉看过去，见这是倚在谢柔惠书桌左边的一个小姑娘。
这个小姑娘的身形如同她的声音一般，有些粗壮，相貌平平，搁在这花团锦簇的学堂里反而格外地扎眼。
听到这沙哑的声音，看到这相貌，谢柔嘉不用想，立刻认出她了。
这是二叔的长女，东府的三小姐谢柔清，与她和姐姐同岁，天生哑嗓。

柔清不是完美之人，她"天生哑嗓"，无法在祭祀中唱歌诵经，而且"身形如同她的声音一般，有些粗壮，相貌平平"，更不用提作为舞者上台跳舞。而作为二叔的长女，父亲和母亲都是家族中的边缘人物，她自然也在家族中处于底层。这些都意味着，谢柔清的未来并不会多么光明，最有可能的是作为利益交换的筹码，远嫁他乡异族。

但是谢柔清却爱上了打鼓，找到了自己生命的价值（《诛砂》第二卷第十二章）：

她从小就知道自己相貌身材，知道自己的缺陷，也坦然地接受自己的缺陷，她知道自己跳舞不会跳好，这跟努力不努力没有关系，所以她只把跳舞当作一项功课，但对于打鼓却不同。

> 她喜欢打鼓，喜欢那种淋漓尽致的节奏，而且打鼓不需要靠肢体和神情来辅助，只需要感情。
> 这半年来，她几乎将所有的空闲时间都用在练鼓上。
> 她已经想好了，一定要争取到祭祀打鼓的机会，打鼓对相貌来说要求到底是低一些，再加上让父亲出面，哪怕站在最不起眼的地方，只要能上场，只要能参加祭祀，只要一想到那场景，她就激动不已。

柔清向柔惠与谢瑶求情，希望两位肯定能担任主角的姐妹，能够成人之美。但是就是对这样一个于自己毫无威胁的姐妹，柔惠和谢瑶却玩弄手中的权力，故意使其落选，以嘲笑她的梦想、碾压她的尊严为乐。

而柔嘉的善良则体现在，替代柔惠主导祭祀大典后，向本无交集的柔清伸出了援手，让她如愿以偿登场击鼓。而柔清勤奋刻苦的练习，让她超常发挥，与柔嘉的舞步完美贴合，大大增强了这场祭奠带来的艺术感染力。没有人在降生之初就是完美无缺的，那些天然而来的资源，大多受惠于降生即所在的阶层。柔嘉的善意之举所展现的价值取向，不是以自己的好恶为标准，而是以整个祭祀大典、以全社会的共同利益作为标准，发挥每一个个体的价值。

前世中被献祭的命运再次如约而至。柔清发现自己的命运已经毫无改变的可能后，向谢大夫人提出了唯一的请求（《诛砂》第四卷第三十七章）：

> "大夫人，我来不是要为我自己请求什么的。"谢柔清接着说道。"你放心，你的功绩将被谢家合族谨记，将来你的家

第四章 时代与艺术

人……"谢大夫人说道。

话没说完被谢柔清打断了。

"不。大夫人,我要请求的也不是这个。"她说道,"我肯做这件事也不是为了我的家人。"

谢大夫人愣了下。

不是为了家人?

"那是为了谁?"她问道。

"为了矿工们。"谢柔清说道,"就如大夫人您所说,我们谢家是大巫,是护佑矿工们、抚慰山神的大巫,那现在我愿意去献祭、抚慰山神。就不要再让矿工们去了。"

最后以生命换来的请求,柔清没有留给自己或者家人。她选择的是用自己的牺牲,保住矿工们的生命。柔清此前与矿工群体并无太多交集,但是却目睹了他们冒着生命危险辛勤工作,最终仍旧在生存线上苦苦挣扎的状态。如同柔嘉凭借善意向她伸出援手一样,她同样基于人道主义的精神,要求保住矿工的生命,尊重更加底层人民的价值。原先通过柔嘉帮助柔清而建立起的价值观,不但此时得到了又一次强化,而且变得流动并得以绵延。

献祭山神的柔清毅然跳下,而柔嘉也不顾生命危险,将重伤残疾、尚存气息的柔清救出,并将珍贵的经书知识和实践经验传授给她。身体的残缺限制了柔清的行动,但却解放了柔清的思想。当她再次出现在祭台上,用自己残缺的肢体拍打鼓面,令民众心神涤荡、大声跪拜并感恩她的赐福时,她回顾来路(《诛砂》第五卷第六十三章):

她似乎又看到谢柔嘉对自己挑眉而笑,你敢不敢跟我去打鼓,你敢不敢跟我学辨山,你敢不敢进矿洞,你敢不敢去点砂。

就这样一步一步问着自己,让她这个家族中的原本只能用于联姻,又几乎是废物的人站到这里。

在柔嘉最后决定亲手覆灭谢家后,柔清选择脱下巫女神秘的光环,开班收徒,把《赤虎经》中记载的点矿、开矿知识和经营矿场、丹砂交易的经验传给大家。无论贵贱老幼,只要愿意学习,都能够通过知识,掌握命运、改变命运。

如果说柔嘉的重生,是作品的一条明线,那么柔清的重生,则是作品的一条暗线。柔嘉的重生是作品的设定,现实生活之中,没有人可以死而复生、回到过去,但是柔清的重生却是可能的存在。每个人都会经历生命的低谷,被命运夺取些东西,肉体与灵魂受到创伤,而现代性提供的价值体系,就是帮助人们认识到,每个个体都是平等而自由的。人的价值不源自出身、容貌、财富、地位,而在于是否通过自己的努力,让这个社会更进一步。通过学习知识与技能,自己能有立足之地,为社会创造财富,为后代传递知识,整个社会才会不断前进,这才是"现代性"的内核。

三、"反丛林法则"

体现"爽感"最直接、最原始的方法,就是在小说里面复制现实生活中的"丛林法则",然后让主人公成为这个残酷丛林中的王者。现实社会竞争残酷、弱肉强食,失败者往往不会得到同情,反而会有成王败寇的舆论,这就是不折不扣的"丛林法则"。

但是,人不同于动物,不断变革的社会中,个体的强弱都是暂时的,会随着个体生理、智力、机遇的变化而不断改变。同样,人类社会也不同于资源有限、生态封闭、无序竞争的原始丛林。人类可以凭借自己的聪明才智,不断开拓利用新的资源、新的空间,使人类社会不会成为封闭的角斗场,而是开放的、可以不断做大的蛋糕。另一方面,从宏观方面考虑,人类要想集中所有智力资源,推动整个社会向前发展,就需要减少维护性的资源支出,增加拓展性的资源支出。共同制定并遵守基本的道德原则,就可以降低社会的维护成本、试错成本。这样就能够保证整个人类社会的资源得到合理分配,效率大大提升,社会快速进步。

因而人类社会无法按照丛林法则来运行。在人类社会中追求社会达尔文主义,只能够维持一个小群体的暂时性秩序,但却让整个人类社会处于停滞和内耗状态,最终毁灭人类自己。然而,在竞争日趋激烈的今天,很多小的社群的确是在或隐或现的丛林法则之中,每个人都在艰难求生,这也是网络文学创作聚焦于此的可能性因由。

但是比丛林法则更残忍的,是假装丛林法则并不存在。把实质上的丛林法则,美化成为合理合法的正常竞争,将被严酷法则淘汰的原因,归咎于个体自身与社会脱节,从而达到在经济秩序和精神世界中对被淘汰者的双重放逐。所以网络小说最早获得读者的原因,或许就是我们能够承认世界上有这样残酷的一面,能够体察大家的痛苦和焦虑,能够在作品中重新提供一种命运,让大家都获得一丝喘息之机。

"丛林法则"之下,弱肉强食、适者生存,网络文学里的宫斗宅斗,看似冷血无情,却是最具现实主义精神的描摹。人们跟随着主人公,让热血冷下来,把膝盖弯下去,最终抵达了那个日常中无力抵达的高峰,感受到了杀出一条血路后胜出的抚慰与孤独。

希行早期的创作,也是遵循这样的规律,让主人公一路伸张正义、打击反派,最终获得胜利,让人获得满足。不过在写作中不断提高自我的希行,也有了自己的新发现。她在《如何书写有情的历史——我的历史言情小说创作》中讲道:

> 但是在写作之中,我也逐渐发现,一部优秀的作品,复制丛林法则绝对不是终点。我们可以经过一系列厮杀搏斗,最终站在食物链的顶端,不受人欺负,但是我们忍心让自己的孩子经历同样残酷的过程吗?我们忍心让自己的父母因为年迈失势而跌落顶端、被人欺负吗?不能。大家想看主人公面对黑暗势力时,以其人之道还治其人之身,啪啪啪打脸,但是却不想看着主人公独立处事时,主动采取和敌人一样的阴招。所以,在丛林法则中成功,故事才进行到一半。更重要的是,当我们成为那个食物链的顶端,掌握了足够的能力,最终能有勇气站出来,把残酷的等级关系、丛林法则彻底打碎。不得不为时,遵循丛林法则;取得成功后,超越丛林法则,这才是最大的"爽感":它不但指向那一片刻的热血澎湃,更指向此后长久的宁静安乐。

在"要么狠、要么忍"之间,是否还存在第三种选择?希行在小说中就试图通过"反丛林法则",来建构新的可能性。《诛砂》中,在与双胞胎姐姐柔惠的几番斗法之后,柔嘉终于站稳了"丹女"之位,成为普天之下仅次于皇权的宗教领袖,可以说,她已经在"丛林法则"中爬到了食物链的顶端。但是这一路爬上来的经历,也让她逐渐明白:权力,如果建立在他人的血肉之上,那么再高也是危如累卵。更何况,这些"他人的血肉",是勤恳淳朴的矿工,是才华横溢的姐妹,是相知相伴的恋人,他们有理由获得生存的权利。"丛林法则"只教人如何让自己活下来,"反丛林法则"则想提问:我们是否可以让更多人活下来?是否可以让更多人,包括我们自己,在活下来的同时,也获得自我、获得尊严?

于是,柔嘉打破了对经书知识与矿山经济的垄断,摧毁了既得利益集团的命脉,而让平民百姓获得了进步和富足。他们不再有神,但是他们却拥有了自我。现代知识与技能不应是为精英阶层巩固旧土,而是应当打破阶层分化、促进社群交流,最终让整个社会获得新生。所谓知识,不过是现代性的表象,而破除知识垄断、进行制度改革、重建阶层秩序,才是现代性的精魂。

生活比戏剧更精彩

一、才女的时代价值——对"妇德"观念的反叛

《知否》所构建的世界有着在网络小说设定中相对完备的封建制度,作者也不惮处处标榜自己充分研读史料并加以考据,在大量参考《红楼梦》等小说的细节和明代史实的基础上,洋洋洒洒写出了百万字数的"《知否》世界"。贯穿全文的主要思想,都没有脱离封建礼教的"妇德"观念,主角的个人奋斗也是在遵守这一游戏规则的基础上得到相对丰硕的成果的。因为时时担心被沉塘、被打杀而小心谨慎;为了博取较好的婚姻而专心学习女红、烹饪,为主中馈事做准

备；把女人学习琴棋书画视为现代人学习奥数、钢琴，都是为考试加分而不得不学的才艺而已。"应试教育有个很大的特点，例如学奥数、钢琴或绘画是为了加分，好好读书是为了考××大学，考××大学是为了找好工作赚大钱，这说好听了是目标明确、行动直接，说难听了是功利性强。作为打那儿过来的明兰在学完《千字文》后，就开始思考一个问题。作为一个深闺女子，诗词歌赋、琴棋书画样样皆精，到底有什么用？她又不能拿读书当饭吃，因为她考不了科举。还是在贵族子弟中博个才女的名声？""不论是读书太好或是理财太精都可能会被这个社会诟病，只有女红，保险又安全，既可以获得好名声，将来有个万一，也算有一技傍身。"作为对比，爱好诗词歌赋的"才女"，在文中基本不是正面形象，被认为是不符合当时社会价值观的。作者还借主角的侄孙女之口，来证明古代的诗礼之家是反对女儿读书习文、吟诗填词的："最受宠爱的五堂姐那回费了一整年做了六十行的'咏梅'长诗给祖父贺六十大寿，谁知却只得了祖父半句简短的'闺阁女治应以修身养性为要'，五堂姐当时就红了眼眶。其实诗词最好的还要算四堂姐，那年在福阳长公主府开的赏菊宴中以一首五言绝句得了不少夸赞，回来后却叫祖母训了一通，被罚抄了三个月佛经和《女诫》。"那么，是否中国古代真如作者的设定这样，信奉"女子无才便是德"，反对女性张扬个性、从事文学创作呢？古代的才女真的是作者笔下的林氏、大秦氏一类或不通人情世故或不择手段的反面形象，或者是本着功利的态度去学习诗文吗？不妨先从历史上"妇德"观念的发展历程追溯。

　　中国封建礼教制度起源于周代，《礼记·内则》是目前儒家文献中最早记述传统妇德的，对妇女的行为规范做了明确要求，强调"男子居外，女子居内……男不入，女不出""女子十年不出，姆教婉

第四章 时代与艺术

婉听从,执麻枲,治丝茧,织纴组纫,学女事,以共衣服,观于祭祀"。"三从四德"的观念形成于先秦,随着儒家思想的一统天下而发扬于汉代。西汉刘向的《列女传》、东汉班昭的《女诫》都是传承千年的礼教经典。几千年来,虽然约束妇女的礼教根据社会实际情况在不同时代可能会稍微有所松弛,但大环境下男尊女卑、妇女没有基本人权的情况是始终不变的。

以《知否》背景参考的明朝为例,作为政治集权、封建专制的强化达到新高峰的时代,鼓吹"饿死事小、失节事大"的程朱理学大行其道,对女性的歧视、控制、压迫也是空前的。除了民间打着节省家财的旗号肆意溺杀女婴、强制妇女缠足成残以束缚行动并满足当时男人的变态性心理外,朝廷从行政层面将旌表节妇、烈女、贞女形成制度,并通过一定的奖励、引导手段,让妇女守节成为社会风气。"三十以前夫亡守志,五十以后不改节者,旌表门闾,除免本家差役""大者赐祠祀,次亦树坊表,乌头绰楔,照耀井间"。这一社会导向作用是很显著的,无论女性是否读书识字,都必须自觉遵从,"僻壤下户之女,亦能以贞白自砥"。《明史·列女传》中记载的265名女性中,为夫守节、殉夫的女性就近120人。士大夫阶层则通过编写、传播《闺范图说》《女范捷录》《内训》《妇德四箴》等书,对为女、为妻、为母之道做出了一系列的烦琐规定,对女性从小灌输贞节妇德思想,期望达到前人诗中"自寻《女诫》窗前读,嗔道家人不与听"的自觉性。这些号称忧国忧民的儒生为了全方位控制女性的思想行为,开展说教可谓用心良苦,不遗余力,如《闺范图说》的作者、万历年间被誉为"三大贤"的吕坤曾经做了37首主题为"闺戒"的词,巨细无遗地列出了泼恶妇、不孝妇、残刻妇、生分妇、强悍妇、魔障妇等诸多"不守妇道"的反面形象并大加辱骂,连耳软、馋嘴也都是需要严戒的,真不知这位"贤儒"的日常表现能完美到何种程度。各地的族规、乡规都在不同程度上体现了对女性的戕害、虐待,动用家规私刑不胜枚举,如"女子有胡作非为犯淫秽者,与之刀绳,闭之牛驴房,听其自死""有干名教犯伦理者,缚而沉之江中以呈官"等。另一方面,这些高举礼教大旗并标榜自己为道德典范的士大夫,却不乏蓄养婢女、玩弄妓女的行为,以"风雅"之名行低俗之实蔚然成风,甚至以狎妓作为地位和形象的代表。明人周顺昌振振有词地说:"长安作宦者,那一人不饮酒食肉,那一人不要美姬以自娱?"与血腥、肮脏的现实对比,《知否》及同类型网文塑造的女性生存世界都显得过于乌托邦了。现实里的明代女性不仅难以靠"认真努力生活"得到幸福,甚至难以如《知否》设想的那样把握家中财权,既不能有事业追求,也不能实现人生价值,作为"人"的权利被全方位褫夺。

  不能忽视的是,在这个压力沉重得令人窒息的时代,仍然有一部分女性挣扎着显露才华。据胡文楷《历代妇女著作考》不完全统计,古代女作家4000余人,明清两代占了大多数,共3750余人。在当时经济最为繁荣、文化氛围最为浓厚的江浙地区,涌现出一些擅长诗文的杰出女性,并且囿于当时女性的社交范围,往往以家族形式聚集出现。最为知名的吴江"午梦堂"由才女沈宜修和女儿叶纨纨、叶小纨、叶小鸾、叶小繁、儿媳沈宪英、沈宜修之妹沈静专等女性组成,传世诗词近千首。桐城方氏方孟式、方维仪、方维则姐妹,仪征阮氏家族妻孔璐华、姜刘文如、谢雪、唐庆云,女阮安,儿媳刘蘩荣、许延锦,常州张氏张习英、张纶英、张姗英、张纨英姐妹等,都是当时以诗才闻名的女子家庭谱系,不乏诗画双绝者、精通经史者,母家、夫家也基本是书香门第,其中不少人的父亲、兄弟、丈夫却并没有如《知否》所写那样反对女子作诗,甚至对女性刻印诗集持支持态度。如明代王凤娴之弟王献吉劝说姐姐不必焚烧诗稿:"《诗》三百篇,大都出于妇人女子。"让她的诗作能够流传后世。

翻阅这些或有名或无名的才女诗作可以发现,在她们的笔下,闺阁生活并不是只有《知否》和同类型网文刻意描写的妻妾之间、嫡庶姐妹之间的钩心斗角和尔虞我诈,并不是为了争夺婚姻资源、财富利益不惜你死我活,动辄构陷下毒,不是赤裸裸地相互倾轧、嫉妒、鄙视、伤害,也没有将诗词作为"勾引贵族子弟"的手段和功利性强的"应试教育",而是透露出一种被束缚的女性相互扶持、理解,从而获得难能可贵的温暖和女性挣扎着探索知识、寻求自我的不屈。不能否认,在礼教宗法均由男性制定并实施的古代,的确有女性学习诗文的一部分原因是满足男性的审视和评判,符合男性对女性的性别期待,也有相当一部分男性文人对"才女"有着暧昧的欲望和居高临下的点评,但这不能代表全部。无论是描述苦吟的"寻诗不觉到深更""何处晴曦可曝书""闺中诗思同清洁",还是展现情趣的"吹箫闲向画屏前""春阁连几学弄书""摘花浸酒解春愁",抑或是豪情不亚于须眉的"穷通勿复问,置酒登高台""欲借吴钩三尺,扫净边尘万里,巾帼事征鞍",都可以一窥当时才女们在传统家庭压迫和自我内心世界中寻求平衡的努力。另外,区区六十行的长诗对这些富有才情的女子来说,倚马可待,根本不需要像文中所写的那样推敲一整年的时间。她们无力摆脱社会的压抑和性别的不公,但并未放弃对美的追求,在压抑人性的礼教道德中寻觅一点喘息的缝隙,向男性权威给出了属于自己的挑战:读书识字并不是男人的专属特权,女人并不是智力低下的附庸者,尽管这一挑战无比艰难。明末才女梁孟昭曾经不无悲愤地写道:"足不逾阃阈,见不出乡邦,纵有所得,亦须有体。辞章放达,则伤大雅,朱淑真未免以此蒙讥,况下此者乎？即讽咏性情，亦不得恣意直言，必以绵缓蕴藉出之，然此又易流于弱。"这是闺阁女子作诗遇到的束缚，何尝不是她们的生活、她们的文学追求和理想遇到的束缚？清代女诗人许权七岁能诗，曾经写下"招我以神仙之窟，凤麟之墟。乘我以青鸾之辇，赤龙之车"的瑰丽诗章，却在婚后因与婆母不和而自尽。她在诗中写道："我疑天孙之巧转近拙，东西隔断难飞越。……寄语人间痴女儿，宁为其拙毋为巧。"其诗充满了不能奋飞的沉痛和对女性身处极度压抑的绝境的怨怼。

《知否》中虽然数次举例强调"才女"教子无方，对家庭的稳定和持续不利，但现实里却并非如此。彼时擅长诗文的才女往往也熟谙经典，这两者并不矛盾。如明代梁小玉曾写道："余最爱阅史，以为罗万象于胸中，玩千古于掌上，无如是书。"而且，喜爱诗书的母亲对子女可以起到更好的言传身教效果。母亲往往是子女的启蒙老师，才女母亲正面提升家庭学习气氛、教育出读书有成的子孙的例子不胜枚举。连明代妇女教育用书《内训》中都提道："夫女无姆教，则婉娩何从？不亲书史，则往行奚考？"可试举几例，明代徐媛有《训子书》："男子昂藏六尺于二仪间，不奋发雄飞而挺两翼，日淹岁月，逸居无教，与鸟兽何异！"明末商景兰"每暇日登临，则令媳女辈载笔床砚匣以随，角韵分题"；明代归有光回忆亡母检查他的功课，"中夜觉寝，促有光暗诵《孝经》，即熟读，无一字龃龉，乃喜"；清代卢俪兰有诗记述灯下教子，"矮屋数椽灯一点，我家喜有读书儿"；清代文学家龚自珍之母段驯诗才过人，在儿子仅几岁的时候就亲自教他读诗，"课以吴梅村诗、方百川文、宋左彝《学古集》""三者皆于慈母帐外灯前诵之"；清代状元毕秋帆幼年亡父，母亲张藻亲自教他读书，张藻才学渊博，曾写诗抒怀："汉书旧读文犹熟，晋帖初临手尚生。"对于难以与外界接触的古代女子来说,充足的阅读量可以很好地提升眼界。如果母亲自己对诗书毫无兴趣,仅凭一些日常亲朋交际的经验,又怎么能给子女讲授"世事洞明、人情练达"呢?"良母课子"还是明清时期常见的绘画、瓷器主题,"三娘教子"故事也是明清时极受欢迎的戏曲主题。可见,认为"才女"就一定不通仕途经济之学、不懂子女教育,就和时下对"女博士""剩女"的偏见类似,都是一种过度标签化的刻板印象。

　　回顾历史上真实的才女故事,或名留史册,或湮没于尘埃,但她们的挣扎和努力并不能被轻易定义和抹杀,更不能被习惯了男女平等观念和实用主义思想的现代人武断定义为"没什么用""还不如包租婆吃得开"。或许,曹雪芹在《红楼梦》中讲述的香菱痴痴学诗的故事,可以作为古代才女追求的最好注脚:虽然身处泥淖,被折辱,被强占,被当作玩物买卖,遭遇堪伤、香魂终逝,仍然不失一颗"慕雅苦吟"之心,仍然要在诗中高呼"精华欲掩料应难"。文字是她们应对命运压迫和性别不公的武器,是逃避现世苦难的内心休憩之地,即使身处最黑暗和压抑的时代,也仍然闪烁着一星微光。

二、悲剧女性的当代意义 ——"嫡庶神教"思维的批判价值

　　《知否》在晋江连载并收获言情小说榜冠军时,正值宅斗文迎来"嫡庶神教"时期,"庶女流"网文开始兴起并且一度占据各大网站古言类主流。《知否》作为这一类网文的代表作,在很多方面起到了引领性作用,并且在吸引了较大的读者群后,在情节设定、人物塑造乃至语言风格方面都成为此类网文的"标杆"。当然,"庶女流"并非一家独大,"反庶女流"的"嫡女流"也一度颇为火爆。总之哪一流盛

行，作者们就会努力把与之对立的一类写成反面形象。以宅斗为主题的网络小说大多可以看出对《红楼梦》的"生吞活剥"，特别是关于嫡女庶女婚配的看法，几乎没有不参考王熙凤这番言论的："虽然庶出一样，女儿却比不得男人，将来攀亲时，如今有一种轻狂人，先要打听姑娘是正出是庶出，多有为庶出不要的。殊不知，别说庶出，便是我们的丫头，比人家的小姐还强呢！将来不知那个没造化的，为挑庶正误了事呢；也不知那个有造化的，不挑庶正的得了去。"所以在此基础上，作者们无不充分发挥想象力，将嫡女、庶女的待遇差距和婚配差距写得极为悬殊，并在此基础上将嫡女、庶女之间的斗争书写得近乎白热化，导致这一设定被读者定义为"嫡庶神教"。

究竟是什么原因让"嫡庶神教"大行其道呢？不妨先看下网文作者在"嫡庶神教"设定中塑造的古代嫡庶之争。仅从《知否》文中的诸多描写就可见一斑："嫡女比庶女好的不仅仅是出身和教养，嫡女是个可攻可守的位置，混好了攀龙附凤都有可能，可庶女就不一样了，高不成低不就，和嫡出的姊妹生活在一个圈子里，见一样的人过一样的生活，可最后婚嫁了，吧唧，差了个十万八千里，这种比较产生的失落感十分可怕。""像明兰这样的庶女，大多嫡母不会自小带在身边口传耳授如何理家、宴客、亲朋交际等，庶女们关在内宅默默长大，学些针线读写，然后乖乖嫁人，所以真正的高门大户人家一般都是不娶庶女做嫡媳的。和嫡女相比，无论见识手段才能品性，那简直都不是一个档次的。""最可怜的是顺娘姊妹俩，钱知县只顾自己贪财好色，从不管庶出子女死活，她们便任由太太揉搓，一个被送给了山东按察使做妾，一个嫁了年过半百的乡下富户做填房，换回许多礼钱。"可以说，《知否》在一定程度上为后来出现的同类型其他网文起到了比较重要的参考作用，基本确定了"庶女不能嫁给嫡子，

第四章 时代与艺术

即使嫁了也只能做妾或是继室"的设定方向。后来的网文中对庶出子女受到的不平待遇描写得更加具体,几乎是"云泥之别"。实际上,了解中国古代历史的人不难会发现其中的想象成分。网文中强调的古代嫡庶"贵贱从母",其实是朝鲜李氏王朝实行的制度。中国几千年来的制度都是从父制,也就是子女的身份地位取决于父亲,在封建宗法制度中,无论亲生母亲是谁,即使是地位低下的妾,所有子女都被视为正妻的子女。即使不同朝代、不同地区的实际情况有所不同,但这个大原则不变。如果官宦家庭无视这一制度,将遭到同僚的弹劾和族规的严惩。虽然在古代也会有某些家庭妾室强势的情况,但绝不会被社会认可,也几乎不会因为妾受宠就改变其身份。夏完淳的遗书中,赞颂了母亲的恩德:"慈君推干就湿,教礼习诗,十五年如一日。嫡母慈惠,千古所难。"但实际上夏完淳并非嫡母所生,遗书中关于生母却只简单提到"生母托之昭南女弟",可以看出即使是亲生骨肉,生母也不能被视为宗法意义上的母亲。对于儿子来说,嫡子和庶子接受教育、日常生活的待遇原则上差距不大,区别仅在于嫡子继承权高于庶子。女儿不涉及继承权,所以嫡女和庶女之间就更是很难出现网文中那种夸张的情况,更不至于出现将庶女卖为妾的情况。历史上连后妃之尊都不乏庶出,如与慈禧共同垂帘听政的慈安太后、受光绪宠爱的珍妃等。即使是"嫡庶神教"经常拿来做参考的《红楼梦》,从中也可以看出,迎春、探春虽是庶出,吃穿用度、学习娱乐并没有和嫡出的惜春有什么区别。贾环和宝玉之间的落差,很大原因在于贾环自身猥琐粗俗,与生母赵姨娘沆瀣一气,不受贾母和贾政夫妇喜爱,但贾家也没有削减贾环读书和应酬的机会。探春与赵姨娘争吵时,为赵姨娘在她面前称自己娘家弟弟为"你舅舅"而气愤不已:"谁是我舅舅?我舅舅年下才升了九省检点，那里又跑出一个舅舅来？"因为在礼法层面，她的母族是王夫人家族，生母的娘家亲戚是不能被计入其中的。凤姐虽然提到"攀亲时有一种轻狂人，多有为庶出不要"，但大前提仍然是"正出庶出都一样"，这种在婚姻中挑正庶的不是主流行径，并被视为"轻狂"。曹雪芹因为自身谙熟封建大家族的荣辱兴衰，并且他的祖父曹寅也是庶出，笔下展现的"嫡庶"之争显得尤为审慎，甚至极少正面提及。即使迎春因为生父和嫡母的算计嫁给"中山狼"孙绍祖，最终被折磨致死，作者对其悲惨遭遇的描写也是克制的。而且正因其罕见而更具有命运悲剧性，不像网络小说里展现出的强烈冲突和脸谱化。

《知否》一定程度上带动了此类套路：丈夫是女主角的领导、服务对象，但不是倾注感情的对象，女主角的目标是通过丈夫的认可来拓展自己的权力范围，和家族中其他亲属（特别是女性亲属）的交锋类似于职场中的明争暗斗，对下人的有效管理类似于现在团队小领导管理下属，对产业的经营类似于提升工作业绩，而如果女主角能够在丈夫面临的朝堂斗争中助以一臂之力，就好像在职场中成功帮助上司对外协调或者谈妥了一笔大生意。女主角需要具备一技之长，或是精通理财，或是擅长医术、烹饪、针线，总之都是作者想象中能够在古代生存下来的有用的学问，类似于现代人的英语流利、精通编程，或许也有步21世纪初一度风靡东亚的韩剧《大长今》之后尘的可能。在这样的设定下，作者有意无意地淡化了古代女性遭遇的礼教压迫、社会束缚和由于环境动荡会带来的不可知的危险，将女性追求地位平等和人格尊严的目标简单地划分为拥有私房钱和任自己使唤的奴仆，将古代女性对男权的全然依附、没有自主权美化为"统领家宅的高门主母"。一切的外在环境都是稳定的，财富是足够的，只需要女主角发挥聪明才智，就可以让自己的利益最大化,并且在婚姻中赢得较高的地位,成为地位高贵、实权在握的女主人。这当然是一种对现代女性在古代合理生存的过度理想化的想象,也可以看出,这种对"嫡庶神教"巨细靡遗的设定,蕴含着对现实的屈从和反抗精神的消解,理想让位于实际,自由让位于"小确幸"。也因此将女主角应该具备的能力简单化、实用化,增加了"腹黑""扮猪吃老虎"一类的设定来展现女主角的冷静、决断,让女主角外表上与世无争,风轻云淡,谈笑间打压掉与自己作对的其他人。但若跳出这一后宅的圈子来看,女主角怎样机关算尽,最后仍然在封建礼教的压迫之下不得脱身,在经济和社会地位方面仍然没有主动权,男权社会仍然具备压倒性胜利,大色调仍然是悲剧的。近年来,"庶女流"文也有所"升级",作者开始不再纠结嫡女和庶女的蜗角之争,为女主角设定了能够展现才华的新空间,如外出经商、办女学、行医救人等,但也往往笼罩着一层身处铁屋子之中的无力感,女主角的奋斗能够改变的最终仍是少数人。

所以,"嫡庶神教"虽然不符合史实并且颇为荒唐可笑,但也折射出一种悲凉和无奈的内涵。这也可以视为对于现代社会中女性虽然地位得到提高,但在许多方面男尊女卑的性别歧视和打压仍旧没有多少改观的文学映射。作者和读者代表的受过较高教育、有一定自主权和职业能力的城市中产阶级青年女性群体,能够想到的解决方案,就是尽力适应规则,用提升自身的财富和社会地位解决问题,而对于社会带给女性生存的整体困境,却无法用文学的方式给出解决方案。

第 五 章

IP 多元化与"爆款 IP"背后

IP 多元化的文化意义

网络文学一路走来，IP 转化成为相伴相生的艺术形态。相对传统作家来说，网络作家在故事上更有优势，更容易获得 IP 红利。网络文学作为内容源头，已成就了影视、游戏、动漫、音乐、有声、实体出版等多种艺术形态的 IP 转化全产业链。近年，IP 多元化呈现新的发展势头。微短剧的兴起，与网络文学内容供给关系重大。近年来，网络文学作品改编授权总数不断增长，仅 2023 年网络改编影视剧授权总数就达 3000 余部。在授权改编之外，网络文学的叙事模式介入更多的媒介生态中。网络文学作为 IP 多元化发展的内容源头越来越具有不可替代性。

作为一部现象级作品，《斗罗大陆》拥有众多粉丝，至少覆盖了 3000 万青少年甚至包括儿童读者，其中大多数粉丝年龄在 8 岁到 22 岁之间。正如同小说原著传递的正能量价值观一样，《斗罗大陆》的多元化 IP 艺术形态陪伴读者共同成长。历经网络时代的风风雨雨，《斗罗大陆》依然是众多读者喜爱的 IP 作品。不夸张地说，这部作品以及它的各种 IP 转化艺术形态影响了一代读者。从另一方面而言，也证明男频代表作品《斗罗大陆》具有极高的 IP 价值。中国网络文学作品版权运营从当初的"摸着石头过河"，到现在已实现完整的产业链形态。《斗罗大陆》成为其中一个骄傲样板。

特别是伴随着网络文学的"出海",随着网络文学海外传播整合力量加强,生成式人工智能技术提升了出海效率,中国网络文学叙事手法被海外网文、微短剧以及影视改编广泛借鉴,一方面壮大了中国网络文学的 IP 影响力,另一方面促进了精品网络文学 IP 的多元转化,同时也提升了网络文学精品原创的国际效应,成为中国文化走出去的典型案例。

"爆款 IP"的文化反思

2018 年,改编自关心则乱的同名古代社会家庭题材电视剧《知否?知否?应是绿肥红瘦》,在湖南卫视金鹰独播剧场首播,并在爱奇艺、腾讯视频、优酷、芒果 TV、YouTube 同步播出,成为当年继《花千骨》后又一 IP 大剧,并引发了一系列的热议。据统计,《知否》播出期间一共上了 208 次微博热搜,并在 50 天内即成为"正片有效播放"破百亿的剧集,也是至今为止唯一一部能常年维持高有效播放量的剧集。

然而,《知否》构建的封建社会的价值观,无论在作家的创作动机中还是在读者的阅读接受中,都是必须要批判并起警示作用的。书中体现出古代女子人生的第一要务就是嫁人成亲,然后相夫教子、终老一生。这样的贵族女子婚恋观,与现代女性独立自主的意识是背道而驰的。在女主角盛明兰的主观意识中,现代理念和穿越者身份带来的"觉醒"让她不时"出戏",以第三者的视角"冷静"看待周遭人物的际遇并加以评论。这一点在IP改编中得到淡化,某种程度上提升了原著的精神调性,也让剧集以"小红楼"的美誉流行于粉丝当中。

对《知否》的拥趸来说,文中展示的古代贵妇生活是令人向往的,富足、高雅、清闲,充满生活情趣,不必像现代女性那样奔波于职场和家庭之间。但是,这种被刻意美化了的"古代幸福生活"因为缺乏基本的平等、自由、尊重而显得华而不实。女性如果要承担更多的责任,就需要争取更多的权利;女性能够承担怎样的社会角色,更是对性别平等有着重要意义。仅仅将锦衣玉食、丈夫宠爱作为人生目标,无异于女性自愿套上生存枷锁,于女性价值而言,缺失了作为人的普遍意义。

《斗罗大陆》的IP多元化

一、电子版权、有声小说与出版

可以说,《斗罗大陆》是唐家三少倾力之作。2008年12月14日首发于起点中文网,到2009年12月13日完结。全书297.16万字,获得584.65万总推荐,连载期间获得过数次单月月票榜第一、封面推荐、收录进精品频道等荣誉。虽然《斗罗大陆》完结已十年有余,但它的魅力仍在持续,仅在2018年3月12日,《斗罗大陆》获得过1万次打赏。在2019年3月到5月,《斗罗大陆》登上男频书友月点击榜。从数据可以看出,唐家三少的《斗罗大陆》获得了众多粉丝持久的喜爱。正是因为这份坚守与热爱,使得《斗罗大陆》在全方位 IP 改编运营中取得不菲成绩。

2009 年 5 月,《斗罗大陆》实体书由太白文艺出版社出版。作品出版后,受到广大读者的热烈追捧,销量破 3000 万册。不同的出版社争相关注,从不同角度切入版权规划。截至目前,仅在当当网上,《斗罗大陆》系列的相关书籍达 13441 本。《斗罗大陆》的出版,刺激了读者消费,也带动了出版行业发展,某种程度上助推了网络文学作品进一步成为实体出版机构优先考虑的目标。

近几年随着科技发展进步,以及社会生活节奏加快,碎片化阅读也已经不能满足部分读者的需求,于是,有声小说成为这部分人群的首选,而读者众多的《斗罗大陆》自然成为多个听书平台的最佳选择之一。在喜马拉雅听书中,《斗罗大陆》的播放量已达 1.61 亿;56 听书网上,《斗罗大陆》每集播放量少则七八千次,多则达万次;蜻蜓 FM 中,多人演绎的有声剧《斗罗大陆》总播放量达 6121.4 万次等,不胜枚举。在这些主流听书媒体中,《斗罗大陆》都取得了出色的成绩,这一方面反映出当代人民对精神文化生活日益迫切的追求,另一方面也证明 IP 改编的源头——网络小说《斗罗大陆》的成功。有声小说诞生之初,通常是声优或主播的独角戏。单人演绎下,原作品的感染力与戏剧性自然会有所损失,不易让听众感受原作品的整体艺术魅力。因此,多人演绎的有声剧渐成新宠,更容易营造听觉盛宴。

集作家、商人双重身份于一身的唐家三少,也将自己《斗罗大陆》系列的更多作品授权给听书媒体进行有声剧集改编。

二、动漫改编

《斗罗大陆》漫画版由漫画家穆逢春改编,原连载在《知音漫客》,VOL.119登陆,在"幻期"中刊载,VOL.133起改为"幻""燃"双期连载,VOL.160起改为"萌""燃""幻"三期连载,VOL.190改为"幻""萌""锐"三期连载,后又改为"锐""萌"双期连载。后因签约到期转到《炫动漫》(原名《风炫漫画》)继续连载。从文字改编为漫画,其中体现了漫画家的有限话语权。如原著中的"史莱克七怪",在漫画中,加入白沉香后,变为"史莱克八怪";男主唐三在蓝银皇未觉醒前是黑发,而漫画一开始就是蓝发;漫画第86话,唐三获得万年魂环后,拥有了黑化能力(小说无黑化能力),在使用黑化时,头发是黑的,眼睛却变成黄色等,在无伤原著基本面的前提下,漫画丰富了人物和情节细部。

作品改成漫画后,虽然人物鲜活了些许,但依旧未能完全生动起来。于是动漫改编的呼声也随之高涨。《斗罗大陆》动漫由企鹅影视、玄机科技联合出品,于2018年1月20日起,每周六10:00在腾讯视频独家正版更新。在动漫《斗罗大陆》的制作过程中,玄机科技用上了目前动画制作行业中最先进的技术。这些技术的应用让观众看到的画面几乎无异于电影画面,场景质感、打斗动作,甚至众多人物的表演,都呈现出流畅细腻的视觉效果。

动画版第一季共26集,每集20分钟,真实还原了《斗罗大陆》的原著内容。除正片外,制作方还为粉丝特别制作了方言版《斗罗大陆》,以一种全新的方式加大了与粉丝的互动。据骨朵数据统计,《斗罗大陆》首日播放量达1.7亿,截至2018年4月12日,动画更新至13集,累计播放量达16.3亿,在开播将近3个月的时间内,进入骨朵国漫日榜榜首次数42次,前三名75次,连续位居榜首12天,最高单集播放量达1.4亿。截至2018年4月10日,《斗罗大陆》豆瓣评分为7.6分,也是历史最高分,并且自开播以来几乎持续保持在

7分以上的水平，五星评论占比28.7%。媒体宣传方面，截至2018年4月10日，"斗罗大陆动画"的微博话题阅读量达1亿次，官微粉丝数达4.6万，微信公众号文章数已超过500篇，新闻收录量每天也保持在1000条以上水平。角色评价方面，唐三、小舞、宁荣荣等几个主要角色的正向和中性评价占比均超过80%。在2018年Q1在播国漫网络剧播放量TOP10榜单中，《斗罗大陆》（第1季）季度总播放量达14.45亿，排名第一。《斗罗大陆》（第1季）在2018年腾讯视频星光盛典中荣获"年度国漫"荣誉。

《斗罗大陆》动画版因以上荣誉加快了前进的步伐。玄机科技和企鹅影视继续合作，不断推出忠实于原著的《斗罗大陆》动画版。在原著读者粉丝的带领和精美画面、正向价值观引导宣传的双重加持下，《斗罗大陆》动画版两年内突破100亿的播放量，创造了动漫改编史上的奇迹。《斗罗大陆》动漫的成功改编，成为网络文学改编动漫研究的典型案例。

三、游戏改编

我国的动漫产业发展在游戏之后，因此《斗罗大陆》的动漫改编是在原著完成六七年后才开始的事情。而起步较早的游戏改编很早即看好《斗罗大陆》的潜质。八加一公司在原著《斗罗大陆》的基础上进行游戏改编开发，研发出大型多人2D角色扮演网页游戏，于2013年在起点游戏平台、e侠网开始运营。之后唐家三少授权简悦，将《斗罗大陆》改编为大型3D客户端游戏《斗罗大陆online》，2014年底推出。《斗罗大陆》OL由EJOY简悦公司研发。2015年10月，完美世界推出《斗罗大陆神界传说》RPG动作卡牌手游，包括斗魂场、魂骨争夺等极致玩法。2019年，由三七互娱研发并与阅文集团共同开发的《斗罗大陆H5》，正式在国内上线运营，并于下半年陆续登陆海外市场。在兴业证券经济与金融研究院整理的2019上半年国内手游流水榜单中，《斗罗大陆H5》进入榜单前三十名；而在新马泰和国内台港澳等市场，此游戏均进入了iOS畅销榜前十。除已经开始运营的《斗罗大陆H5》以及正在研发的《斗罗大陆3D》（暂定名），据悉，未来十年中，三七互娱和阅文集团将再推出五款《斗罗大陆》IP衍生游戏。

阅文集团根据IP定制改编的手游《新斗罗大陆》获得2019第四届金陀螺奖"年度人气IP类游戏奖"、游联社颁发的"年度最佳游戏项目奖"、七麦数据颁发的"最具风采奖——创享游戏"、《游戏日报》颁发的金口奖"2019年度产品"和2019金葡萄奖"最受关注游戏"大奖。如果说前面的数据只代表了《斗罗大陆》在玩家中的地位，那么，这些奖项证明了《斗罗大陆》在游戏开发中的巨大成就。

《斗罗大陆》在游戏改编中形成的如此巨大的影响力，依然要探寻到网络文学源头。

首先，网文IP是互联网的孩子，天然具备互联网基因，非常适合改编为游戏。其次，无论是游戏目标受众，还是网络文学的阅读受众，都是大众娱乐文化熏陶下成长起来的年轻群体，两者基本重叠，能够实现原著与改编之间粉丝群体的"共情"与"平移"。再者，当网文IP被改编成动漫、影视等不同艺术形式后，能与游戏形成联动，《斗罗大陆》动漫改编播放量超过80亿，带动了粉丝对《斗罗大陆》游戏的热情。最后，《斗罗大陆》的受众跨越"00后""90后""80后"，甚至"70后"，群体庞大，粉丝效应显著。这一切，都是《斗罗大陆》成为超高人气IP游戏的根源。

《斗罗大陆》游戏改编的成功,也是目前中国网络游戏的一个缩影。网络文学作品改编游戏已成为一股潮流。我们有理由相信,网络文学与游戏的"联手"将带动网络游戏的再次腾飞,同时也加大了网络文学形成 IP 产业链的一大筹码。

四、影视改编

毋庸置疑,《斗罗大陆》是一个超级大 IP。对于每一个喜爱它的读者来说,一方面期待它从平面呆板的文字,演变成一个生动可感的故事,一方面又担心有被影视剧"魔改"的可能。毕竟影视剧改编的历史带给观众的记忆并不都是美好。甚至可以讲,心爱的作品被改编,是一件让读者既爱又恨的事情。同时,这也是每一个超级 IP 面对的窘境。由于它天然拥有大量读者粉丝,一旦出现改编不合理、选角不合适等"忤逆"粉丝的情况,必将遭到粉丝的厌恶甚至是抵制。事实证明,网络文学大 IP 通常会有这样的两极现象,改得好,必然会成为爆款;改得不好,必然会给各方带来重大损失。因此,《斗罗大陆》影视 IP,就处在这样一个境地之中,变成一个诱人的"烫手山芋"。

面对读者的心情,唐家三少表示,对自己的作品改编成影视剧,基本上都会全程跟进,包括对剧本的审核。选演员的时候,会和影视公司沟通;挑选合作方的时候,会选择业内制作水平各方面最好的;播出的平台,会选择最优的;制作的过程,也会全程参与的。唐家三少希望,读者喜欢的《斗罗大陆》改编成影视剧之后,依旧能让读者喜欢。唐家三少的态度,无疑会给读者打上一针强心剂,同时也拉高了读者对影视剧的期待。

《斗罗大陆》于 2017 年 1 月由新丽电视文化投资有限公司备

案,预计拍摄40集。《斗罗大陆》电视剧由杨振宇(代表作:《亲爱的》)执导,唐家三少、王倦(代表作:《庆余年》等)担任编剧。剧版《斗罗大陆》于2018年12月开机拍摄。2019年7月杀青,2019年12月28日,《斗罗大陆》剧版微博官宣男女主角海报,男主角为肖战(代表作:《梦中的那片海》《庆余年》等),女主角为吴宣仪(火箭少女101成员)。《斗罗大陆》于2021年在腾讯视频独播。

《斗罗大陆》作为一个超级大IP,无论是改编成漫画、游戏,还是影视剧,最终指向都是更广泛的内容传播力以及对"斗罗宇宙"更辽远的想象。"打造具有世界影响力的中国IP"不仅是唐家三少的梦想,也是所有深爱网络文学的读者的梦想。

"小红楼""爆款IP"背后

一、穿越设定引发的争议

《知否》自从在晋江文学城连载开始,读者对此文的讨论和争辩就颇为热烈,直到全书完结数年后仍然热度不减。其中,基于本文"三观"的争论是最多的,也是分歧最大的,这和全文的"穿越"设定密不可分。支持者认为,作者写出了平凡人穿越后的真实,女主角没有改天换地的野心和与之匹配的能力,专心过好自己的生活无可厚非;反对者认为,女主角对文中构建的扁平化的嫡庶制度和封建社会的"妇道"体现了一派顺从、接纳,乃至无论是自愿还是被迫都成了帮凶的态度,打着"不敢惊世骇俗,不敢冒进出头,认真生活,努力承担责任，融入这个社会，平静安然地过完这一生"的旗号，尽力让自己融入男尊女卑的价值观，并心安理得地依靠男性，而没有做出任何身为受过平等自由观念教育的现代人应有的抗争，对文中其他女性的命运缺乏理解、同情和悲悯，从这一点看，甚至还不如电视剧改编后直接取消穿越设定更合理。

究竟哪一种观点更贴切？我们可以这样认为，尽管作者努力要传递的是正向的观点，即一个平凡女子在人吃人的古代封建世界活出"非典型逆袭"的励志故事，并且作者自己也在全书后记中概括："我想描写一个正在走上坡路的家族，有深思熟虑的家长，有光明磊落的男儿，有刚烈妩媚的女儿，有泪水，有伤害，更有苦尽甘来的团圆。"但囿于本文对封建社会价值观和不同阶层生存图景相对片面的复原，一些读者在对文本的阅读中，反而不同程度加深了对主角尽量适应、融入的封建价值观的反感。这虽然未必是作者塑造主角形象和建造设定世界的最初意图，但却增加了读者的思考空间，也让本文"借古人酒杯浇今人块垒"地折射出了当代城市青年女性群体的生存焦虑与深层恐慌。

网络文学自诞生起，就天然地戴上了通俗文学的标签。顾名思义，通俗文学的服务对象是普罗大众，体现的审美情趣有其"俗"的一面。《知否》作为依托网络平台所创造、传播、走红的作品，它刻画的历史图景，难以真正超越没有接受过历史专业学习的大众的想象，它传递的价值观、认知层次，也难以真正高出社会大多数人能够接纳、认同的观念。它的出众，是相对于同类作品而言的，并不能像严肃文学作品那样引领社会性思考、打破陈腐俗套。以全文构建的背景为例，作者虽然设定了一个"繁华的盛世"，但这个"盛世"其实是活在纸面上的，虽然对官职等级、国土疆域、家族等诸多细节也在参考《红楼梦》等经典名著的基础上做出了堪称复杂的设定,但除了女主角活动的基本空间,大多数设定都显得虚浮而简略,甚至忽视了封建时代的生产力水平,和真实的历史有着本质的区别。中国历史上大灾大难何其多,除战乱外,水、旱、蝗、瘟疫等自然灾害频繁暴发,每一次都伴随极大的伤亡。以《知否》所参考的明代为例,万历一朝四十八年,有三十三年发生过"人相食",有七年超过十个县发生"人相食",县志中的例子是血淋淋的:"有父母食子女者,子女食父母者,夫妻、兄弟、朋友、乡邻互相食者。"但在作者笔下,古代俨然一副千年不改的桃花源模样,几次内乱似乎都没有影响女主角安逸富贵的生活,也没有流离失所的灾民去打扰主角生活的锦绣花园。即使婚后遭遇乱兵围攻,最后也能靠着女主角的冷静机智,以及下人的忠心护主轻轻躲过,只有不那么重要的继女受点伤而已。殊不知在一个人治高于一切、生产力水平低下的社会,全面崩溃何等容易,"白骨露于野,千里无鸡鸣""家家流血如泉沸,处处冤声声动地"才是封建时代政权颠覆之间生灵涂炭最为真实的写照。一旦遭遇严重的战乱或是天灾,即使是贵族也难以保全自己,"天街踏尽公卿骨"并非虚言。所以,《知否》构建的这种"繁华盛世"恐怕只能存在于网络小说之中。更何况封建时代官僚的升降有极大的不稳定性,"因嫌纱帽小,致使锁枷扛"的例子不胜枚举,主角夫妇可以在蜀地手握重权数十年而不被皇帝忌惮的设定,乃至主角的亲族也大多仕途亨通的设定,就显得苍白无力了。

二、《知否》中的深层恐慌

《知否》一定程度上还原了时代的扭曲,在体现对女性的压迫方面，有一定的真实性。但是，它的还原是一种认同的还原，展示的是作为压迫一方的价值观，低于主角社会阶级的丫鬟、仆人是根本不会被放在眼里的。即使对主角身处的阶层的描写，也还达不到真正还原的高度。文学作品源于生活，在人人皆可写作的当下，纵然网络小说中的幻想设定天马行空，但内核通常不曾脱离作者的自身经历、阅读经验，或是从社会现状中吸纳来的素材。如果跳出《知否》的古代背景，结合作者和主流读者群体来观照它的设定内核，就会发现它在当代青年女性中受欢迎的原因。它所体现的困境，是现代人所能想象和遇到的困境，而非古代女性真正遇到的困境。

不乏网络文学评论者将2008年作为网文主题变化的一个节点，由于世界政治经济大局势的风云激荡、国内社会结构的悄然变化、生存压力的日益上升，能够体现社会主流偏好的网络文学主题从期待奇迹式逆袭的野心，转移到维持阶层不下滑的焦虑。女性向作品读者的阅读期待从代入主角逆天改命、只手翻云覆雨，到期待看到主角通过稳扎稳打过起精致的小日子。比起原有的主角制定规则、改变规则，更愿意看到的是主角适应规则，并在其中获得更多的利益，这是与时代主流的"小确幸""逃离北上广""中产焦虑"相吻合的。

《知否》所体现的主流思维并不例外。将穿越者盛明兰的"宅斗"替换为"升职记"，就可以一目了然。"庶女"身份可以类比为职场中"学历弱势"或者"性别弱势"，祖母的指导和帮助可以类比为职场中人脉资源广的导师，父亲、嫡母、姨娘相当于不负责任的部门小领导或者对主角有意见的小领导，其他争斗的姐妹就好比竞争者了。主角不断锤炼自己的待嫁价值，类似于职场中符合规则的自由竞争，嫁入高门相当于升职进了新的部门，拓宽了新工作领域，丈夫自然是新的老板。在这样类比之后，可以更加明了作者写作时是在一定程度上代入了自身的工作经验的。读者阅读时的"爽感"，也会因为能够补偿现实中对未来的迷茫感、对个人奋斗难以实现自我价值的焦虑感而加倍放大。当然，这一类比并不是全部，作者也无意写出一本《盛明兰升职记》，最终将文中女性改变命运的筹码全部寄托在了婚姻上。实际上，在封建时代，婚姻对女性能够起到的作用是较为有限的，因为女性无论在自己家还是在夫家，都没有独立的人格和平等的权利，只能处处依附男性，在现代意义上的男女平等观念普及后，才有了今时今日的婚姻在女性社会地位和利益分配中的作用。

作者给出的通过婚姻来改变命运的上升方式，其实也是现代意义上的。例如，明兰为了嫁得佳婿，不遗余力地利用资源开展"有用知识"的学习，如理家、女红、烹饪等贤妻良母必学之道，同时注重调养健康、维持美貌，作为自身吸引男性的资本。同时，对只会吟风弄月的"才女"毫不掩饰鄙夷之情，认为这种华而不实的能力并不是成为贵夫人的素质，并列举了大秦氏、林氏、墨兰等反面例子。虽然结合《知否》作者的年龄来看，在连载小说过程中，很可能尚没有养育孩子的经历，文中的育儿之道充满了理想化的想象，但也不妨碍作者对"才女"育儿加以标签化，认为"才女"们不会给子女教授世事人情的知识，不如明兰这种优秀的主妇。作者给出的理由是，这是一种现实层面的思考，过于拔尖出头会造成悲剧，女人应该锻炼属于自己的傍身之道，才能爬上尽可能高的位置。这种考量未尝不能在一定程度上代入今天的职场女性中，为了升职加薪而努力考本职相关的证书、学习专业知识等，但如果将其奉为圭臬，实质上就是弱化了数千年来女性为争取权利、完善女性意识做出的抗争，并偷换了顺应现代社会规则和屈服于封建统治的本质不同的概念。但这样通过婚姻换得的"权利"显得弱不禁风。即使在黑暗腐朽的时代，无论中外都有许多女性奋力与命运抗争，将自己的才华、理想、不平之气写入史册。近百年前，革命志士秋瑾在《敬告中国二万万女同胞》中大声疾呼："这总是我们女子自己放弃责任，样样事体一见男子做了，自己就乐得偷懒，图安乐。男子说我没用，我就没用；说我不行，只要保着眼前舒服，就作奴隶也不问了。自己又看看无功受禄，恐怕行不长久，一听见男子喜欢脚小，就急急忙忙把它缠了，使男人看见喜欢，庶可以藉此吃白饭。至于不叫我们读书、习字，这更是求之不得的，有甚么不赞成呢？诸位想想，天下有享现成福的吗？自然是有学问、有见识、出力做事的男人得了权利，我们作他的奴隶了。"《知否》所寄托的，难道不是让女人依附于"有学问、有见识、出力做事的男人"的理想吗？认为女人为了婚姻做出的努力，是本着"怕无功受禄""使男人喜欢"的目的，而不是争取两性平等、建设独立自主意识。秋瑾的警示之声犹在耳边，网上却已经不乏"跟着盛明兰学情商"的爆款文。诚然，我们可以说，经邦济世是一种志向，相夫教子也是一种志向，但《知否》传递的价值观，却是将做个阔太太作为所有人应该贯彻的唯一的志向，这不能不让人警醒。

三、"IP 爆款"是否等同于经典

《知否》电视剧经由目前国内打造正剧口碑最佳的东阳正午阳光影视有限公司（以下简称"正午阳光"）制作后，由多位明星参演，历时 208 天拍摄，于 2018 年 4 月 1 日杀青，2018 年 12 月 25 日在湖南卫视金鹰独播剧场首播，并在爱奇艺、腾讯视频、优酷、YouTube

等网络平台进行同步播出，中国香港、澳门、台湾等地区和新加坡、马来西亚等国家有关电视频道同步点播。根据大陆收视率分析，大结局当日，全国网收视破2，"双网均创下金鹰独播剧场近一年以来的收视最高值，同样也是《楚乔传》后的收视最高值"。2019年登陆韩国、北美等地，据《人民日报》海外版相关报道称，《知否》"成为韩国中华TV收视率历史第一""播出期间引发了海外网友热议，很多外国观众在线等更新求翻译"。2019年，《知否》获第25届上海电视节白玉兰奖最佳中国电视剧提名。在豆瓣影视评分中，《知否》得到7.6分的网友打分，在近年来的古装剧中算得上不错的成绩。但抛开诸多溢美之词，结合观众评价和业界分析来看，《知否》电视剧虽然收获了一定的成功，在推广传统文化方面也取得了一定的进步，但距离成为"国剧经典"还有较大的距离，它的经典性、艺术性远远不及同为反映旧式大家族生活的《大宅门》，更不能和深受群众喜爱的1987年版《红楼梦》电视剧相比。

在影视剧制作泛娱乐化、爆款化的现今，正午阳光团队以打造出的"叫好又叫座"的较高水准作品，在观众中和业内都收获了难以撼动的口碑。《父母爱情》《北平无战事》《琅琊榜》《伪装者》《大江大河》《都挺好》《欢乐颂》等都是备受不同阶层观众喜爱、引发全民热议的现象级作品。据公开信息统计，自2014年以来，正午阳光制作播出的16部剧中，豆瓣评分不低于8分的达9部。《知否》可以说是正午阳光团队在家国情怀大制作之外的新尝试，在大刀阔斧地修改掉原作的"穿越"设定、加入北宋朝野内外之争的国事设定后，团队的野心是"展开一幅由闺阁少女到侯门主母的生活画卷，讲述一个家宅的兴荣，古代礼教制度下的女性奋斗传奇"，并且也做了大量的关于宋代日常生活的考据复原。可以看出，团队所期待的是一部细水长流、从细节见大时代的中国版《唐顿庄园》或者《乱世佳人》，但却并没有收到预期的效果。许多观众在看剧期间已经对台词中生硬的半文半白和"听过一些耳闻""款待不周""手上的掌上明珠"等诸多语病表示不满，甚至出现了"《知否》台词成翻车现场"的微博热搜。但这都只能说是小节，真正让《知否》反响不及预期的，是被电视剧放大的原作的不足，导致"三观"和诸多设定出现硬伤。

近年来，网络文学逐渐脱离了最初的写作自娱、小圈子共享模式，转化为资本注入，裹挟着粉丝和用户群体开展生产、推广、改编的商业化运营。虽然网络文学作品一度涌现出"大IP"的爆发风潮，但由于网络小说通常连载周期较长、连载过程中受到读者直接影响较多、受到连载平台收益模式的制约，容易出现"注水"等情节拖沓、高潮设置不够合理、设定空洞、形象扁平等现象，导致"IP+流量"的影视作品改编往往不尽如人意。除了传统影视生产思维与互联网产品思维的矛盾之外，文学和影视的不同表现形式也是制约改编效果的一大原因。文字可以表达议论、抒情等诸多情感，影视剧则需要通过画面和表演来展现，所以把握节奏、确定立意，对编剧、导演、演员都是较大的考验。

《知否》原作改编成电视剧存在一定的不足：情节较慢热，"爆点"不足，男主角出场较晚，感情戏较单薄。而且小说完结已过数年，"书粉"的热度已经减退。取消了穿越设定，固然可以减轻一些身为现代公务员的主角努力认同并维护封建传统观念的违和感，但原本吸引读者的身为现代人在古代的新鲜感、置身事外感就大大削弱了，因为这种现代人对古代社会的观察视角，可以让读者很好地拥有身临其境感和自我代入感，而引起读者的共情是很有助于作品

"人气提升"的。电视剧的"生活画卷"和"女性奋斗史"两个标签展现了编剧、导演等制作方的野心,就是既想让这部剧成为展现古代家长里短的日常写真,又想让这部剧成为"大女主"类型,这两者的结合似并未收到预期的效果。

  以主角人设为例,电视剧为了突出明兰的逆袭,让她从小树立报母亡之仇的决心,在大家庭中步步小心,韬光养晦,终于成功扳倒反派林氏,设计揭露墨兰和梁晗的私情,将林氏的下场改为被盛纮杖杀,令盛家声誉受损,较之原著的人设,增加了一重"黑莲花"的效果。或许这是考虑到一度大火的《延禧攻略》中主角对对头的斩尽杀绝可以提升观众的"爽感",于是参考为之。但是,并不是《延禧攻略》《甄嬛传》一类宫斗剧的成功可以直接照搬,因为宫斗剧里的反派确实对主角有着生死存亡的压力,可以让观众自我代入而没有违和感,将对付反派视为游戏中打怪。《知否》原作中女主角穿越而来,自然对血缘上的盛家没有什么感情,盛老太太对她真正关心,她才能付出回报,对其他人仅仅是一种同事的心态,逻辑上也能自洽,而且原作明兰虽然会对异母姐妹内心嘲讽不屑,但并没有做出打压报复的行为。电视剧里过于强调明兰的"淡然不争",忽然转变为"黑化复仇",对自己的姐妹也毫不留情地下手,而且墨兰虽然对明兰使过绊子、言语刻薄,也罪不至此,明兰甚至不在意父亲的仕途也可能受到影响。其实相比于《甄嬛传》《楚乔传》等多部"大女主剧",《知否》女主角的道路是相对平顺的,强行加上"杀伐决断""手撕反派"的设定让观众感觉有悖人情。类似的违和感在剧中并不鲜见,导致观众对全剧想要传播的价值观出现了疑问和不认可,难以提升对女主角的同理心。在顾廷烨的塑造上,也出现了类似的问题,过度体现顾廷烨的完美,将原作里缺点优点都很明显的特点改成了几乎没有瑕疵的完人，反而显得不真实。为了推进两人的感情，更是这一集充满历史还原风地强调闺阁女子不能见外男，下一集就出现古装偶像剧般旁若无人地约会、外男为闺阁女子揉脚的桥段，导致观众纷纷认可这一评价：剧中的世界规则到了男女主角这边就完全改变了。深挖根源，这或许来自制作方的犹疑，认为观众眼里的世界是非黑即白的，观众喜爱的角色是"高大全""伟光正"的，所以既要贴合原作突出女主角的以自我为中心，又要强行将它拔高为家国大义、大胸怀，但效果并不理想。《大宅门》并未忽视白景琦的放荡不羁、吃喝嫖赌，但也突出了他有担当做大事的一面，使得人物形象饱满丰富；虽然《甄嬛传》女主角最后打败一切反派，成为太后，却深感孤独寂寞，自己仍然无法摆脱封建的枷锁。与之对比，《知否》的塑造不足就比较明显了。

除了设定的矛盾，《知否》由于采用多条主线并进的方式，将盛家、顾家、齐家以及相关的朝廷争斗都作为主线，但原作里这几方的交集并不多，电视剧就显得故事分散不够统一，主次也不够明显，这影响了观众的观剧体验。剧中特意突出的顾廷烨、齐衡和明兰的三角关系虽然引起了热议，但也由于逻辑性不易自洽而不能满足观众对情感戏份的要求，并导致原作读者对这一改编颇有微词。并且，剧中几条主线和北宋时政的结合没有收到预期的效果，爱好言情、宅斗戏份的观众和爱好历史的观众都对剧中的宫变、夺嫡等戏份不够满意。

正如小说原作不能拔高到如《红楼梦》一样，电视剧能不能承担国剧经典的赞誉，它所表现出的成绩和不足，值得深思和研究。

第 六 章

"人的解放"与女性解放

女性解放是"人的解放"的前提

相比男性向网文创作的纵横捭阖，女性向网络文学经常要面临的一个问题，就是如何处理"女性"。"女性"不仅仅是她们的目标读者群、笔下的主要人物，也是作者与读者交流思想的话题。一位作者为她的读者提供了怎样的性别观、爱情观、价值观，是衡量这部作品价值的重要维度。

因此，女频网络文学的创作，从一开始就是艰难的。让长期在历史中隐形的"她"浮出历史地表，其中的方法并无太多成功的先例可以遵循。一方面，网络文学中的总裁文，常常充满了玛丽苏式的通俗白日梦，这不过是在父权结构中获得了旁人眼中的"世俗幸福"。另一方面，网络文学中的宫斗文，教人放弃爱情幻想，遵循丛林法则，打怪升级的确够爽，但是成为赢家却也伴随着怅然——人不是动物，不是打赢了就能够满足。人类有更高的精神追求，比如获得尊重与真心、实现自我的价值。

但是女频网络文学的创作，也总是具有开拓性和建设性的。既有充满女权主义色彩的女尊文，试图在架空里建立以女性为尊的社会，让人们发现掩盖在看似平等的体制背后的性别压迫，又有充满乌托邦色彩的甜宠文，创造两性平等的完美时空，让人在健康人格的理想爱情中习得爱的能力。

希行进入女频网络文学创作,在处理女性与爱情的问题上,也一度自我束缚。不过希行在创作中发现,读者可以接纳的范围,比她想象的更大。特别是封神之后,希行的创作更加自由:男主人公越来越晚出现,给女主人公更大的展示空间;男性角色数量越来越多,不再有倾向明显的官配组合;结局走向开放,不以"王子和公主幸福地生活在一起"作为评判故事圆满的唯一标准。

更为重要的是,摆脱了对读者的刻意讨好,作者与读者站在平等交流、共同成长的同一阵营,让作者实验更多假设,往往会打开不一样的天地。在此基础上,希行打破了性别的限制,看到"女性的解放"之外,更重要的是普遍意义上的"人的解放"。在复杂的社会结构中,性别的压迫与阶级的压迫往往是同构的,只有打破人与人之间的不平等,才能彻底解放受压迫的人,包括女人。同样是从性别下笔,希行却因此打开了更大的格局。

在《知否》里,明兰的选择应该代表了时下一部分人的婚姻观:爱情和现实是对立的,不值得耗费精力去追逐爱情。"成熟""现实"的女性可以依靠男性提升自己的经济地位,但必须具有一定的主动性和自主把握能力。夫妻在婚姻中是利益共同体,在一起获得财富和完成基本的社会责任。当然,《知否》绝不是个例,在真正体现两性平等方面已经有更多作品走得更远,这或许可以视为网络文学女频作品中歌颂传统爱情的叙事形态已经淡化,开始尝试探索新的人性和"人的解放",质疑传统社会观中对女性牺牲自我、男性拥有权力的定位。这比起《知否》试图营造的资源占有到达顶峰、人生道路居于他人之上的"完美",更能引人深思。

第六章 "人的解放"与女性解放

渐已消弭的"性别凝视"

男频网络文学创作发展到今天,随便一位读者打开任意一家文学网站,都可以看到男频榜单上的作品,其中为数不少都是无女主或是单女主,对女性角色的描写也日益"正常化"。但在多年前的"《斗罗大陆》时代",男频许多作品会大量着墨于女性角色的曼妙身材和美丽容颜 —— 即便只是一个小小龙套亦是如此。《斗罗大陆》发表于 2008 年,自然未能免俗,仿佛不经过这样一番描写,便不足以证明这是一位"女性角色"。即便是强大如比比东、千仞雪之流,也要花费一番力气书写其外貌之美,作为同辈的千仞雪更是有大量"性感"描写。甚至作为"主角团"之一的朱竹清,作者亦特别写到其"胸部丰满"的特点。

如此情状在男频文中的盛行,亦即"性别凝视",是网络文学发展过程中具有的"YY(意淫)"动力。男性作者和读者都愿意幻想美丽强大的女性拜服在男主角 —— 即是作者与读者的投射 —— 脚下,并对这个男人欲罢不能。在作者与读者的共同幻想中,这些女性角色都拥有强大的性魅力或是各种美的特质,宛如一个个用以证明男性"成功"的勋章和收藏品,所谓的"后宫""种马"流派更是将这种幻想发挥到了极致。

而在《斗罗大陆》完结多年后的今天,即便这种作品仍拥有大量读者,但我们仍可以看到其不断下行、逐渐淡出的轨迹。如今读者所耳熟能详、榜单上赫赫有名的作品,大部分已脱离了这种"擦边球"的细节描写。随着网络文学读者队伍的日益庞大,男频文中大量女性读者涌入。她们作为"金主",愿意对自己喜爱的作品倾心又"挥金"。女性读者的数量不断增多,甚至不知不觉中竟然成为读者中的半壁江山,形成一股新兴的阅读势力。受此影响,越来越多的作者愿意"讨好"她们,其中举措之一,就是这类单纯只为幻想而出现的描写销声匿迹。这不仅是创作领域的艺术审美的变化,更是文化学、社会学意义上的进步。

随着网络文学行业的不断发展,作者和读者的共同进步,网络文学创作与接受生态越发成熟。当年《斗罗大陆》风靡起点,多元化 IP 受到热捧。甚至直至今日,《斗罗大陆》也依然是拥有众多忠实粉丝的热门 IP。在历经多年发展之后的今天,却有即便"无 CP"亦无"擦边"描写,依旧能稳居前列的网络文学作品,从一个侧面证明了网络文学读者群体的阅读趣味发生的变化,他们中的许多人都已从"温饱需求"走向更高的"精神需求"。简单粗暴的幻想与描写已经不能像从前一样轻而易举捕获读者,读者和作者在创作与接受中共同成长进步,他们脱离了"低级趣味",更崇高的人文关怀、更具有想象力的奇妙世界、更能打动人心的真挚情感成为更加吸引他们的"不二神器"。

由此比照,女频与男频创作终将共同走向"人的解放"。

《知否》的爱情观是否完美

《知否》的一大讨论热点,就是它宣扬的"成熟的爱情观",作者将顾廷烨和明兰的爱情视为最好的感情关系,认为这离不开顾廷烨

第六章 "人的解放"与女性解放

"强大的能力，敏锐的观察，精准的算计"，并认为这种相濡以沫的踏实要胜过"金风玉露一相逢"的浪漫，子孙满堂的俗世富贵要胜过静安皇后、琉璃夫人等人名垂青史的悲剧。古今中外书写爱情的文学作品不计其数，关于爱情的看法每个人可以有不同的答案。但是，最优秀的文学作品所歌颂的爱情，是基于人性生发出的情感之美，它可以有多种表现形式，可能不完美、不圆满，可能没有财富和子嗣的加成，但无一不是拥有在真实中升华出的美感。《巴黎圣母院》里卡西莫多的爱情是畸形的，但美得壮烈；《简·爱》里的爱情不是至高无上的，简·爱对平等的追求高于对爱情的追求；《安娜·卡列尼娜》里的爱情不受道德准则认可，但安娜愿为之付出生命，作者传递的是真正悲悯的态度。和这些相比，《知否》传递的爱情观虽然有看似丰足的现实利益，有能力强大的全能型霸总型男主角，有云淡风轻一切尽善尽美的女主角，有玉堂金马的奢华，甚至也不乏夫妻之间的"甜宠"和闺房之乐，内核却是当代女性对待婚姻和态度的矛盾心理。因此，它尽可能地塑造出了作者心中的完美，但它缺少了属于人性的完美。

明兰信任爱情吗？答案似乎是否定的。抱有和她类似观点的读者应该不在少数。在当代的中国，虽然女性取得了和男性同工同酬的权利，冲破了封建的枷锁，但并不能忽视女性权利不够稳定、两性尚未真正取得平等的现状，几乎每一位女性都会在成长中遭遇性别带来的不公，面对社会给予的物化、偏见、侮辱、损害，也会面对传统的婚姻结构对女性的剥削，这必然会影响新时期女性的婚恋观。从过于激进的"不婚不育保平安"到另一个极端的"御夫之术"，都会传递这样的信息：爱情不值得信任，配偶不值得信任。尽管这类看法有极端的一面，并且男性对女性的性别偏见更多，更根深蒂固，但或许正如波伏娃说的:"只要男女不承认对方是对等的人,这种不和就会继续下去。"在21世纪,物质文明高度发展,信息呈爆炸性展现,女性的不安和恐慌感、对现实不公的敏感性日益增强,女性开始观照自身真正需求,拒绝社会赋予的刻板印象。这一现象映照到通俗作品之中,也产生了潜移默化的改变,读者的代入感和情感需求开始变化,"大女主"取代了"灰姑娘","女强"和"霸总"分庭抗礼。但如果因此就一刀切为女性对爱情的追求是落后、可笑的,只有利益是值得信任的,就从一个偏见走向了另一个偏见。

《知否》成书时间较早,在开始网络连载的时候,读者已经对盛极一时的靠发明改变历史、靠念诗惊动世人的"玛丽苏型穿越"从追捧变为反感,《知否》写出的"平凡生活"自然让读者感到新鲜,文中琉璃夫人和因为追求真爱进了青楼最终被沉塘的不知名穿越者,其实都是作者对玛丽苏型穿越女主的暗讽,认为这类人是不符合历史实际的。这种情况下,《知否》突出了女主角的自我需求,也让读者从其他穿越文的上帝视角,转换为生活型女主角的自我代入,对女主角的所作所为有了更多的同理心。本文作者在写作《知否》时,为明兰设置了三位身份地位各不相同的婚姻选择对象,而明兰的选择都是站在以自我利益为中心的基础上,在现实的层面加以一再衡量,爱情是被忽视甚至被嘲笑的,婚姻中妻子可以和其他女人共享丈夫,只要能掌握丈夫的钱财,维护自己的地位。明兰能够和顾廷烨结成互相了解、利益互惠的同盟,已经是作者能够给出的最高层级,毕竟这并没有动摇传统婚姻的基石:繁衍后代、经营家庭财富和满足生理需要。但《知否》中对于明兰夫妻之间性爱的描写,仍然体现了长期以来以男性为中心和主导的刻板化性爱观:女性是男性用来"泄欲"的对象,不能主动去满足自己的需求,只能被迫、忍耐接受;男性可以经验丰富,女性却需要对性无知扭捏。现代读者特别是女性读者已经对此类观念很难接受。

《诛砂》的思想探索

一、从男性到女性

对于自己的作品被划分为广义的"历史言情小说",希行曾这样表达:

> 因为我的作品,被划分为"历史言情小说",除了"历史",我还想谈谈"言情"。我们今天说到言情,常常把它等同于爱情,等同于女性浪漫小说,但如果来"说文解字",其实"言情"的意思是"谈论感情",比我们现在的固有看法要更加宽广。而我写作的这个过程,其实也是从狭义的言情,走向广义的言情,不断拓展"情"的内涵与表达的过程。

不将"言情"局限为男女之情,不带着刻板印象将"言情小说"作为女性浪漫小说,这一思路为希行的创作带来了充裕的空间。笔至《诛砂》,希行在"言情"上开放式风格已经确定,反之,这种"开放"也践行了希行所说的丰富而多样的情感关系。

《诛砂》中的三位男性角色各有千秋,他们既是形象丰满的独立个体,又见证了女主人公谢柔嘉的某段生命历程,共同串联起了柔嘉的成长。首个出现的周成贞,前世可以说是杀死柔嘉的直接凶手。在外人眼中,他自小不学无术、目无尊长,长大后更是流连花丛、耽于游乐。但只有柔嘉在两世重生中逐渐发现,纨绔只是伪装,他虽然名为"镇北王世子",但从小就在父亲反叛皇室的阴影中作为质子生活,只有装成废物,才能保证安全。在这样的压抑之中,他对待世界的态度是偏激的,对柔嘉的爱意也是偏执的。

　　周成贞和谢柔嘉,虽然开篇即反目成仇,但是两人其实承受着同样的悲剧 —— 都是被自己的身份困住,被自己的家族利用又抛弃,需要靠伪装和掩饰才能生存。此世周成贞的存在,仿佛在提醒谢柔嘉前世的命运,让她避免重蹈覆辙。因而,谢柔嘉对周成贞回报的是悲悯。周成贞最后的毁灭,也象征了柔嘉与前世种种纠葛彻底作别。

　　第二位出场的是前世陷害谢家并导致谢家家族倾覆的邵铭清。柔嘉一直以为邵铭清是谢家灭族的罪魁祸首,因而对他百般防备,但在日常相处中发现,邵铭清不是一个满腹心机和阴谋的小人。恰恰相反,当柔嘉被放逐矿山,他也一同前往,鼓励她重新振作,让柔嘉发现自然和生命的美好。他们一起救出矿工、发现凤血石,共同的经历让他们的心渐渐走近。

　　前世邵铭清釜底抽薪的报复,源于无情的谢家让他的表妹谢柔清献祭山神,而今世虽然仍旧走到了这个悲剧的节点,但是柔嘉奋不顾身救回柔清一条性命。柔清虽残疾,却在二人鼓励下,用残缺的肢体击出了震撼人心的鼓点,实现了自己的愿望和价值。邵铭清对谢家的态度,从以暴制暴、用性命来赌谢氏灭族,到看清了这个残忍无情的封建氏族,于是和柔嘉、柔清一起,摧毁了它,离开了它。

　　邵铭清和谢柔嘉之间的感情,有爱情,更有比爱情还要珍贵的友情与亲情。邵铭清是让谢柔嘉在重生之中真正改变了命运的人物。他们一同成长，相互塑造，彼此知晓对方的所有痛苦和仇恨，也懂得彼此所有的努力和心愿。虽然最后邵铭清选择远远地守护，但是在《诛砂》之中，浓墨重彩的邵铭清，是毫无疑问的男主。

而千呼万唤始出来的东平郡王周衍，则如同一位洞悉一切的高人。东平郡王有自己的秘密，也有自己的困苦和挣扎，但外在却是淡定从容，内心的准则始终如一。他落水被救，模糊中只分辨出人影，但看到柔嘉的第一眼，就认定救他的是这个女孩。而在谢柔惠走投无路，准备凭借相似的容貌闯入王府后花园冒领救命之恩时，东平郡王的反应不是惊讶和讽刺，而是如兄长般的劝诫（《诛砂》第四卷第八十一章）：

> "快回去。"东平郡王看她一眼说道。
> 他的声音温和醇厚，却带着不容拒绝。
> 谢柔惠看着他似乎没听懂。
> "别做傻事。"东平郡王又说道，看了眼她过来的方向。
> 别做傻事，这四个字似乎洞穿了她的一切。
> 可是，他难道不知道她为什么要做傻事吗？如果她还有办法，怎么会做这种傻事？
> 谢柔惠眼泪啪嗒啪嗒掉下来。
> "殿下，多谢你，跟我说话。"她哽咽说道。
> 这话的意思是我已经不是大小姐，多谢你还看得起我。
> 东平郡王眉头微微皱。
> "人首先是个人，跟姓什么排行什么都无关。"他说道。

东平郡王形象的点睛之笔，不是他对柔嘉有怎样动人的情话与表白,而是他对并无好感、眼看要铸成大错的柔惠,也能够说出"人首先是个人,跟姓什么排行什么都无关"。爱一个人,那些关怀与喜爱的言行都是出自本能,但不爱一个人,应对的言行就是出自修养与底线了。在这个普遍将人作为工具,只看家族背景、排行身份的社会中,东平郡王愿意将每一个人都作为具有个人意志和独立精神的"人"来看待,已经是现代思想的象征。

东平郡王未曾见过前世的柔嘉,他是柔嘉此生此世认识的新人。东平郡王在书信之中与柔嘉相知相交,为她筹谋、护她周全,让在时空颠沛流离中的柔嘉,感受到了温暖与可靠。柔嘉只有在与东平郡王相处时,才能找回天真顽皮的少女心性。大多数读者选择相信柔嘉最后与东平郡王携手,是愿意相信放下秘密、告别前世的柔嘉,能够在爱中获得永远的安宁。

《诛砂》中言情线的开放式结局,并非提供了三位完美无缺的男性人物,而是让三位男性角色代表了女主人公的前世、今生和未来。三位不同的异性,见证了柔嘉三个不同的成长阶段,陪伴她完成了自我的蜕变与重塑。

二、从个体到她者

希行的创作序列中,《诛砂》具有一个特殊的位置,一向被视为写"大女主文"的希行,此次却创作了两个主要女性人物。这一对双胞胎姐妹,你中有我、我中有你,互为对方的补充和映照,而逐渐成长、成熟起来的谢柔嘉,正是通过姐姐谢柔惠这个"她者",才看清了自己前世悲剧的真正原因,从家族荣耀的迷幻中清醒,从而告别过去、脱胎换骨,获得了自我主体性,真正从肉体到心灵完成了重生。

第六章 "人的解放"与女性解放

双胞胎姐妹前世在水边嬉戏,姐姐谢柔惠失足落水,妹妹谢柔嘉被迫在接下来的漫长人生中假扮姐姐,最后因为被构陷而满门问罪。在柔嘉死亡的最后时刻,她"除了哭什么都不会",只想"要是姐姐在的话,肯定不会这样了"。所以重生之后,她的全部愿望都是守护姐姐平安一生,此时的柔嘉,完全将自身投射到了姐姐身上,两人是完全一体的。

然而柔嘉的善良并没有得到姐姐柔惠的回馈,反而是屡屡被柔惠陷害和利用。早已经知道"长女眼中有红痣"的柔惠,害怕丹女之位被柔嘉夺走,一面蓄意将柔嘉养废,一面对知道秘密的人痛下杀手。而前世改变命运的那次落水,恰恰就是柔惠本想谋杀柔嘉,结果自己溺水身亡。

渐渐明白真相的柔嘉,逐渐开始与"大小姐柔惠"——前世印象中完美的姐姐、能够担当大任的嫡出长女、守护家族的丹女形象,拉开审视的距离。但是此刻,重生之后珍惜家人的柔嘉,依旧没有选择揭穿真相、报复柔惠,而是挺身而出承担起丹女的重任,希望能够感动误入歧途的姐姐和家族成员。但是,在假扮柔惠完成祭祀大典并获得成功之后,在褪去伪装、代表自己前往皇宫以一曲摄人心魄的巫舞获得"顶天立地"的赞誉之后,柔嘉却日渐发现,不是自己付出一切、不计得失地捍卫家族荣誉,就能够把人心聚齐。长期躺在统治阶层悠闲度日的谢家,为了利益趋炎附势、竭泽而渔,对待家族成员兔死狗烹、无情无义,姐姐柔惠并未因为柔嘉为家族做出的贡献而感恩,反而更加妒火中烧。

于是,柔嘉有了第二次与"谢柔惠"——歆享家族尊荣,并为私利从家族攫取利益的每个谢家成员拉开了距离。谢家这棵大树,已经从里到外彻底烂透了。痛心疾首的柔嘉最终选择亲手将谢家覆灭:打破丹女的神秘,打破丹砂的垄断,将知识和技艺教授给全天下的百姓。谢家会在这样的颠覆中灰飞烟灭,但是为谢家辛勤付出的万千矿工、家族中还未泯灭良知的青年一代,还有开启新生的机会。

第一次自我与她者的对立,让女主人公脱去了"二小姐"的身份;第二次自我与她者的对立,让女主人公脱去了"谢家"的牵绊,自此,她才终于成为独立的个体。通过柔惠这一人物形象,柔嘉两次停下脚步,在彼此之间审视,在自我与她者之间对比,终于发现了自己所要追求的东西,也勇敢地选择离开最初的身份。

谢柔嘉和谢柔惠作为一对双胞胎,在外貌上没有差别,智力和天赋上也并无高下,甚至可以说,她们都十分努力地遵照自己的信仰、向着自己的目标努力。只不过柔嘉信仰的是公义,而柔惠信仰的是身份。所以无论是出生时成为二小姐,还是后来被发现可能是被抱错的长女;无论是被放逐山林,还是被召回作为替补参加三月三;无论是她需要在暗无天日、见不得光的地道里学习,还是重见天日、全族重新封定她为丹女,几起几落之间,柔嘉的内心波澜不惊。她遵照自己认定的公平和正义前行,无论在什么位置、是什么身份,都能够完成使命,她可以为了大家族搁置个人名利,也可以为了天下百姓而放弃家族。柔嘉始终保持着自洽,因而坚定有力。

而柔惠作为对比,则显示出了努力背后的无力。她并非碌碌无为、坐吃等死,但是她的所有个人价值都是依附于外界的评判。因而当她拥有大小姐的身份时,她唯我独尊、绞杀异己;但当失去大小姐的身份时,顿时变得唯唯诺诺,如丧家之犬。其实她所认为的最大对手柔嘉,对待她的态度从未产生变化。将自身的价值寄托于外,自身缺乏个人主体性,所有的努力其实都是在建造空中楼阁。

在希行的创作观念中,女性的成长,最终会是人的成长。同为女性的角色之间，不是只有宫斗宅斗式的相互倾轧，为了总数不变的资源而展开你死我活的较量，而是可以在彼此贴近中，发现不同的一面，分离出独立的自我；在彼此疏远的关系中，寻找到维系感情的那一切点，学会关怀、学会去爱。和"自我"与"她者"之间充满角力的关系不同，女性之间产生的"自我"与"她者"，既是一种独立的审视，又充满了结盟的可能。

三、从女性解放到人的解放

基于架空世界的《诛砂》，创造了一个以女性为中心的家族体系。彭水谢家作为丹砂世家，精神领袖"丹女"之位只传给嫡出长女，因此形成了代代招婿入赘、丹主一言九鼎的母系氏族。谢家的招婿，不仅是生下的孩子入族谱随谢姓，而且连入赘的男性本人，也要改为姓谢。换而言之，在这个等级森严、权倾天下的巫蛊世家中，不能容忍任何一个外姓人的存在，已经达到了"非我族类，其心必异"的程度。

希行在《诛砂》第一卷第二十章中写道：

> 入赘为婿，本是人人避之的羞辱事。
>
> 但入赘谢家就不一样了，成为谢家的掌门人，握着巴蜀最大的丹砂财富，这可以说是一跃龙门的喜事，至于怎么以一个外来人的身份，在错综复杂根深蒂固的谢氏族人中成为与身份相符合的掌门人，而不是沦为生育下一代丹女的傀儡，那就看个人以及这个赘婿身后的家族的能力了。

但是就是这样一个封闭的、女尊的家族，招婿入赘的事情，却成为整个男尊女卑的社会中趋之若鹜的热门选择，究其根本，是因为谢家巨大的财富与权力。所以，谢家女尊男卑的家族结构能够生存和延续，依靠的不是人们对多元形态的包容，更不是对女性的尊重，依旧是因为既有的阶层地位。

庞大家族中，女性看似获得了至高无上的权力和荣耀，但是光鲜背后，是除了嫡长女，一切可能混淆血统、威胁权威的女孩，都面临着悲惨的结局：年少无忧的时代过去之后，要么被早早远嫁，要么被暗中扼杀。前世的柔嘉，被幽禁在寓所，作为早亡的姐姐的傀儡，那些其他的女孩，如同一片片飘零的花瓣，在她的记忆中了无痕迹。她甚至完全不记得谢柔清的命运；曾经活跃在谢府的谢瑶，毫无反抗之力地被安排远嫁联姻，完成家族权力的延伸；而谢柔淑，则很早就不明不白地死去了。

谢柔嘉最初就被认为可能是丹女继承人、双胞胎姐姐的干扰因素，两个相同的面孔会削弱人们对谢家延续巫清娘娘唯一神意的信服。因此，族人做出了共同的选择。

两个盘子，一个放着金针文刺工具，只要在脸上做出标记，区分出姐妹长幼，就能够暂时留在府中，继续安享荣华富贵。另一个放着精巧的金面具，需要遮盖自己的面容，离开谢府，远居在外，以示无心夺位。人们都以为柔嘉会选择前者，因为他们做出评判的标准，是自己的物质利益能否得到保障。柔嘉的选择则是后者，因为在柔嘉心中，独立完整的自我，从身体到精神都是不容侵犯、不容破坏的，宁愿暂时蛰伏隐居，也不愿为了五斗米而在脸上刻下印记。

令人心惊的是，在这样艰难的取舍、对个体尊严的剥夺中，谢家上下表现出了一致的冷漠，只有年轻一代的五叔谢文俊残存一丝正义，但他的恳切，如同一粒小小的石子投在无边的深海之中。

柔嘉被戴上面具，夺去姓氏，流放到矿山之中，任她自生自灭。

但是,当谢柔嘉和邵铭清一道发现了藏于山中的凤血石,展现出巫蛊方面的惊人才能,可以为家族带来利益时,家族长者又纷纷倒戈于她,将姐姐关入暗室。

对于谢家来说,重要的不是"柔惠"或者"柔嘉",而是丹女制度和阶层地位。除了身居高位的外婆、母亲与柔嘉,家族中的其他女孩,仍旧被视为门户联姻、利益交换的筹码,随时都可以成为被牺牲的棋子。矿山发生矿难,抢先站出来表示自愿献祭的是位高权重的贵女,但是最后被选中献祭的,却是地位低下、容貌丑陋的柔清。

历代丹主与其他女孩的命运之别,和族中叔父与山中矿工的命运之别,并无本质的不同。在谢府之中,男女之间的尊卑差异,远远没有上下阶层之间的尊卑差异大。谢府女尊男卑的表象下,掩盖的仍旧是阶级压迫的本质。想要拯救如同谢柔清这样地位卑微的女子,不是凭借"她是女孩"就能够获得赦免的。恰恰相反,正因为她是女性,和身居上位的丹主丹女有着一致的性别,有名无实地分享了谢家的荣华,所以当危机降临,谢家权力阶层才会率先选择将她推出去献祭。

希行立足于"女性言情",却能够以"大女主"为中心,将各种男性角色、女性配角一一刻画,关注普遍意义上人的觉醒与解放;以"小言情"为起笔,写出天下家国的情怀,写出世间苍生的歌哭。希行的创作,特别是她的探索性创新,总是能够让女频网络文学作品开拓出新的表达的可能。

后 记

记得当初,我写下《网络文学的两个世界:男频和女频名家名作研究》这行字的时候,意气风发,觉得自己又一次站立在网络文学研究的潮头,却想不到,完稿后的现在,心底空落,波澜起伏,意识到自己其实是碰到了一块"硬骨头"。

作为女性学者,又是网络文学的研究者,想在网络文学创作领域做一些不同于以往的探索性的工作成为一种职业自觉,男频和女频创作的异同就这么闯进了脑海,加之,之前曾主编《网络文学名家名作导读》丛书,对诸多优秀的男频女频作家作品谙熟于心。于是,那第一行字,就不由分说地写在眼前。

本书基于四位男频和女频网络文学名家及其名作的文本精读,从男频女频作家成长历程、作品的内外世界观、人物设定的"外化"与"内省"、故事走向的"未来性"与"生活化"、男频的宏大叙事和女频的现代性蜕变、网络文学的时代性和文学性、IP多元化的文化意义、"爆款IP"的文化反思、"人的解放"与女性解放等诸方面,对男频创作和女频创作进行了近距离的观察和田野调查般的梳理,并且刻意避开了之前零星散见的关于网络文学创作的性别研究，以及在更广范畴内的女性文学研究的理论库藏。之所以这样，就是想让自己的目力所及触及未曾开发的处女地，即便之前有人来过，我亦想以自己的判断给出一个新的诠释。不"掉书袋"，不负重前行。

于是，我在荒芜之地的一张书桌上写写停停，耕耘至今，完成了这份"泥土味"十足的答卷，却更加惶恐，并意识到，在文学书写中想要完成"女性解放"，特别是每一个现代的女性都能够获得自由和平等，与在书本外的现实社会中一样，是需要将"女性解放"的斗争，延伸到"人的解放"之中。不是将男女两性对立起来，而是寻找所有遭受不公平、不自由的人的共同原因，联合所有力量对抗更为广泛的权力体系的压迫，寻求人类所能遵循的公共利益和共同道德，才是每一个群体、每一个个体获得解放的通途。

感谢本书所选取的四位网络文学名家，以及他们和她们创作的让我欲罢不能的作品。感谢《网络文学名家名作导读》丛书的相关四部导读的合作学者们。是欣欣向荣的网络文学和众多的同行者，给了我从剖析"女性解放"到寻求"人的解放"的力量。

2024 年 5 月 19 日

图书在版编目（CIP）数据

网络文学的两个世界：男频和女频名家名作研究 / 肖惊鸿著 . -- 宁波：宁波出版社；杭州：杭州出版社，2024.8
（中国网络文学研究名家论丛 . 第一辑）
ISBN 978-7-5526-4797-6

Ⅰ . ①网… Ⅱ . ①肖… Ⅲ . ①网络文学 - 文学研究 - 中国 Ⅳ . ① I207.999

中国版本图书馆 CIP 数据核字（2022）第 237760 号

中国网络文学研究名家论丛

网络文学的两个世界　男频和女频名家名作研究　▷　肖惊鸿　著
WANGLUO WENXUE DE LIANGGE SHIJIE

策　　划	袁志坚
责任编辑	晏　洋　徐玲梅
责任校对	叶呈圆
装帧设计	金字斋　甘巧丽
出版发行	宁波出版社
	（宁波市甬江大道 1 号宁波书城 8 号楼 6 楼　315040）
	杭州出版社
	（杭州市拱墅区西湖文化广场 32 号 6 楼　310014）
印　　刷	宁波白云印刷有限公司
开　　本	710mm×1000mm　1/16
印　　张	21
字　　数	295 千
版　　次	2024 年 8 月第 1 版
印　　次	2024 年 8 月第 1 次印刷
标准书号	ISBN 978-7-5526-4797-6
定　　价	70.00 元

如发现缺页或倒装，影响阅读，请与出版社或印刷厂联系调换
电话：0574-87248279（出版社）
　　　0574-87328764（印刷厂）